BLACK LAGOON

شيطان بادى

GEN UROBUCHI
REI HIROE

GAGAGA

主要登場人物

ロック……本名は岡島《おかじま》緑郎《ろくろう》。元商社マン。ラグーン商会に誘拐され、そのまま海賊まがいの運び屋に転職。

レヴィ……ラグーン商会の銃使い。通称［二挺拳銃《トゥーハンド》］。ウルトラ短気な性格。

ダッチ……冷静沈着な行動と判断を下すラグーン商会のボス。

ベニー……ラグーン商会のハイテク機器を担当。

バラライカ……ロシアン・マフィア「ホテル・モスクワ」タイ支部の女ボス。

張《チャン》……香港マフィア「三合会《トライアド》」タイ支部のボス。

スタン……兵役上がりの狙撃手。重度のヘロイン中毒者だが、腕は神業級。

ジェイク……通称〝U.C.J〟。殺人ブログ［デッドリー・ビズ］の管理人でもある銃使い。

キャロライン・モーガン……自称［海賊卿《サー・バッカーニア》ヘンリー］の子孫。一七世紀伝来の宝刀を操る女剣士。

黒衣の男……自ら名乗るべき名を持たぬ影の男。東洋の神秘の数々を駆使する。

シェンホア……張に雇われた中国人の護衛。通称〝「ですだよ」姉ちゃん〟。

レガーチ……張に雇われた運転手。ヤク中だが、運転は一流。

タチアナ・ヤコブレワ……「ホテル・モスクワ」タイ支部に逗留中の会計監査官。元KGB。

プロローグ

砂は骨の色。白く乾いて、骸《むくろ》の果てにまで滅んだ終末の姿。

灼熱の太陽に肉は焼け、鑢《やすり》のような風に干涸《ひか》らびて、消える。残された骨が微塵《みじん》に砕け、積もって――幾重《いくえ》にも積もって、大地を覆う。

見渡す限りの、死。骸の大地。空は放射性のコバルトブルー。

燃え上がる日差しの中に、回転翼の死鳥が嘶《いなな》く。降り注ぐナパームの雨。焼けついたフィルムの映像のように、熔《と》け崩れていく視界。

銃声は、寄せては返す潮騒《しおさい》のように。藻屑《もくず》を洗うかの如く、生ある者を砂へと砕き、運び去る。

そう――俺たちは砂のように死に、幾億の砂に紛れ、呑《の》まれて消える。

砂を蹴散らすかのように殺し、砂のように吹き散らされ果てる。仲間たちも、怨敵《おんてき》も、等しく無意味に、砂へと戻る。

ただ笑うしかない。焼けた砂の中に額《ぬか》ずき、掌《てのひら》に掴《つか》んだ砂を、指の隙間から流れ落ちる砂を感じて、これが真理だと——たったこれだけのことなんだと、諦《あきら》めて、嗤《わら》うしかない。

すべては過ぎ去った記憶の筈《はず》なのに、あの風の音が耳を離れない。今もなお、あの焼けた砂の手触りを指先に感じている。

夜の闇に身を浸し、風の音に耳を澄ます。

ねっとりと、重く湿った潮風の香り。だが耳の奥で谺《こだま》するのは、あの燃える砂漠を吹き抜けた、乾ききった死の風の唸《うな》りだ。

＃1

やっぱりこいつは、どうしようもなく最低の仕事に違いない——そう、ロックこと岡島緑《おかじまろく》郎《ろう》は改めて痛感した。

ブラック・ラグーン号にゲストが招かれることは珍しくない。彼らは運び屋であり逃がし屋でもあり、報酬次第では海賊行為も営業科目の一つとなる。マラッカ海峡で機動力《アシ》を活かした快速船がご所望とあれば、何なりと引き受けるのがラグーン商会だ。

とはいえ、あらゆる同乗者に笑顔のサービスを無償供給できるわけでもない。彼らのクライアントが聖人君子である筈《はず》もなく、むしろ往々《おうおう》にして、どう逆立ちしても歓迎しかねるような類《たぐ》いの人間を船に招き入れることにもなる。

たとえば、今回のように。

淡い星明かりしかない甲板に座り込み、黒々とうねる夜の海を見つめている男は、さながら海の怪談に出てくる船幽霊《ふなゆうれい》そのもののような人物だった。

およそ整髪などという言葉からは縁遠い長い金髪の隙間から、まるで骸骨《がいこつ》に皮だけを貼ったような血色の悪い横顔が覗《のぞ》く。一見すると老人のような、いやむしろ死体かと思わせるほどの容貌からは、実年齢など計りようもない。

近寄ってきたロックの存在にまるで気付いていないのか、男は憑《つ》かれたように凝然《ぎょうぜん》と、暗い海の闇に見入っている。

「あの、スタンさん?」

呼びかけると、男は壊れた機械のように緩慢な動きで、首を巡らせてロックを見た。――いや、本当に〝見た〟のだかどうか。それほどに男の目は虚《うつ》ろだった。何も映していない洞穴《ほらあな》のような双眸《そうぼう》は、改めてロックを、亡者の死相と会話しているかのような気分に陥らせる。

「――スタンさん、船長が呼んでます。そろそろ時間なんで、計画の最後の確認を」

「ん、ああ。解った」

男の声は、ただ彼が死体でないことを証明する程度の意味しかない、意志や気概など欠片《かけら》もないものだった。

否、果たしてどうだろう。この世には歩き回って声を発する死体というものも存在する。悪徳の世界に身を投じてからまだ二年余りしか経たぬロックではあるが、その程度のことは既に弁《わきま》えていた。目の前の男がどういう人種なのか、見分けがつかないほどではない。

ゆっくりと腰を上げたスタンが、立ち上がる素振りの中でさりげなく海へと蹴り落とした塵《ごみ》屑《くず》を、ロックははっきり見咎《みとが》めていた。

それだった。

空《から》のアンプルと、丸めた脱脂綿《だっしめん》。

スタンの、夜の海よりなお暗い空虚な闇ばかりの眼差しは、まぎれもなくヘロイン中毒者の

スタンを連れてデッキに戻ったロックを、ダッチとベニーは、ともに不機嫌丸出しの仏頂《ぶっちょう》面《づら》で出迎えた。やはり彼らにしてみても、今回の依頼が最低の仕事であることに異論はないのだろう。

誰だってドーパミンの過剰分泌で脳の大方がどこか余所《よそ》に飛んでいるような手合いと組みたいとは思わない。そしてスタンは一目でそれと判るほどに典型的な重度の中毒患者である。

スタンの後ろに立ったまま、ロックは二人の仲間に向けて、無言の手振りで腕の静脈を叩いて見せた。『お客さん、一発キメたばかりだ』――それを見て取ったダッチとベニーの面持ちが、さらに不景気なものになる。

「問題の船をレーダーで追跡中だけど、今のところ航路を外れる様子はない」

そう言ってベニーが海図上の航路にマークを描く。通信から航法まで、エレクトロニクス関係はすべて彼の領分だ。およそ海の男には見えないインテリ風味の優男《やさおとこ》だが、その方面にお

いて疑いなく敏腕である以上、彼がヤワな外見で侮《あなど》られるようなことはない。

「このまま行けば、二〇分後には僕らの進路と交差する。予定通りってわけだ」

「さて、手筈《てはず》について最後の確認だ。――ミスタ・スタン。変更はないな？」

ベニーの後を受けて、船長であるダッチがスタンに問う。この巨漢で禿頭《とくとう》の黒人が、ロックたちを束ねる事実上のリーダーだった。普段は大方の感情をレイバンのサングラスの陰に秘め隠すタフガイだけに、彼がこれほど露骨に不機嫌を面《おもて》に出しているのも珍しい。

だがスタンは、相変わらずどこを見ているのかも判然としない眼差しのまま、ただ鷹揚《おうよう》に頷《うなず》いただけだった。

「……なあ、大丈夫なのか？　本当に」

低く抑えた声で念を押すダッチに、スタンは虚《うつ》ろな微笑を返す。

「船長、いったい何が心配だ？　あんたたちはあのタンカーの進路に先回りし、視認される前に俺たちをゴムボートで海面に降ろす。あとは適当に進路妨害しながらスピーカーで脅し文句でもがなってくれてりゃあいい。連中がこの船に気を取られている隙に、俺たちのゴムボートが死角からこっそり接舷。乗船して占拠する。単純きわまりない手順だと思うんだがね」

「たしかに屁《へ》をひるよりちょろい段取りだろうさ。だがなミスタ・スタン。俺が思うに、今のあんたはケツの穴の弛《ゆる》め方さえ心得てるんだかどうだか怪しいぜ」

どうやらダッチは、この際、忌憚《きたん》なく懸念を示すことにしたらしい。無理もない。クライアントによって編成された一二人からなる海賊チームのうち、リーダーに指名されていたのは、なんとこのヘロイン中毒者だったのだから。

ダッチの言葉にも、スタンは気を悪くした風もなく——あるいは意味を汲めなかったのか——肩を竦《すく》めて見せただけだった。

「……ミスタ・スタン。俺たちが囮《おとり》を引き受けるのは一〇分までだ。それ以内にあんたたちが船を制圧できなければ引き上げる。さらに一〇分で目当ての積み荷を探し当ててこっちの船に戻れなかった場合も引き上げる。一秒たりとも待ちゃあしない。判ってるな？」

「もちろん。それで問題ない。——じゃあ船倉の連中に、招集かけておいてくれ。俺は先に甲板に出てるから」

スタンは事も無げに頷《うなず》いてから、風に吹かれるかのような足取りでデッキを出て行った。後に残された面々は、誰もが一様に押し黙った。

「……やっぱり僕は、連中をゴムボートに乗せ次第、そのまま一目散にロアナプラへ引き返すのが一番だと思う」

ようやく沈黙を破ったベニーに、ダッチが渋々《しぶしぶ》ながらかぶりを振る。

「前金の支払いを受けてる以上、そうはいかねえさ。俺たちが尻尾を巻くだけの名目が立つとしたら、まず連中が事をぶち壊しにするだけの失態をやらかした後だ」

「そうなるのは確実だろ、あれじゃ」

ベニーはスタンが出て行った船外ハッチを一瞥《いちべつ》してから、続けて船倉の方を顎《あご》で指した。

「リーダーからしてあの有様だし、おまけに他の一一人だって、まともそうなのは一人もいない。間違いない、あいつら仕事と乱交パーティの区別もつかない馬鹿の群れだ。連中が踏んだ地雷の巻き添えを食うのは御免だよ、僕は」

ダッチとて、スタンの率いるチームが首尾良く標的の船を制圧できるなどとは全く期待していないのだろう。ベニーの指摘に、ただ腕を組んで溜息《ためいき》をつくだけだった。

「……俺もベニーに賛成だよ、ダッチ」

普段は仕事の是非にまで意見したりしないロックも、今回ばかりは口を挿《はさ》まずにはいられなかった。

「たしかに俺たちの商売は信用第一かもしれないが、連中と組んだことで余計な悪評を被ることだって有り得る。そもそもあいつら、全員が全員ともロアナプラとは縁もゆかりもない余所《よそ》者ばかりなんだろ？　見限ったとしても、誰かに不義理を咎《とが》められるようなことは――」

「風評ってのは海を渡るもんなんだぜ、ロック。俺たちは地元に引きこもって仕事してるわけじゃねえ」

ロックの言葉を遮《さえぎ》った後で、だがダッチは苦々しそうに顎髭《あごひげ》を掻《か》いた。

「……そもそも、ろくに正体も知れねえような奴の依頼を受けようってのが大博打《おおばくち》だったんだ。お前らだって反対票は出さなかっただろ。ここは観念するとしようや」

——確かに、この依頼を受ける時点でラグーン商会の面々が少なからず自棄《ヤケ》になっていたのは事実である。

とある依頼で禁制品をパンカルピナンまで運んだはいいものの、引き渡しの直前に送り主と届け先の双方が警察の手入れをくらって壊滅し、ラグーン号は尻に火が点く寸前で積み荷を海に投棄して事なきを得た。とはいえ報酬も経費も受け取れないままバンカ島まで無駄足を踏む羽目になった彼らの心中は——とりわけ生理中だったレヴィは——大いに荒《すさ》むこと甚《はなは》だしく、さらには自棄酒を呷《あお》っていた酒場で乱闘騒ぎまで勃発し、弾痕だらけになった壁とカウンターの弁償をさせられたダッチは怒りのあまり翌朝まで一言も喋《しゃべ》らなかったほどである。

そこへ接触してきたのが、今回の仕事の依頼人だった。声をかけてきたのは燃えるような赤毛の美女で、〝ジェーン〟などという露骨な偽名を名乗っていた。面識もなく、誰の紹介でもない新規の客だったが、信用の代価としては充分すぎる前金が提示されたし、第一このまま負け犬気分で腐りきってロアナプラに引き返すことを考えれば、多少の危険を冒してでも実入りのある話が欲しいという点で、皆の意見は一致した。

今回の最大の失態は、実働メンバーとの面通しを済ませる前に前金を受け取ってしまったことだ。筋金入りの凄腕《すごうで》を揃えたという〝ジェーン〟の言葉を鵜《う》呑みにしたわけではなかったが、相手は当然成功させる目算があってこそ安くもない前金を支払ったのが道理だろうし、まさかここまで計画を絶望視させるような人材が寄越されるとは誰一人として想像だにしなかった。

　そう――ラグーン号に乗り込んできた二二人は、まさに想像を絶した顔ぶれだった。ただリーダーがヤク中《ジャンキー》というだけならダッチたちとてここまで悲観はしない。むしろ薬漬けのスタンですらまだマシに思えるほどの連中が、あと一一人も雁首《がんくび》を揃えているというのが、デッキの空気を鬱一色《うついっしょく》に染めている原因なのだ。

「ともかく、だ。奴らがどんな奇天烈をやらかすにせよ、もう気を揉《も》んでたってどうしようもねえ。最悪の成り行きを覚悟した上で、いかにとばっちりを喰わないよう乗り切るか、それだけを考えるとしようぜ。……おいロック、船倉《した》に降りてお客さん方を呼んでこい」

　ダッチにそう指名されて、ロックは大いに動揺した。

「えっと……俺、が？」

　空気を読むのに聡《さと》いベニーが、そそくさと通信室に引っ込んで白々《しらじら》しく計器の点検を始める。いま船倉に顔を出すのが、どれほどの貧乏籤《くじ》か、誰だって解っていた。それは即ち、あの一一人の見張り役を押し付けられて一時間余りも同室させられているレヴィと、対面を余儀なくされるということだ。

「お前さんしかいねえよ、ロック」

　操舵《そうだ》ハンドルを握ったまま、ダッチがまるで念仏のように陰鬱にそう断じる。

「今のレヴィの機嫌を察するに、まともに相手できそうな奴となるとな……まァ、その……頑張れよ」

「他人事かよ！」

まったくもってこいつは、どうしようもなく最低の仕事だと——そうレヴィは改めて痛感していた。

新たな煙草《ラッキーストライク》に火を点《とも》しながら、紙パックの中を確かめる。手持ちの残りは、あと一本。これを吸い尽くすまでが限度だろう。そこから先は、とても耐えられそうにない。

ラグーン号の船倉は、さすがに一〇人余りもの人間を収容するには狭すぎる。ただでさえ窮屈なその空間が、さらに加えて鬱陶《うっとう》しいほどに甲高《かんだか》い女の嬌声《きょうせい》に占領されっぱなしになっているとなれば、レヴィでなくても苛立《いらだ》つのは当然だ。

「——で、結局パナマのグスマン提督は、たった四〇〇人ちょっとの軍勢で二つの砦を陥落させたご先祖様の武功に大いに感じ入って、『御身《おんみ》の武勇を物語る武器を送ってほしい』と手紙を送ったの。もちろん紳士であるところのご先祖様は使者を丁重《ていちょう》にもてなし、愛用の拳銃と弾丸を渡してね、『これを一二か月預かっておけ、私自らが取り戻しに伺う』と返信したわけよ！　キャーッ！　ンもう格好良すぎですわご先祖様ァ！」

黄色い声を張り上げながら、金髪の巻き毛と豊かすぎる胸を揺すりまくって小躍りする白人女は、名をキャロライン・モーガンと名乗っていた。

派手なフリルを鈴生《すずな》りにさせたブラウスに、金ボタンのテイルコート。さらには羽根飾りつきの三角帽という、もはや冗談としか思えない格好で、さらに骨董品の曲刀《カトラス》を振り回しながら、さっきから延々《えんえん》と一七世紀の海賊の英雄譚《えいゆうたん》を声高らかに諳《そら》んじている様子は、端から見れば学芸会の演し物とでも察しをつけるしか外《ほか》になさそうな光景だ。

「ふ～ん、そりゃ確かに凄ェ。カリブの海賊ってのは本当にクールな連中だったんだなァ」

聞き手の反応に、海賊コスプレ女はさも得意げに胸を張る。バストサイズはFかGってところか。さぞやその質量も自慢なのだろう。

「そうよ！　故に私は、由緒正しい血統の末裔《まつえい》として、正調な海賊のスタイルを今も引き継いでいるのよ！　哨戒機《しょうかいき》やイージス艦が何だってのさ！　本当の海の勇者ってのは刀とフリントロックで勝負するものよ！」

……呆《あき》れたことに、船倉にいる一一人の乗客のうち、実に九人までもが似たような格好――キルトの胴着《ベスト》に革帯《ベルト》、バンダナにアイパッチと、テーマパークのエキストラもかくやとばかり一七世紀海賊船員のテンプレートに則《のつと》って仮装している。そんな男どもの中にあって、どうやらキャロラインはリーダー格らしいのだが、彼らは頭目の演説に間《あい》の手を挿《はさ》むでもなく、ただ憮然《ぶぜん》と押し黙っている。――察するに連中は、べつだん同好の士というわけでもなく、ただリーダーの意向に沿って海賊の扮装《ふんそう》に甘んじているだけなのだろう。実際、キャロラ

インよりは真面目に仕事をする気でいると見えて、格好《ナリ》こそ巫山戯《ふざけ》てはいても武装は真っ当にウジやカラシニコフを抱えている。

「……でもよォ、キャロラインさんだっけ？　あんた本当に『海賊卿《サー・パツカーニア》』ヘンリーの子孫なわけ？　なんか証明できるモンでも持ってるのかい？」

船倉の中でただ一人、気さくに海賊女の話し相手を務めている男は、どうやら彼女の一味ではないらしい。とはいえその男も、ハロウィンまがいの海賊スタイルほどではないにしろ、珍奇な風体《ふうてい》であることに違いはなかった。ヴォンジッパーのサングラスにニューエラの野球帽、ファットファームのパーカーとショートパンツにナイキのエアマックスという、さながらヒップホップのテンプレートめいた格好は、西海岸のクラブシーンならいざ知らず、インドネシアの片隅で見かけるには場違いにも程がある。だが勿論、良き聴衆に恵まれたキャロラインにそれを訝《いぶか》る様子は微塵《みじん》もない。

「オホホホッ！　よくぞ訊《き》いてくれたわね。これよ！　このサーベルをご覧なさい！　ほら、籠手《こて》の部分にご先祖様の名前が刻んであるでしょ！」

「ふ～ん……でもこれ、マジでヘンリー・モーガンの使ってた剣だったなら、博物館にでも保管しとかなきゃマズイんじゃね？」

「いいのよ！　海賊の刀は荒波と血を浴びてこそ本懐《ほんかい》なのよ！　ご先祖様だってきっと喜んでくださるわ」

姦《かしま》しい声を聞いているだけで耳鳴りがしそうだ。目を閉ざし、耳に入る音さえも閉め出して現実逃避できるなら、まだしも救いがあっただろうが、生憎《あいにく》とレヴィの役割は、馬鹿騒ぎの元凶である連中を〝監視〟することだ。実際、こいつらは見張っていなければ何をしでかすやら想像もつかない。檻《おり》の中の猿でさえ、もう少し慎みってものを弁《わきま》えていそうなものだ。

もちろん、レヴィは港を出てこのかたキャロラインの存在を断固無視して、一切会話には応じなかった。レヴィのことを客室乗務員《パーサー》か何かと勘違いしたらしいキャロラインは、やれラム酒を持ってこいだの、舳先《へさき》に海賊旗を飾りたいだのと言いたい放題を抜かしていたが、レヴィが頑として無言のまま『黙らなきゃ殺す』という視線だけで応じ続けた結果、どうやら相手は英語が通じないものと判断したらしく、以後は戯言《ざれごと》で煩《わずら》わされることもなくなった。

あの勘違いラッパー野郎が妙な気を起こさなければ、そのまま黙らせておけたものを――苛立《いらだ》ちを持て余しつつも、気がつけば指先の煙草《たばこ》は大方が灰になっていた。不承不承、レヴィは残る最後の一本に火を点《とも》す。これすらも吸い終わったら後は誰かにたかるしかない。かといってこの船倉にいる他の誰と口を利くのも、レヴィは願い下げだった。

「だが、あんた何でまたこんな所に？　地元じゃ稼業が立ち行かなくなったのか？」

「……三度続けて麻薬の密輸船を襲っちゃったのよね～。だって外見じゃ区別つかないんだから仕方ないじゃない。それなのにカルテルの連中ったら頭に血が上っちゃってさァ。まーカリブ海ばっかりが海じゃなし、ほとぼり冷めるまで外地に遠征でもしようかなって」

「ありゃまあ……そいつは災難だったな。うん」

「そうよ！　大体、沿岸警備隊の連中だって、密輸船を取り締まりたいんなら私たちに私掠《しりゃく》勅許状《ちょっきょじょう》を出せばいいのよ！　あいつら歴史習ってないのかしらねー。海賊を味方につけるのは海軍力増強の基本じゃない！」

レヴィは端で聞いているだけで偏頭痛を催しそうだった。——馬鹿だ。こいつら本気で馬鹿だ。

あのラッパー、いつまで調子よくヘラヘラと海賊女の機嫌を取っているつもりだろうか。さては胸のでかい女と喋《しゃべ》っているだけで幸せになれる手合いなのか。

誰か気の利いたひやかしで、あの女の自慢話に水を差そうって奴はいないのか。口論にでもなれば上等だし、そこから喧嘩《けんか》でも始まればなお結構。そのとき『仲裁』するのはレヴィの役目で、そうなれば成り行きで一人や二人撃ち殺す羽目になったとしても、ダッチはさほど小言を言うまい。

とはいえ、上機嫌に談笑してるラッパーもどきの他に、女海賊の身内でない乗客はあと一人しかいない。そしてその最後の一人こそが、ある意味ではこの空間の中で一番〝何もしてほしくない〟存在だった。

その男は黙っていた。その沈黙は誰の迷惑になることもなく、そういう意味では実に行儀のいい乗客だったが、その存在感は無視するにはあまりにも異質すぎて、同室する者たち全員に得体《えたい》の知れないストレスを与え続けていた。

気になるが、問い質《ただ》すのも嫌だ――レヴィだけでなく、ラッパーも海賊一味も、誰もが同じ心境だったのだろう。まるで熊の如《ごと》く屈強な体格の男が、漆黒《しっこく》のキモノに身を包み、髪と口元を黒覆面で覆い隠した格好で床に正座しているのである。

ニンジャなのだろうか。まあ、ニンジャなのかもしれない。

黒覆面の隙間から覗《のぞ》く碧眼《へきがん》と、眉間《みけん》からは僅《わず》かにはみ出た金髪についても、この際とやかく言う必要はない。

ともかく彼に対して、「あなたはニンジャですか？」と質問する者は、この船倉にはいなかった。幸いである。もしそんな迂闊《うかつ》な質問をして、相手が「はい、そうです」と答えたら、その時点でこのチームには正真正銘のイカレポンチが紛れ込んでいるのだと確定してしまう。

そういう次第で船倉にいる全員が、黒装束の大男については〝見ないふり〟を決め込んでいた。ファッションセンスは人それぞれだ。カリブの海賊のコスプレが許容されるというのなら、ショー・コスギの熱烈なファンがいたとしても目くじらを立てることはない。

「それにしてもお嬢さん、何でまたこんな仕事《ヤマ》に乗った？　自前の船はどうしたんだよ」

ラッパーもどきが実に尤《もっと》もな質問をぶつけると、キャロラインは途端に項垂《うなだ》れて嘆息した。

「操舵手《そうだしゅ》が梅毒やらかして入院しちゃったからさァ、代わりに操船できる奴もいなかったし、仕方ないから船は副船長に任せてマカオの桟橋に居残り中よ」

「ちょ……代わりがいないって……あんたら海賊だろ？　家業なんだろ？」

「モーガン家伝来の操船術は帆のない船じゃ駄目なのよ！　何なのよレーダーとかＧＰＳとか……止《や》めてほしいわよね。まったく」

「……じゃあ、代わりの船員を雇ったら？」

「この辺で満足に英語喋《しゃべ》れる船乗りを探すのって大変なのよね。たまに見つけても断られっぱなしよ」

「まあ、きっと、みんなドレスコードに厳しい職場は嫌なんだろ」

ラッパーはさすがに呆《あき》れ気味に呟《つぶや》いたものの、それでもキャロラインは皮肉の含みに気付かなかったらしい。

「何でかしらね〜。いつだって余所《よそ》の倍は給金《ギャラ》はずんでやるって言ってるのに」

「へえ？　金に糸目はつけないんだ」

「当然よ。モーガン家の資産力を舐《な》めてもらっちゃ困るわ」

それを聞いたラッパーは、何やら曰《いわ》くありげな目つきで、ちらりとレヴィを一瞥《いちべつ》した。それに気付いたレヴィの本能が、たまらなく嫌な予感を喚起する。

「だったらさあ、いっそこのラグーン号って船を買い上げちまえばいいじゃん？　船員は英語が通じるし、腕も確かみたいだぜ」

途方もなく勝手な言いぐさに、だがキャロラインはさも素晴らしい啓示を受けたかのように手を打ち鳴らした。

「名案だわ！　こんな船でも、海賊旗さえ掲げればそれなりに格好はつきそうだし。言葉の通じない中国女《チャイニーズ》なんて解雇しちゃえばいいんだしね！」

レヴィの目の前でのうのうとそんな事を言ってのける辺り、どうやらキャロラインは本当に彼女が英語を解さないと思い込んでいるらしい。

だがラッパーの方は見立てが違うのか、ニヤニヤと悪びれない笑みでレヴィに水を向けてきた。

「どうするよ？　女船長はあんなこと言ってるが、姉さん、あんたもカッコイイ海賊になってみる気はあるかい？」

——さすがにレヴィも、そこまでが我慢の限界だった。

「冗談じゃねェよ。ジーナ・デイヴィスにあやかってラズベリー賞でも狙えってのか？」

まるで予期していなかったレヴィの罵声《ばせい》にキャロラインは鼻白んだものの、ラッパーの方は我が意を得たりとばかりに、やにさがる一方だった。

「なァんだ。やっぱり喋れるんじゃん。折角そんなセクシーな声してるんなら、だんまり決め込むなんて勿体《もったい》ないぜ」

馴れ馴れしい口調に、レヴィの視線の温度がなおいっそう氷点に迫る。——この男、さては女海賊を弄《いじ》るのに飽きて、こっちに狙いを移してきたのか？

「あたしの役はな、この船の中で妙な真似をやらかそうとする馬鹿を鉛玉で黙らせることだ。テメェがそこで大人しく座ってる限り用はねェんだよ。どうしてもお喋《しゃべ》りがしたいってんなら、そこの勘違い女で我慢しときな」

「……え？　なにこの女？　ちょっと、何様!?」

不意を突かれた狼狽《ろうばい》と怒りで、ますます混乱するキャロラインをよそに、ラッパーはなおも絡みつくような視線をレヴィの総身に這《は》わせる。とりわけ注視するのは、彼女の両脇——左右一対の特製ホルスターに提《さ》げられた二挺揃いの拳銃だった。

「いや、ね。さっきから気になってたんだよ。あんたのその銃。ベレッタの９㎜でロングスライドなんて珍しいじゃん。おまけに二挺提げときた。俺、そういうのに興味が尽きないタチでね」

「だったら『ＧＵＮＳ＆ＡＮＭＯ』でも開いてマス掻《か》いてな。トイレならあっちだ」

「なァ、あんたの銃、見せてくれよ。俺のも見せてやるからさ」

耳を疑うような台詞《せりふ》に、さしものレヴィもしばし言葉を失った。まるで小学生の餓鬼《ガキ》がトレーディングカードでも自慢するかのように、この男は銃を見せろと言う。トリガーに数キログラムの重さがかかるだけで人が死ぬ凶器を、だ。

「——寝言は寝て言え。トンチキが」

「俺はジェイク。呼ぶときはＵ．Ｃでいいぜ」

レヴィの剣幕など意に介さず、ラッパーもどきは緩みきった笑顔でそう名乗り――

懐《ふところ》から、銃を抜いた。

「――ッ」

レヴィの首筋を、痺《しび》れるような冷気が一撫でする。

「な？　ほら、俺のもけっこう凝ってるだろ」

ジェイクの銃を端的に言い表わすなら、それは〝馬鹿馬鹿しい〟の一言に尽きた。無駄な光沢で目立ちすぎるクロームシルバーの遊底《スライド》に、競技用拳銃よろしく無駄なオプションをごてごてと追加し、樹脂製のフレームにはレーザーサイトやら何やらまで装着されている。

荒事《あらごと》のプロの観点からすれば、この手の凝りすぎた改造銃というのはまったくのナンセンスだ。こと仕事道具というものは〝当たって殺せりゃそれでいい〟のが大原則である。数ミリ単位の命中精度やら銃把の握り心地やらに拘《こだわ》るのは、趣味人の道楽でしかない。

ただ銃だけを見て持ち主を評するならば、レヴィはジェイクのことを、キャロラインと同列の阿呆と見なしていただろう。だが――

「俺はどっちかっつうと四五口径が好みでね。９㎜はどうにも反動に愛想がなくていけねえ。ベースはコルトだが、純正パーツなんざスプリングひとつも残ってないぜ。たとえば……」

悦《えつ》に入って得物の解説を始めるジェイクに対し、レヴィが向ける眼差しは、限りなく冷たく鋭利だった。いま彼女の神経は、殺るか殺《や》られるかの現場に居合わすのと同然のテンションに切り替わっていたからだ。

レヴィとて百戦錬磨の拳銃遣い《ガンスリンガー》である。目の前の相手が銃を抜こうとするならば、事前にそれと察しがつく。視線の動きや身体の強張《こわば》り加減、そういった気配の諸々《もろもろ》によって相手の戦意が読めるからこそ、さらに先んじて銃を抜き、先手を打つことができるのだ。

そして、たとえ戯れであろうとも、レヴィはこの男が船内にいる限り、銃に触ることなど断じて許す気はなかった。そんな悪巫山戯《わるふざけ》を見過ごしてやれるほど気心の知れた相手ではない。そこを勘違いするようなら痛い目に遭《あ》わせてでも思い知らせてやるつもりだった。

だが——そんなレヴィを出し抜いて、ジェイクはまんまと銃を抜いたのだ。

たまたまレヴィが呆《ほう》けきっていたというわけではない。確かに相手を舐《な》めてはいたが、だからといって銃に手を伸ばすという致命的な動作を、こうもあっさり看過してしまうほど呑気《のんき》な彼女ではない。

今、自慢の得物について意気揚々と能書きを垂れ流しているジェイクは、傍目《はため》にはただ空気が読めないだけの間抜けでしかない。だがその真意をレヴィだけは知っている。この男は、レヴィの虚を突いたのだ。レヴィの呼吸や姿勢、意識をすべて読み取った上で、いちばん反応しづらいタイミングを察し、まるで欠伸《あくび》でもするかのように自然な滑らかさで銃を抜いた。そう、あくまで〝滑らかに〟——この男にとって銃のグリップは、自分のイチモツより握り慣れた代物《しろもの》なのだ。それどころが指先の延長も同然に扱えると見ていいだろう。

「あ、その銃、もしかして……ちょっと!?　ＵＣカスタムじゃない！」

ジェイクの銃を眺めていたキャロラインが、ふいに素《す》っ頓狂《とんきょう》な声を上げる。

「じゃあああんた、ひょっとして『Ｊ』なの？　あの『アルティメイトクールＪ』!?」

「……へへっ。こりゃあ参ったなァ。まさかこんな所でバレるとは」

「だって私、あんたのサイトは毎日チェックしてるもの！　――え、じゃあ何？　今回の仕事《ヤマ》って『デッドリー・ビズ』に載っちゃうの？　私のことも!?」

「そいつは、あんたの活躍次第だろうさ。可愛い海賊のお嬢さん」

何が嬉しいのやら小躍りして歓声をあげているキャロラインを余所《よそ》に、ジェイクは相変わらずにやけた表情のままでレヴィに促した。

「さ、今度はあんたの銃も見せてくれよ。二挺拳銃《トゥーハンド》のお姉さん」

馴れ馴れしい口調の裏側には、レヴィにだけ判る挑発が込められている。――先に抜いたぞ、と。もしジェイクにその気があったなら、レヴィの命はなかった、と。

咥《くわ》えていた吸いさしの煙草《たばこ》を、レヴィは床へと吹き捨てた。あれだけ貴重に思えた最後の一本ではあったが、今となっては歯に挟まった屑《くず》も同然だった。

「……ああ、見せてやるさ」

低く、掠《かす》れた呟《つぶや》きを漏らしてから、レヴィは殺意の在り方を示した。

冷たく固い９㎜口径の銃口に額を小突かれた時点でも、ジェイクは表情を変える暇すらなかった。

ジェイクが銃を抜いた手並みを、精密かつ周到な蛇《へび》に喩《たと》えるとするならば、レヴィの銃捌《じゅうさば》きはまさに電光石火の一言に尽きた。予感すらなかった者には一種の手品とすら思えただろう。手先が閃《ひらめ》いた次の瞬間には、ホルスターの中にあったはずの拳銃が、シューティンググラブを嵌《は》めた掌《てのひら》の中に収まっていたのだ。

ジェイクは確かにレヴィを出し抜いて得物を手に取りはしたが、相手に銃口を向けるまでには至らなかった。戯れを装った挑発としては、そこまでが限度だったのだ。だがレヴィは最初から、ジェイクを撃ち殺すつもりで銃を抜いた。もし今からジェイクが銃を構え直そうにも、レヴィが愛銃『ソード・カトラス』の銃爪《ひきがね》を引く方が速い。生殺与奪《せいさつよだつ》権《けん》は、ここに完全に逆転した。

「ちょ、ちょっと！　あんた何を……」

言いさしたキャロラインの声が尻窄《しりすぼ》まりに途切れる。レヴィの放つ殺意の温度は、それほど傍目《はため》にも明らかだった。

「くだらねえ遊びに命を張ったな。テメェ」

レヴィの思考の中では、もはや後に控えた仕事のことなど完全に棚上げにされていた。そんなややこしい事情よりずっと単純明快な原理に則《のっと》って、今の彼女は動いている。——笑えない冗談では笑わない。ただそれだけのことなのだ。

「吹けば飛ぶほど安い命だ。後悔はねェんだろ？　捨て値で競《せ》りを始めやがったのはテメェ自身だからな。――ここで落札だぜ。ラップ小僧」

「ジェイクだ。ジェイクU．C」

レヴィの銃口に怖じ気づくこともなく、ジェイクは空いている左手をそっとポケットに滑り込ませると、気障《きざ》な仕草で一枚の名刺を取り出した。

「ここに書いたURLにアクセスすれば――」

皆まで聞くこともなく、レヴィは差し出された名刺を払い除けた。床に舞い落ちたその紙片が、横合いから別の手によって拾い上げられる。

「あー、お取り込み中の所、悪いんだが……」

ある意味、最悪とも言えるタイミングで船倉に入ってきてしまったロックは、粘っこい汗を総身に感じながらも、殺し殺されかけている二人に声をかけた。

「そろそろ仕事の時間だ。その案件、後回しにしてくれないか？」

「……」

状況は、明らかに収まりがつく一線を越えていると見えたものの、レヴィはあっさりとカトラスの銃口を逸《そ》らし、身を引いた。凍りついていたその場の空気が解凍され、誰からともなく安堵《あんど》の吐息が漏れる。

「全員、甲板に上がってくれ。スタン氏がお呼びだ。さあ早く」

さらに話が拗《こじ》れる隙を与えまじと、ロックはせわしく皆を急《せ》き立てて、船倉の外へと追い出しにかかる。キャロラインは露骨な敵意で、またジェイクは性懲《しょうこ》りもなく挑発的な興味の眼差しで、それぞれレヴィを一瞥《いちべつ》してから、一同は甲板へと出て行った。

「……意外にあっさり引き下がったな」

誰もいなくなった船倉で、レヴィと二人きりになってから、ロックは内心を口にした。言いながら胸ポケットから煙草《たばこ》を取り出し、レヴィへと差し出す。別に察したわけでもなく、ただ、そうするのが自然に思えたというだけだった。

レヴィはレヴィで、勧められた煙草に疑問も遠慮も感じないまま、一本を抜いて口に咥《くわ》えた。思えばロックの顔を見た時点で、彼女は既にもう煙草を吸い始めているかのような気分でいた。

「別に。何も収まったわけじゃねえ。脳漿《のうしょう》ブチ撒《ま》けるなら、床掃除しねェで済む場所がいいからな」

ゆっくりと紫煙を吐き出しながら、レヴィは冷えきった眼差しで虚空《こくう》を——彼女にしか見えない未来を見通すかのように、凝視《ぎょうし》する。

「あたしはあの野郎を殺《や》ることになるさ。きっと間違いなく、そうなるさ」

◇

襲撃チームが二隻のゾディアックに分乗してラグーン号を離れると、デッキの中は、まぎれもない安堵《あんど》の空気によって満たされた。実際には、計画はまだ開始にすら至っていないのだが。

波間の闇に潜んだゴムボートは、もう肉眼では視認できない。一方で襲撃の対象である『ザルツマン号』は、既に水平線の辺りに安全灯が見え始めている。船種は貨物船ではなくタンカーで、積み荷は当然ながら原油だが、それとは別に船長の副業として、主に美術品の類《たぐ》いを扱うケチな密輸にも手を染めているらしい。今回のクライアントに指示された略奪の標的もそれだった。嵩張《かさば》る積み荷ではないから、搬送もラグーン号一隻で事足りる。

これからラグーン号と二隻のゴムボートは、ザルツマン号の進路を取り囲む配置で待ち伏せ、まずは正面に陣取ったラグーン号が相手の足止めを引き受けることになる。何かの間違いで巡視船でもやって来ない限り、航空機用からデチューンされた三六〇〇馬力パッカードエンジンが本領発揮することもないだろう。作業そのものだけを鑑《かんが》みれば、今回は実に楽な仕事なのだが……

「ジャンキーに、ラッパーに、黒ヒゲ海賊団のご一行か。まったく、奇人変人の見本市だったな」

馴染《なじ》みの煙草《アメリカンスピリット》で一服つけながらぼやくダッチに、ベニーが言いにくそうに付け加える。

「あとニンジャだ。ダッチ」

「ああ、ニンジャか。……うん、いたな。ニンジャ」

あまり思い出したくはないが、かといって忘れてしまうには強烈すぎる存在だった。

「あいつ、銃、持ってなかったよな。刀一本だけでボートに乗ってたな」

「さあ、たぶん他にも隠し持ってるんだよ。……手裏剣《しゆりけん》とか、吹き矢とか」

「……なあロック。日本には本当にああいう奴がザラにいるのか？」

いちばん話を振ってほしくなさそうな顔をしていたロックだが、そんな想いは誰にも通じなかったらしい。

「悪いけど、俺の国でも〝東洋の神秘〟はとっくに売り切れだ。ニンジャのことはアメリカで亀《かめ》にでも訊《き》いてくれ」

他の三人が緩みきっている一方で、ただ一人レヴィだけは押し黙ったままカトラスを弄《もてあそ》んでいる。ダッチやベニーにとっても、レヴィの不機嫌の理由について察しをつけるのは容易だったため、敢《あ》えてつついたりはしない。

船倉でのトラブルをはっきりと見咎《みとが》めたのはロック一人であり、彼とて騒ぎに至るまでの経緯は判らなかったものの、それでもロックだけは、今のレヴィがただ虫の居所が悪いという理由だけで黙っているわけではないと弁《わきま》えていた。

血の気の多いことで知られるラグーン号の女ガンマンは、今、完全にスイッチが入ってしまっている。今のレヴィに軽口を叩くような遊び心はない。両目は照準のため、指先は銃爪《ひきがね》のためにキープされたまま、ただ〝その時〟を待っている。縄張りの中で侵入者の臭いを嗅《か》ぎつけた肉食獣の精神状態だ。

他人の不幸を願うことを潔しとはしないロックだが、それでも今回ばかりは、あのジェイクとかいう男が二度とラグーン号に戻らないでくれればと思わずにはいられなかった。次にレヴィとジェイクが対面すれば間違いなく血の雨が降る。どちらかが死ぬしかないような展開が既に確約済みだというなら、そうなる前に〝レヴィではない方〟が退場してくれることを期待するのは当然の心境であろう。それがもとで計画そのものが失敗し、後金がふいになろうとも、それはそれで安い買い物だとロックは思った。

「……ん？　何だこれ」

レーダースクリーンを見張っていたベニーが、ふと胡乱《うろん》そうな声を漏らす。

「どうした、ベニーボーイ？」

「二時の方角にレーダー反応。この速度は……ヘリかな。真《ま》っ直《す》ぐこっちに近づいてくる」

「ロック！」

ダッチに促されるまでもなく、ロックは双眼鏡を手に甲板へと駆け出ていた。果たしてベニーに指示された方角に、航空機の識別灯が瞬《またた》いている。ほどなくローターの駆動音が、海風の唸《うな》りを圧して耳に届き始めた。

「まさかタイ海軍の哨戒機《しょうかいき》じゃなかろうな」

「いや、違う。民間機みたいだが……」

ロックたちが緊張して見守るうちに、ヘリはラグーン号の上空を何事もなく通過し、そのま真《ま》っ直《す》ぐに飛び去っていった。

進路は——ザルツマン号のいる方角だ。

「んん？　これは……今のヘリの反応、ザルツマン号と重なって消えたよ。着艦したみたいだ」

ベニーからの報告に、ダッチはすぐさま無線で襲撃チームを呼び出した。

「こちらラグーン号、ミスタ・スタン。応答を」

『……感度良好。どうした？　ラグーン』

「そっちからも見えただろうが、いま目当ての船に空からのお客さんがあったらしい。こいつは不測の事態じゃないのか？」

無線機越しのスタンの声には、だが何の動揺もなかった。

『構わない。段取りに織り込み済みの事柄だ。気にするな』

「どういうことだ。説明しろ」

『依頼主の目当ての積み荷は、最初から船に積んであったわけじゃない。たった今、そのヘリが届けたばかりなのさ。予定通りだ。これで今度こそ襲撃の準備が整った』

　ダッチは眉根《まゆね》に、剣呑《けんのん》な縦皺《たてじわ》を寄せた。

「……まったく聞いてなかった話だぜ。そいつは」

『あんたたちの役割には何の影響もないはずだ。陽動の方、よろしく頼む』

　通信が切られた後も、不吉な直観に苛《さいな》まれたダッチは憂い顔のままだった。

「……どうにも臭うぜ。今回の仕事《ヤマ》は」


　ザルツマン号の船影は、今や特大の流氷のようにロックの眼前に聳《そび》えている。

　五万トン級という、外洋を運航するタンカーとしては小規模な部類に属する船だが、それでも魚雷艇から比べればネズミと巨象だ。

　もちろん図体《ずうたい》の大きさで喧嘩《けんか》が決まるわけではない。原油を運搬するタンカーとしては、たとえ相手が小舟であろうとも接触事故を起こせば一大事だし、鈍重なぶん進路妨害もやりやすい。とはいえ、間近に見ると視界に収まりきらないほどの鉄の壁を相手にする精神的圧迫というのは、やはり生易しいものではない。

　ブラック・ラグーン号において、他船に無理な停船を強要するというのは、往々《おうおう》にしてよくある不定期業務のようなものだったが、ハンドマイク一丁だけを武器にその役を仰せつかるのは、いつもロックと相場が決まっていた。

「あー、テス、テス。えーと……ザルツマン号の皆様にお伝え申し上げます……」

この無法の海で第二の人生を歩むことになる以前、岡島緑郎《おかじまろくろう》はさる日本の大企業に勤める商社マンだった。平社員とはいえ海外資材調達部に配属された一応のエリートコース。四か国語に精通し、ビジネストークはお手のもの。だったら交渉事は任すに限ると、ダッチはそれっぽい理屈を並べていたものの、当のロックにしてみれば、この境遇はどう考えても新米イビリとしか思えない。

「えー、突然のお願いで誠に恐縮ではございますが、つまりその……停船をお願いいたしま〜す」

もちろん、彼の身を挺した交渉によって事態が穏便《おんびん》に済まされたケースというのは、過去、僅《わず》か一割にも満たない。大抵はしびれを切らせたレヴィの推力榴弾《RPG》ランチャーが火を噴いて実力行使と相成《あいな》るのが定番であり、ロックの出番は最初からないも同然なのだが、それでもロックに勤労意欲を維持させるために、レヴィが砲弾を撃つに至った場合は弾の経費をロックの給料から天引きするという取り決めがなされている。

「ええと、もし、こちらの指示に従っていただけない場合、その、誠に遺憾ではありますが、当方としましては実力行使もやむなしという結論に至るしか外《ほか》になく……」

だが今回に限って、ロックは普段より少しだけ肩の荷が軽い。いつもなら隣でニヤニヤと底意地悪い笑みを見せながらランチャーを準備しているはずのレヴィの姿もない。

ラグーン号がタンカーの前方で陽動しているこの隙に、既にスタンたちが乗ったゴムボートはこっそりとタンカーに接舷している筈《はず》だ。まず一人が鉤縄《かぎなわ》を使って忍び込み、舷梯を下ろして後続の仲間を乗船させる。視界の悪い夜間、それも図体《ずうたい》のでかいタンカーが相手だからこそできる詐術だった。今回のラグーン号は自力で相手を停船させる必要などなく、従ってレヴィが対戦車兵器をぶちかます予定もない。ロックの弁舌は、本当にただのはったりだけで役を終える段取りなのだ。

ロックの勤勉ぶりをデッキの窓越しに眺めつつ、ダッチは無線室のベニーに声をかけた。

「先方からの返事は？」

「……うーん、まだ何も。ここまで何も言ってこないと逆に不気味だねえ」

ダッチだけでなくベニーもまた、雲行きに怪しいものを感じ始めたらしい。考えれば考えるほど、胸騒ぎのする要素が多すぎる。気前のいい前金。杜撰《ずさん》すぎるチームの人選。故意に伏せられていた事前情報……

「なあダッチ……ひょっとすると僕たちの不運は、パンカルピナンでのトラブルなんてほんの序の口だったんじゃあないかな」

「滅多なことを言うな、ベニーボーイ。口は禍《わざわい》の元ってやつだぜ」

低い声で戒めながらダッチが煙草《アメリカンスピリット》に火を点《とも》したそのとき、誰も予期しなかった音が頭上から降ってきた。

ザルツマン号の船外スピーカーだった。軽いハウリングの金切り音に続いて、伊達《だて》な渋みを含んだ男の声が、最大音量で夜の海に響き渡る。

『あ〜、もしもし？　いまウチの船の前で聞き覚えのある美声をがなってるのは、ひょっとして我がロアナプラの同胞、ブラック・ラグーン号の諸君じゃあないかね？』

聞き違えようのないその声に、ダッチは吸いかけの煙草《たばこ》を取り落とした。ベニーも、レヴィも、甲板のロックも、驚きの程度は同等だった。

「なッ……張《チャン》の旦那《だんな》!?」

『仕事熱心なのは結構だが、三合会《ウチ》の船にまでちょっかいをかけるってのは感心できんな。まあ、この船のオーナーが誰なのか知らなかったっていうなら仕方ない。不幸な行き違いってやつだ。すぐに道を空けてくれるなら、それで済む話だが』

張維新《ウアイサン》——ブラック・ラグーン商会の拠点、ロアナプラの街の顔役である。街を割拠する四大勢力のうち、三合会《トライアド》の現地責任者を務める大物だ。ダッチたちにとっても得意先の顧客であり、間違っても顔に泥を塗るような不義理は許されない。

パルカーナ・ストリートのペントハウスで優雅に寛《くつろ》いでいるはずの御仁《ごじん》が、一体どうしてこんな時間、こんな場所に居合わせたのか見当もつかないが、ラグーン号の面々にとっては呑気《のんき》に小首を傾げている場合ではない。事情はどうあれ張が乗っている船に、彼らはたった今、武装した襲撃チームを乗り込ませる手伝いをしていたのだ。

あまりの事態に血相を変えたダッチは、無線室に飛び込むや否やベニーの手からマイクをひったくった。

「おいタンカーの船長！　そこにミスタ・張がいるんならすぐ代われ！　緊急事態だ、クソッタレ！」


吹きすさぶ海風に身を晒《さら》しながら、スタンは船外スピーカーから響く張維新の声に耳を傾けていた。

彼がいま陣取っているのはザルツマン号の船首マスト上。広大な甲板と艦橋正面を一望に見渡せる位置である。彼だけでなく、既に二隻のゾディアックからタンカーに乗り移った襲撃チームの全員が、それぞれ事前に打ち合わせた通りの場所に陣取っている。

張の語り口から察するに、どうやらブラック・ラグーン号の乗員は張と面識があるらしい。そんな情報は聞いていなかったし、事ここに至っては極めて危険な番狂わせになりそうだが、今さら後に退ける状況ではない。

むしろ、今この瞬間こそをチャンスと捉《とら》えるべきだ。

スタンは膝立ちの姿勢のまま、持参した暗視スコープ付きドラグノフ狙撃銃を肩付けして構えた。光量を増幅された薄緑色の視野の中に、艦橋の中の様子がぼんやりと浮かび上がる。暗視スコープの解像度では、標的の人相まで識別するのは不可能だが、張《チャン》の声がスピーカーから聞こえる以上、今マイクを持って立っている人物こそが彼であると断定していいはずだ。

慣れ親しんだ銃把と銃床の形。その感触を掌《てのひら》と肩に感じただけで、薬物に濁りきったスタンの神経が、まるで涼風に吹き払われたかのように澄み渡り、研ぎ澄まされていく。——そう、この感触だけは彼を裏切らない。この肌触りだけは彼を見捨てない。人間《ヒト》として残骸《ざんがい》に成り果てた男が、今なお万全な形で果たせる唯一の機能。それがこの軍用狙撃銃による長距離射撃だ。

距離はざっと一六〇メートル。それだけならば容易《たやす》いが、横殴りの海風は優に秒速一〇メートルを超えている。並の狙撃手ならば断念を余儀なくされる条件だろう。が、スタンは違う。風は彼にとって難関たり得ない。彼は風を弁《わきま》え、知り尽くし、常に味方につけてきた。理論や技術ではなく、持って生まれた才能として、スタンは風を〝読み取る〟感覚を備えている。その異才があってこそ、彼はあの熱砂の地獄を生き抜いた。その業をして悪魔《シエイターネ》と恐れられた彼だからこそ——

静かに銃爪《ひきがね》を引き絞る。銃声の轟《とどろ》き。肩を蹴る反動。その衝撃が脳裏を白熱させる。閃《ひらめ》くマズルフラッシュの刹那《せつな》だけ反転する心象。夜の闇は眩《まばゆ》い陽光に、海風の潮臭さは乾ききった熱砂の薫りに……

かつてそこには誇りがあった。獰猛《どうもう》なる恐怖があった。彼の義務と誇りがあり、その対価たる友愛と激励があった。

それはまだ、彼の人生に意味があったころの残響。遠い日の記憶のフラッシュバックに、スタンは魂《たましい》を震わせる。

――立て続けの連射で、艦橋にいる人影を片っ端から撃ち倒した。二秒間に六発。うち必中の手応《てごた》えが四発。惜しいことに、よりにもよって肝心の第一射を仕損じた。標的がまるで照準の気配を察したかのように、すんでのところで身を伏せたのだ。よほど修羅場で培《つちか》った直感の持ち主とみえる。

スタンは慌てることなく、引き続きスコープの視野に獲物の姿を探しながら、左耳から口元にかけて装着しているインコムに囁《ささや》きかけた。

「全員、艦橋内に突入しろ。甲板側の窓に見えた人影は片っ端から狙い撃つ。敵を追い込むぶんにはいいが、くれぐれも自分から顔を出したりするな」

『了解だ』

油断なくドラグノフを構えたまま、スタンは聴覚だけで背後の海の様子を窺《うかが》う。近づいてくるエンジン音は、ここまで足として使わせてもらった魚雷艇のものだ。はたしてラグーン商会は、この状況下でどう立ち振る舞うのか。

スタンは、襲撃チーム間での連絡用とは別の、ブラック・ラグーン号と申し合わせた周波数にセットしてあった通信機を手に取って呼びかけた。

「ラグーン号、あんたたちの加勢までは頼んでない。こちらの仕事が済むまでは待機してろ」

応答は——ない。もはや先に乗船している襲撃チームと会話する意志はないということか。目先の仕事より地元の義理を取ったのだとしても無理はない。それならそれで予定の範疇内《はんちゅうない》だ。

あっさりと見限り、スタンはインコムで部下たちに呼びかけた。

「各員に通達……ラグーン商会は敵勢力に合流。プランBに変更だ」

『オーケイだ。ただし一つ注文がある』

ただ了解するだけでなく妙なことを言いだしたのは、既に艦橋内に乗り込んでいるはずのジェイクだった。

『ラグーン号の連中がこっちの船に乗り込んでくるようなら邪魔するな。特に二挺拳銃の女には手を出すな。あいつは俺の獲物だ』

「……」

スタンは顔を顰《しか》めた。折しも彼は、新たにタンカーの舷梯を駆け上って現れた人影が、脇目もふらず艦橋へと駆け抜けていく姿をスコープ内に捕捉していた。間違いなくあれは、接舷したラグーン号から乗り込んできた件《くだん》の女ガンマンだろう。

もちろん目的は張《チャン》の援護に違いないし、それなら艦橋に入る前に今ここで狙い撃ちにするのがベストだが、敢《あ》えてスタンはトリガーチャンスを見送った。彼らはまだ俄仕立《にわかじた》てで信頼も連携も成り立っていない急造チームである。ならば理に叶《かな》った判断よりも個々人の流儀を尊重しておかねば、ただでさえ脆《もろ》いチームワークがいつ瓦解《がかい》するか判らない。

「いいだろう。女はもうそっちに向かってる。ジェイク、任せたぞ」

『応よ。話の解るリーダーで助かるぜ』

「あとは……ファルコン、出番だ。手筈通《てはずどお》りに」

『──御意《ぎょい》』

最後の伏兵からの応答を受けて、スタンは構えていたドラグノフをいったん降ろすと、代わりに手元に用意してあった信号拳銃を取り、頭上に向けて照明弾を打ち上げた。これで別途待機している味方にも、作戦変更が伝わるはずだ。


「ヨー・ホー！　泣いてビビって震えて祈れェ！　海賊一家トルチュ団のお出ましだァ!!」

まんまと船内に踏み込んだキャロラインは、得意絶頂で家宝のサーベルを振り回しながら歌い踊っている。おそらく彼女にとっては今がもっとも人生において充実した時間なのだろう。猛々《たけだけ》しく振り回される巨乳によって、ただでさえ狭い船内通路が余計に通りにくくなっている。先頭を行くジェイクは、キャロラインより後続の連中がはっきりと前進に支障をきたしているのを見て嘆息した。先陣切って乗り込もうとしたキャロラインを押しのけ、先に通路に割り込んだのは大正解だったらしい。

スタンの銃撃によって侵入者の存在はとうに露見しており、艦内には警報がかまびすしく鳴り渡っている。そこかしこから混乱した船員たちの叫びが聞こえてくるものの、声は入り組んだ通路に反響し、まるで位置が摑《つか》めない。

――と、ふいにジェイクの眼前で扉が開き、日焼けしたアラブ系の船員が飛び出してきた。おそらくは警報に急《せ》き立てられて逃げようとしていたのだろう。運悪く出くわした相手が外《ほか》ならぬ襲撃者だと悟った途端、その表情が恐怖に凍る。

彼をまず最初の獲物と見定めたキャロラインが、目を輝かせて恫喝《どうかつ》の声を張り上げた。

「おうッ、貴様！　命が惜しかったらお宝の在処《ありか》を教えな！　この船が美術品を密輸してるのはバレてるんだぜ！」

「なッ、何の――」

混乱した船員が言葉を失っているうちに、やおらジェイクがその腹に拳銃を押し当て、容赦なく銃爪《ひきがね》を引いた。銃声が豪快に通路に反響し、どこかで喚《わめ》いている乗員の声がさらに恐慌の色を帯びる。

「ちょっ、なッ……!?」

動転したのは、それまで威勢をふるっていたキャロラインであった。

「な、何すんのさＪッ!?　無抵抗なヤツ殺してどーすんのよ！　まずはお宝の在処を訊《き》き出すのが先でしょ！」

「無理無理。ありもしねェモンは訊きようもねェさ」

平然と嘯《うそぶ》きながら、ジェイクは足下に頽《くずお》れた死体を蹴り除ける。怒りに紅潮したキャロラインの顔が、今度は一転して蒼褪《あおざ》めた。

「な、何ですって……」

「美術品積んでるってのはデマだよ。この船にあるお宝はそんなチンケなもんじゃねえ。もっとエキサイティングで奪い甲斐のあるもんさ」

人間一人を射殺した直後でも、その剽《ひょう》げた薄笑いには微塵《みじん》の曇りもない。ジェイクはまるで洒落《しゃれ》た冗談でも披露するかのように、その場の全員に宣言した。

「今回の本当の獲物はな、三合会《トライアド》幹部、張維新《チャンウァイサン》の命《タマ》だ。そういう訳で、面倒なことは考えなくて結構。手当たり次第にブチ殺して、後から首実検すりゃいい。まあ一応、顔は撃つなよ。人相判らなくなるとアレだから」

ラグーン号の面々だけでなく、この真相はキャロラインもまた初耳だった。もちろん黙って承諾できる筈《はず》もない。彼女は今回の依頼が由緒正しい清澄な海賊仕事と思ったからこそ、引き受けてここまでやって来たのだ。

「ふ……ふざけるんじゃあないわよ！　ンなのはただの外道働《げどうばたら》きでしょうが！　いいこと？　海賊ってのはね、荒くれた中にも紳士のルールが——」

誇り高き海賊の末裔《まつえい》の口上を、ジェイクは最後まで聞き届けることなく、溜息《ためいき》とともに愛銃UCカスタムを発砲した。まだ罵声《ばせい》を吐き足りぬ怒り顔のまま、キャロラインは眉間《みけん》を銃弾に穿《うが》たれ即死した。

さすがに色を失った海賊たちの機先を制し、ジェイクが鋭く一喝《いっかつ》する。

「さあテメェら思案のしどころだ！　この馬鹿女に義理立てして万事を御破算にするか、成り行きを呑《の》み込んだ上でガッポリ稼ぎに行くか——どっちを選ぶ？　あァ!?」

男たちは気まずい面持ちで、啖呵《たんか》を切るジェイクと、奇人ながらも金払いだけは良かった元雇用主の亡骸《なきがら》とを見比べた。とはいえ、いい年《とし》をした大人のくせに海賊コスプレを強要され続けてきたことに、何の鬱屈《うっくつ》もなかった者など一人もいない。

「……この仕事《ヤマ》、どういう配当だ？」

一人の海賊が、さも清々したかのようにアイパッチと三角帽を投げ捨てながらジェイクに訊《き》く。

「狩りに参加するだけで五千。めでたく張《チャン》を仕留めたラッキーボーイは四倍額のボーナスだ」

「良し、乗った」「俺もだ」「俺も！」

海賊から殺し屋へと急遽宗旨替《きゅうきょ》えした男たちは、みな一様にハイエナの笑みを浮かべて頷《うなず》きを交わす。その現金さに苦笑しながら、ジェイクは哀れなほどに人望のなかった女海賊の冥《めい》福《ふく》を祈って、コンマ五秒だけ黙禱《もくとう》した。

「オーケイ、そうと決まれば――全員伏せろッ!!」

怒号とともにUCカスタムの銃口を振り上げるジェイク。殺し屋たちは訳も分からず、とりあえず反射的に首を竦《すく》めて身を低くする。

立て続けにジェイクが撃った四発の.45ACP弾は、皆の頭上を通過してもと来た通路の曲がり角付近で火花を散らす。――まさにその一刹那前《いっせつなまえ》、角から躍り出て男たちに二挺乱れ撃ちの洗礼を浴びせようとしていたレヴィは、機先を制されて身を退《ひ》くしかなかった。

「チッ……」

苛立《いらだ》たしく舌打ちしながらも、レヴィは片方のカトラスだけを角から突き出して応射した。即座に事情を呑み込んだ殺し屋たちが慌てふためいて通路の奥へと逃れるのを、ジェイクがUCカスタムの連射で援護する。

「さァ踊ろうぜェ二挺拳銃《トゥーハンド》……ゴキゲンなブギを歌ってやるよ！」

すかしたジェイクの口上を、レヴィは鼻を鳴らして一蹴《いっしゅう》する。

「テメェなんざ土左衛門とチークダンスしてるのがお似合いさ。……海の底まで口説きに行きな。今すぐ沈めてやるからよ！」

『迂闊《うかつ》にも程があるなダッチ。お前さん、もうちょっと慎重に立ち振る舞う男じゃなかったかい？』

無線越しに聞こえてくる張維新《チャンウァイサン》の声は、怒気など欠片《かけら》もなく飄々《ひょうひょう》としたものだったが、だからといってダッチとしては気安く軽口で応じられるはずもない。

「面目ねえ張さん。さっきレヴィをそっちに差し向けた。あんたの船に乗り込んじまった虫どもは残らずあいつに掃除させる」

『おう、心強いね。彼女の腕前なら信じていい。俺たちはしばらく手出しを控えて、ブリッジの護《まも》りに徹するべきかな？』

「ああ、そうしてもらえると有り難い」

非情なようだが、ミスの落とし前という観点において、それは張なりに気を利かせた判断だった。三合会《トライアド》の人員を危険に晒《さら》さず、レヴィが単身で汚れ仕事に臨むなら、ラグーン商会はそのぶん、せめてもの汚名返上が叶《かな》うということだ。

『正直なところ、艦橋に入り込んだ連中より、まずは舳先《へさき》にいるスナイパー野郎をどうにかしてほしいんだがね。……今こうして話してる間も、立つに立てねえ。いつまでも窓際の床に寝っ転がってるのは様にならんからな』

「……もうしばらく辛抱願いてえ。こう言っちゃ何だが、俺たちが運んだ連中ははっきり言って二流揃いだ。あれならレヴィの敵じゃねえ」

『ま、期待してるさ』

通話を終えて、ダッチは深い溜息《ためいき》をつく。

襲撃対象の船のオーナーについて説明に虚偽があった以上、ラグーン商会の誰一人として、パンカルピナンでの依頼を破棄することに異論を挿《はさ》む者はいなかった。

「クソッタレが……まんまと嵌《は》められたぜ」

どうあれ、三合会《トライアド》を相手に弓を引いてしまったという事実はもう揺るがしようがない。事の収め方を間違えれば、いよいよラグーン商会は退《の》っ引《ぴ》きならない立場に追い込まれるだろう。

「まあ、後はレヴィに任せるしかないさ。彼女ならジャンキーが率いる愚連隊なんて敵じゃない――と思いたいよね」

諌《いさ》めるベニーは平静を保っているというよりも、むしろ既に諦《あきら》めの境地、といった様子だ。

「……しかし連中、僕らが三合会《トライアド》相手の喧嘩《けんか》に巻き込まれてもホイホイ着いてくると思ってたんだろうか。それとも、まさか最後まで誤魔化《ごまか》し通せるとでも？」

ラグーン号に見限られたら、襲撃チームはたとえタンカーを制圧できたとしても海の真ん中で立ち往生を余儀なくされる。——無論、ここまでの彼らの立ち振る舞いを見れば、その程度の道理すら思い至らない程の馬鹿揃いだった可能性も否めないが。

「ダッチ、さっき船首マストから打ち上げられた信号弾が気になる。あいつらラグーン号の他にも味方の船を用意してたんじゃないだろうか」

ロックの指摘に、ダッチは頷《うなず》いた。

「——よし。ロック、魚雷の準備だ。ベニーはレーダーから目を離すな」

「オーケイ」

指示を受けた二人はそれぞれ甲板と通信室へ取って返す。ダッチもまた操縦席に戻り、海戦の場合に備えて舳先《へさき》を反転させるべく操舵《そうだ》ハンドルを握った。

そのとき、視野の隅を駆け抜ける黒い影に、真っ先に気付いたのはベニーだった。

「ダッチ——後ろッ!!」

悲鳴に近い警告に、ダッチの防衛本能は、振り向くよりもまず座席から転がり落ちる反応を選んだ。結果としてそれが正解だった。稲妻のように閃《ひらめ》いた横薙《よこな》ぎの白刃は、一瞬前までダッチの黒い禿頭《とくとう》があった場所で空《くう》を切った。

「なッ——」

床に尻餅《しりもち》をついた体勢のまま、ダッチは信じられない思いで目の前の黒装束を見上げた。何かの悪い冗談としか思えなかったニンジャスタイルの覆面姿。だが実際に刀で斬りかかられた後とあっては、とても笑い飛ばす気にはなれない。

大体、こいつは一体どこから現れたのか——説明がつく答えといえば、下の船室に隠れていたとしか考えられない。が、この男が他の襲撃チームに混じってゴムボートに乗り込むところを、ダッチははっきりと見届けている。

ともあれ思案している場合ではない。必死に後退《あとずさ》りながらも、ダッチは腰のホルスターから愛用のスミス&ウェッソンM29を引き抜く。猛獣すら仕留めるマグナムリボルバーを軽々と扱えるのは、ダッチの体格あってのことだ。

だがマグナムの銃身が向けられるより早く、ニンジャは懐《ふところ》から取り出した何かを床に叩きつけていた。途端に猛烈な煙幕が吹き上がり、デッキに充満して視界を奪う。

「この野郎——」

罵声《ばせい》を上げるダッチではあったが、まさか視野を奪われたまま接近戦に応じるほど愚かではない。立ち上がってマグナムを構えながらも、壁に背をつけて慎重に後退する。

どういうトリックを使ったにせよ、ザルツマン号を襲った連中は、ラグーン号に伏兵を残していくのを怠らなかった。その意図するところは何か——すぐさま答えに思い至ったダッチではあったが、時すでに遅く、煙幕に隔てられた奥の操縦席では、素早く容赦ない破壊音が立て続けに湧《わ》いていた。

敵の狙いはダッチではなく、ダッチの扱う機械の方だ。操船装置さえ破壊してしまえばラグーン号の航行能力は一時的にせよ奪える。後に残った乗員は、修理が済むまで空の星でも数えているしかない。

「畜生めがッ！」

半ば勘を頼りに三発、マグナムを発砲したダッチだが、見えてもいない標的に当たるはずもない。

「何の騒ぎ――わあッ!?」

甲板に出るハッチの辺りからロックの声が聞こえたと思うや否や、派手に転倒したかのような無様な物音とともに、短い悲鳴へと変わる。――いや、ロックは転んだのではない。突き飛ばされたのだ。

「そっちか！」

煙の中を手探りとはいえ、慣れたデッキの構造だけに、ダッチは苦もなくハッチまで駆けつけた。甲板の外にはロックが尻餅《しりもち》をついている。

「ダッチ!?　ななな何か、いま何か出てきた！　黒いのが！」

「どこに行きやがった!?」

姿勢を低くしたまま、ダッチは両手で構えたマグナムの照準を巡らせ、前後の甲板を見渡した。デッキの外に逃げたニンジャは、このどこかに隠れているはずだ。再び不意打ちを仕掛けてくる腹かもしれない。

「ベニー！　武器庫からありったけの手榴弾《しゅりゅうだん》を持ってこい！　急げ！」

まだ煙の充満するハッチの内側に向けてそう叫んでから、ダッチはデッキの外壁に沿ってゆっくりと移動を始めた。後からロックが及び腰でついてくる。足手まといだが放っておくわけにもいかない。荒事《あらごと》にまるで適性のないロックは、単独だと自衛さえおぼつかないのだ。

「なあダッチ、今のは……忍者？」

「訊《き》くな。そいつに答えたら自分が馬鹿に思えちまう」

憮然《ぶぜん》と呟《つぶや》いた後で、ふとダッチは以前に流行《はや》っていた映画のパターンに思い当たった。

「こういう場合、仲間のメンバーにも日本人がいたら、大抵そいつも『実はニンジャでした』ってオチがつくんだが。なあロック」

「……ダッチ、頼むから俺に変な期待をしないでくれ」

軽口を叩きながらも神経を研ぎ澄ましていたダッチは、ふいに視界の隅に動くものを見咎《みとが》めた。

「そこかッ」

振り向いて構えたマグナムの先で、黒い人影が魚雷管の後ろから身を躍らせ、船縁の向こうへと消える。そして派手な水音。敵は海中へ飛び込んで逃げる腹らしい。

すぐさま駆け寄り、水飛沫《みずしぶき》の名残が見えた辺りにマグナムの連射を見舞うダッチだが、墨汁のように黒々とした水面の下は、まるで見通せない。

そこへ、『爆発物』の焼き印も頼もしい木箱を抱えたベニーが、息せき切ってデッキから飛び出してきた。

「ダッチ、手榴弾《しゅりゅうだん》！」

「よこせ！」

ダッチは木箱に両手を突っ込んで二個の手榴弾を摑《つか》み取り、両方のピンをまとめて口に咥《くわ》えて引き抜くと、ニンジャが飛び込んだ海面へと投げ入れた。続けてさらにもう二個。都合四個が五秒の間をおいて海中で起爆し、盛大な水柱を巻き上げる。

水中爆発による衝撃波は、空気中のそれとは比較にならない。ましてそれが四連発ともなれば、たったこれだけの間に泳いで安全圏まで逃れることは絶対に不可能だ。

「……ロック、明かりを」

デッキの上に据え付けられたサーチライトを操作して、ロックが爆破の余韻に泡立つ水面を照らし出す。果たしてそこには、たゆたう血の色とともに、ボロ布のように波間にゆれる黒装束が浮かんでいた。

まだ熱の残るマグナムの銃身をホルスターに戻すダッチ。だがその口から漏《も》れる溜息《ためいき》は、勝利の感慨とは程遠い。デッキの中を覗《のぞ》き込むと、ようやく薄れ始めた煙幕の向こう側には、完《かん》膚《ぶ》無きまでに破壊されたコンソールの惨状が見て取れた。

「……クソッ。連中、間抜けなんだか手練《てだれ》なんだか。一体どっちなんだ⁉」

「一見ただの間抜けにしか見えない奴らに、ここまで翻弄《ほんろう》されてる僕らって、きっと最上級の大間抜けに見えるんだろうね」

他人事のようにぼやくベニーだが、それに対して怒るだけの気力さえダッチには残っていなかった。

「大体、さっきのあいつ！　一体どこから湧《わ》いて出た？　ついさっき確かに他の連中と連れ立って船から出て行ったはずだろ！」

「ゾディアックがラグーン号から離れた後で、こっそり海に入って泳いで戻って来たんだろうね。で、また船内に忍び込んで息を潜めてた……」

「……そんなふざけた真似をされて、俺たち四人とも、まるで気付かなかったってのか？　ええッ、ロック！」

何で俺に振るんだろう？　と釈然としない思いを懐《いだ》きながらも、ロックは視線を宙に泳がせた。

「まあ、その——確かに忍者には『水遁《すいとん》の術』っていうのがあるけどね……」

「フン、やっぱりか。日本じゃそれが常識なんだな」

「いや違うから。断ッじて違うから」

「おい二人とも、ちょっと待った。……何か聞こえないか？」

ベニーの指摘で、ダッチとロックも耳を澄ます。たしかに西の方角から、聞き違えようもないクルーザー規模のエンジン音が近づいてくる。

ロックがライトを巡らせて、当てずっぽうに音源を探ると、程なく白波を蹴り立てる中型クルーザーの船影が、ぎりぎり照明の範囲内に捕捉できた。

「チッ、やっぱりか……連中、最初《ハナ》から俺たちの代理を用意していやがった」

「ダッチ、ゲパードライフルは？」

ラグーン号には有事のために東欧製の対戦車ライフルが一挺用意されている。だがダッチは、彼方《かなた》を横切っていく船影を睨《にら》み据えたまま、苛立《いらだ》たしげにかぶりを振った。

「この距離でこの暗さ、おまけに移動目標だ。レヴィでもなきゃ無理だな」

肝心の専属射手は余所《よそ》の鉄火場にかかりきりだ。万事が万事、裏目であった。

「ベニー、せめて写真だけでも撮っておけ。いずれ奴らにはこの借りをきっちり支払ってもらわなきゃならない」

「わかった」

ベニーが撮影機材を取りに船内に戻る。ダッチとロックは、物憂い顔で右手に聳《そび》えるタンカーの船体を見上げた。

「……せめてレヴィの奴が、残りの連中を全員始末してくれりゃ、あの船も無駄足で終わるんだがな」

巨大な船体の何処《どこ》かで、相変わらず絶え間なく響いている銃声は、ラグーン号の船上にまで、僅《わず》かながらも漏れ聞こえてくる。

◇

ザルツマン号船内の銃撃戦は、いつしか膠着状態《こうちゃくじょうたい》に陥りつつあった。

とはいえ、状況は戦力が拮抗《きっこう》した上での消耗戦とはまるで違う。いやある意味では一方的とすら言える。マシンガンで武装した男たちの行動を完全に封じ込めているのは、たった一人の女が繰る二挺の拳銃なのだから。

ジェイク率いる襲撃チームは、艦橋を上ってブリッジまで攻め上るどころか、後退に次ぐ後退を余儀なくされ、ついに機関室にまで追い込まれていたのである。

ダッチの期待も、張《チャン》の信任も、決して過大なものではなかったのだ。キリングマシーンとしての本領を発揮した〝二挺拳銃《トゥーハンド》〟レヴィは、まさに死を振りまくこと黙示録《もくしろく》の御使《みつか》いの如くであった。武装でも人数でも圧倒的優位に立つはずの九人が、まるで歯が立たないどころか既に二人もの犠牲者を出している。たしかに、リーダーの交代劇によってチームワークなど無いも同然の寄り合いに堕していたことと、狭い通路での撃ち合いでは数の優位を活かせないという不利が、ジェイクたちにハンデとして課されていたのは事実だが、それを差し引いてもレヴィの強さは圧倒的だった。

事実、残る七人は機関室の複雑に入り組んだ空間に逃げ込んだことで、ようやく待ち伏せや挟撃《きょうげき》といった戦術を選べるようになったのだが、それでもなお彼らはレヴィ一人を突破できずにいる。むしろやっと〝膠着《こうちゃく》〟にまで持ち込めたというのが実情だ。

女一人に不甲斐ないほど翻弄《ほんろう》される郎党を率いる立場のジェイクではあったが、彼の胸中が焦りの一色に染まっていたかといえば、そんなこともなく――それどころか彼は張《チャン》暗殺という本来の目的すら棚上げにしたくなるほどに、この状況を愉《たの》しんでいた。

〝あの二挺拳銃の女……たしか仲間からは『レヴィ』とか呼ばれていたか〟

一目見たときから只者《ただもの》ではないと思っていた。手練《てだれ》の拳銃遣い《ガンスリンガー》に特有の剣呑《けんのん》な気配。そういうものを嗅《か》ぎつける上で、ジェイクは自らの嗅覚《きゅうかく》に自信があった。

おまけに気の強そうなアーモンド型の目。右肩の挑発的なトライバルタトゥ。そしてホットパンツも同然に大胆にカットされたデニムから、惜しげもなく晒《さら》されたけしからん太股《ふともも》――堪《たま》らない。まさに逸材と呼ぶに相応《ふさわ》しい〝キャラ〟だ。ジェイクが今日まで地球を半周するほどの放浪を重ねてきたのも、思えば、全てはああいう女との出会いを求めてのものだった。

彼が手塩にかけてカスタマイズしたコルトUCカスタムには、一つだけ、射撃性能の向上とは無関係なオプションが備わっている。それが銃身下部に装着された、一見レーザーサイトのように見える光学装置——その正体は、コンパクトサイズのCCDカメラである。ジェイクには殺し屋稼業とはまた別に、趣味と実益を兼ねた〝副業〟があり、それにはこのカメラによって記録される画像が必要不可欠なのだ。

既にカメラは、二挺を繰る女ガンマンの刺激的なスナップショットを多数捉《とら》えている。さらにこのまま戦闘が加熱すれば、より絶好のシーンを激写する望みさえあった。正直なところ、成り行きで組むことになったキャロライン一味の残党たちなど、何人死んでくれたところで構わない。ジェイクとしては今しばらく、この目眩《めくるめ》く銃弾のダンスを満喫したいところだった。

かたやレヴィの方はといえば、単身で九人を翻弄するという痛快なまでの善戦ぶりを発揮しておきながら、当の彼女自身はといえば、何やら得体《えたい》の知れない不快感にずっと煩《わずら》わされていた。

彼女にとって二挺のカトラスは、目より鋭く、口より達者な、持って生まれたも同然の〝牙〟である。だからこそ、その〝歯ごたえ〟に明らかな違和感を覚えるのだ。——銃口の向こう側から、狩られる者の焦りが伝わってこない。

確証こそなかったが直感で、レヴィはジェイクの遊び心をはっきりと感じ取っていた。胸糞《むなくそ》悪いことこの上ないが、怒りに任せて勝負を急《せ》いたのでは、ますます相手の思う壺《つぼ》だ。

「ヘイッ、二挺拳銃《トゥーハンド》！　さっきまでの威勢はどうした？　まさか息切れしたんじゃあるまいな？　さては夜更かしが過ぎたか？　もうおネムの時間かい!?　ママのベッドが恋しくなったかな!?」

入り組んだ機械群の向こう側から、嘲《あざけ》りを込めた声が届く。だが空間全体がディーゼルエンジンの唸《うな》るような駆動音に包み込まれた機関室の中では、声の出所がはっきりと識別できない。そうと判っているからこそジェイクも調子に乗って挑発を仕掛けてくるのだ。釣られて出て行けば間違いなく、他の連中の待ち伏せがあるに決まっている。

「ド畜生……うぜェにも程があるぜ……」

本来ならば、この機関室のような環境は、単独で多勢を相手に各個撃破を試みるゲリラ戦に最適な条件が揃っている。だがどちらかというとレヴィは、そういう忍び足に神経を使うような鬱陶《うっとう》しい戦法は願い下げだった。こうして相手の出方を窺《うかが》っているだけでも、一秒ごとに苛《いら》立《だ》ちが募ってくる。できることなら今すぐ部屋に火を放ち、まとめて煙で燻《いぶ》りだしてやりたい。いっそこの船もろとも沈めてしまえば全員が深海魚の餌だ。派手さ痛快さではタイタニックに張り合うこと請け合い。ああ、中々《なかなか》どうして名案じゃあるまいか——既にレヴィは、一体何が問題で今ジェイクたちと戦っているのかという経緯すら失念するまでに焦《じ》れていた。

そんなレヴィに、はたしてザルツマン号の船主が誰だったかを即座に思い至らせたのは、機械油の悪臭で澱《よど》みきった大気の中に、そのときツンと香り立った高級煙草《ジタン》の芳香であった。

「——らしくねえな二挺拳銃《トゥーハンド》。立ち往生《おうじょう》して考え事なんざ、お前の流儀じゃなかろうに」

機関室の床を颯爽《さっそう》と踏み鳴らし、レヴィの傍らに立ったその男の姿に、互いの出方を窺い合っていた全員の視線が釘《くぎ》付けになった。

古風なティアドロップのサングラスに、ポマードで撫《な》でつけられた艶髪。純白のマフラーと漆黒《しっこく》のロングコートが、ともに陰陽相克《そうこく》して翻《ひるがえ》る。立ち姿から目線の角度まで、すべてが粋すぎるにも程があるダンディズム。——いったい誰がここでその登場を予期できただろうか。彼こそが三合会《トライアド》は金義潘《カンイファン》の白紙扇《バクツーシン》、人呼んで『雅兄闊歩《ウオーキン・デユード》』こと張維新《チャンウアイサン》その人であった。

「な、張の旦那《だんな》……何でここに？」

うっかり不埒《ふらち》なことを考えていた引け目もあって言葉に詰まるレヴィに対し、張は悠然と紫煙をくゆらしながら、

「いやなに、ダッチとの約定じゃあ、これ以上は三合会《ウチ》から怪我《けが》人が出ないよう計らう、って話だったわけだが——」

言いさして、伊達男《だておとこ》は飄逸《ひよういつ》に肩を竦《すく》めて見せる。

「それならそれで、怪我なんざする筈もねえ奴が出張るぶんには問題ないわけだ。な？」

途方もなく不敵な台詞《せりふ》とは裏腹に、その微笑は呆《あき》れるほどに涼しく邪気がない。そんな愛《あい》嬌《きよう》ゆえについた別称が『ベイヴ』——ただし当人は気に入らないらしい。

無茶苦茶すぎる言い分だったにも拘《かか》わらず、そのときレヴィは何の疑問も躊躇《ちゆうちよ》もなく張の言葉に納得した。確かに張の度量なら、ダッチの顔を立ててやる程度の計らいも解るが、だからといって弾を浴びせられ床に這《は》うほどの目に遭《あ》いながら、なおも静観を決め込んでいられる

ほど、その身に流れる血が冷めているはずもない。

張《チャン》は組織のボスである以前に一匹の雄《オス》である。なればこそ、たとえ配下を控えさせても、彼自らが鉄火場に踏み込んでくるのは当然だ。おそらくはこの船における最重要人物であり、現にジェイクたちの目的は張の暗殺にあったわけだが、そこまではまだ知らぬレヴィでも、諸々《もろもろ》の屁理屈《へりくつ》を超えた宇宙の真理を悟ることぐらいはできた。──そう、あんなクズどもの弾なんぞ、張の旦那《だんな》に当たるわけがない。

「さあレヴィ。俺をあんまり白けさせるな。パーティに気乗りがしねェなら、まずは自分好みの曲をオーダーしてみるもんさ」

嘯《うそぶ》きながらも、張は腰の裏から両手に愛銃を抜き放つ。カスタムグリップをあしらったベレッタM76『天帝双龍《テインダイシヨンロン》』──奇《く》しくもレヴィと同じ二挺揃え。

「──へへッ、違ェねえわな。旦那」

感服してかぶりを振りながら、レヴィは立ち上がった。ジェイクの阿呆は張の爪《つめ》の垢《あか》を煎《せん》じて飲むがいい。これが〝ダンスの誘い方〟ってもんだ。

「旦那がお出ましとあっちゃあ、こんな油臭ェ部屋なんざ役不足にも程がある。さっさと済まそうや」

「オーケイ」

そして二人は、機関室の通路を歩いて渡り始めた。腰を屈《かが》めて身を隠すなどという無粋はせ

ずに、堂々と直立したままで。

ここぞとばかりいきり立った殺し屋たちが、身を乗り出してマシンガンを向ける。だが二対の視線と四挺の拳銃は、その悉《ことごと》くを見過ごさない。猛然と咆吼《ほうこう》する銃声の四重奏。『カトラス』と『天帝《テインダイ》』の揃い踏みを前にして、誰が主役を張れようか。一瞬にして三人の殺し屋が蜂《はち》の巣になり、舞い散る血飛沫《ちしぶき》で花道を飾る。

「な……何ィ……ッ!?」

さしものジェイクも愕然《がくぜん》と目を見張るしかなかった。張《チャン》が自ら姿を見せたときには好機とほくそ笑んだものだが、それというのも彼が依頼主から受けた説明によれば、張維新《ウァイサン》は組織の重鎮に落ち着いて以来、昔の凄腕《すごうで》を錆《さ》びつかせたロートルだと聞かされていたからだ。

ところが実態はこの有様だ。ロートルが聞いて呆《あき》れる。あれは鬼神か何かの類《たぐ》いであろう。只《ただ》でさえ凄腕のレヴィにあんな助勢が加わったとあっては、もはや真っ向からの勝負に勝ち目はない。

こうなれば策から練り直すしか外《ほか》にない。この場での形勢逆転など試みるだけ愚の骨頂だ。

――危機を認識した時点で、ジェイクの判断は速かった。

「……スタン、まずったぜ。敵の手札にエースとジャックが揃いやがった。ここは降りるしかねえ」

インコム越しに甲板のリーダーに呼びかけると、空電音の向こう側から落胆の舌打ちが届く。

『仕方あるまい。戻ってこい。迎えの船は到着済みだ。俺が脱出を援護する』

そうと決まれば、こんな死地に長居は無用だ。レヴィとの逢瀬《おうせ》は心残りだが、生きていればまた戯れるチャンスはいくらでもあるだろう。

「……全員、退《ひ》くぞ！　仕切り直しだ！」

レヴィと張が機関室の奥まで突進してきたことで、逆にがら空きになった入り口の方へと、ジェイクほか三人の生き残りたちが殺到する。すかさずカトラスと天帝が振り向きざまに連射され、うち一人を血祭りに上げた。が、残りは室外へと脱出し、もと来た通路を甲板めがけて走り去る。

尻に帆をかけての醜態《しゅうたい》ぶりを見て、レヴィはようやく溜飲《りゅういん》の下がる思いで笑った。

「ハン、馬鹿どもが。今さら一体どこに逃げようってんだ？」

だがダッチからの報告を耳にしていた張は、あいにくレヴィほど状況を楽観できなかった。

「あいつら、ラグーン号をぶっ壊して他の船を呼び寄せたんだそうだ。甲板まで出られたらまずいぞ。最悪、取り逃がすことになるかもしれん」

「なっ……」

それを聞いたレヴィは、今度こそ掛け値無しの殺意に柳眉《りゅうび》を逆立てた。

「どこまで巫山戯《ふざけ》たマネを……殺す！　ぜってェブッ殺す！」

血に飢えた獣の凶相で、ジェイクたちの後を追い馳せるレヴィ。それを見た張《チャン》は、少々まずい具合にスイッチを入れてしまったなぁと内心で嘆息しつつ、とはいえ放っておく訳にもいくまいと後に続く。

「レヴィ、迂闊《うかつ》に甲板に出るなよ！　船首のマストにスナイパーが陣取って——」

「上等だッ！　勝負してやらァ！」

艦橋入り口のハッチは、既にジェイクたちが通り抜けた後なのか開け放たれたままだった。はたして張が危惧《きぐ》した通りに、そこからレヴィが用心も何もなく外へと躍り出る。次の瞬間、待ち構えていたスタンのドラグノフが吼《ほ》えた。

「うわッ!?」

不意打ちで飛来した7・62㎜ラシアン弾は、辛《から》くも直撃を逸《そ》れ、レヴィの肩口を掠《かす》めて皮膚を焼いただけに留まった。闇夜に横風という狙撃手にとってのハンデもさることながら、レヴィ本人が持ち合わす悪運もあっただろう。それでもスナイパーの脅威を身をもって思い知らされたレヴィは、すぐ傍らの配管の影に身を伏せて、次弾の照準から逃れるしかなかった。

「畜生……」

配管の陰から窺《うかが》い見れば、ジェイクとあと二人の生き残りは、舷梯めがけて一目散に走っている。ラグーン号が接舷したのとは反対側の舷側だった。おそらくは張が言っていたもう一隻の脱出船が、既に待機しているのだろう。

いまジェイクを狙い撃とうとして身を乗り出せば、船首マストからの狙撃で邪魔されるのは必定《ひつじょう》だった。まずはスナイパーを片付けるしかないが、そうなると拳銃で対処するにはあまりに距離がありすぎる。

「……ほれみろ、言わんこっちゃない。長生きしたいなら人の話を聞くこった」

遅れて艦橋入り口に顔を出した張が、からかうようにレヴィに呼びかける。一体どこから持ち出してきたのやら、手には光学スコープ付きのG3ライフルを抱えていた。

「俺が援護するから、その隙に逃げてる奴らを始末しろ。できるか？」

「願ったりだぜ、旦那《だんな》！」

頷《うなず》いて、張がハッチから身を乗り出す。——次の瞬間、まるで見越していたかのように銃弾が襲いかかり、張はライフルを構える暇すら与えられずに、たたらを踏んでハッチの陰へと引っ込んだ。

「旦那ッ!?」

叫ぶレヴィに、剽《ひょう》げた仕草で肩を竦《すく》めて見せる張。怪我《けが》こそなかった様子だが、頼みの綱だったG3は樹脂製のフォアグリップが撃ち砕かれて粉々になっていた。あれでは使い物にならない。

「……前言撤回だレヴィ。あのマストの上の奴を黙らせるには砲兵隊でも呼ぶしかねえ」

「マジかよ……」

恐るべきは敵の狙撃能力である。怒りと焦りでヒートアップしていたレヴィでさえもが、思考を冷却されるほどだった。

そもそもまず甲板を吹き渡る海風の強さが尋常でない。歩くのでさえ身を屈《かが》めたくなるほどの横殴りの風の中、ここまで迷いなく正確な狙撃をしてのけるというのは、普通なら有り得ない。

ラグーン号の船倉にいた山車《だし》行列《ぎょうれつ》のような連中の中に、これほど腕の立つ奴がいたというのか？　――レヴィは記憶をまさぐり、該当しそうな人物を捜した。が、船内で見かけた連中の獲物は揃ってSMGか突撃銃だ。狙撃ライフルなど見た憶《おぼ》えはない。

得体《えたい》の知れない武器を持ってた奴といえば……たしかに連中がゴムボートに分乗する際、スタンとかいうリーダーがライフルケースを持ち歩いていた。あと背中にも妙に嵩張《かさば》る装備を背負い込んでいたような。

〝……あいつが船首にいる狙撃手なのか？　あんなヤク中《ジャンキー》が凄腕《すごうで》？　いや有り得ねェだろ、それ〟

納得できない思いに歯噛《はが》みしながらも、レヴィは舷梯を駆け下りていくジェイクたちの姿を、為す術《すべ》もなく見送るしかなかった。

だが、まだチャンスはある。いまレヴィと張《チャン》を完全に釘付けにしている狙撃手も、最後には船に乗るためにマストを降りて舷梯まで移動しなければならず、そのためにはレヴィたちの射程内を通過するしかない。そのときがチャンスだ。張とレヴィのコンビネーションで圧倒すれば、接近戦は断然こちらが有利。もし相手が本当にスタンなら、殺さず生け捕りにできれば尚いい。仮にもチームリーダーに指名された男なら、今回の巫山戯《ふざけ》た茶番を仕組んだ黒幕を白状させることもできるだろう。

やがてタンカーの船縁の向こう側から、聞き覚えのない船のエンジン音が高らかに響き渡る。案の定、舷梯の下には迎えの船が待機していたのだ。――が、明らかなフルスロットルの音響に、むしろレヴィは啞然《あぜん》となった。

連中は船を発進させたのだろうか。いま舷梯を下りた連中だけを乗せて？

エンジン音はさらに遠ざかる。直に見ることこそ出来ないが、その音だけでも、問題の船がザルツマン号を離れたのは明らかだ。

「はッ……あいつら、味方を置き去りにしやがった！」

なんと呆《あき》れた、見下げ果てた連中だろうか。最後までタンカーに居残って仲間の脱出を援護したスナイパーを、よりにもよって捨て石にするとは。

「……不憫《ふびん》だが、マストの上の奴も運の尽きだな」

艦橋ハッチの陰の張が、抑えた声に哀れみを滲《にじ》ませて呟《つぶや》いた。

「いくら凄腕だろうが、あんな所でいつまでもチャールズ・ホイットマンごっこを続けてるわけにもいくまい。後はどうとでも始末をつけられる」

「旦那《だんな》、発煙筒か何かねえのか？　視界さえ封じちまえば一気に詰め寄って仕留められる」

「短気は良くないぜレヴィ。まあそんな場所に縮こまったまま待つのは窮屈だろうが——」

言いさして張《チャン》は言葉を切り、船首マストの上を凝視《ぎょうし》した。

「——何だ、ありゃ？」

驚きの呟《つぶや》きに釣られて、レヴィもそっと顔を覗《のぞ》かせ、張の視線の先を窺《うかが》う。

それまで手摺りの陰に身を屈《かが》めていた狙撃手が立ち上がっていた。信じがたいが、たしかにあのヤク中《ジャンキー》だ。

そして彼がゴムボートに乗り込むとき背負っていた装備の正体を、レヴィはついに見届けることになった。


スタンは事前から、最悪の撤退シチュエーション——仲間が舷梯に辿《たど》り着くまで追っ手を釘付けにしなければならない状況についても配慮していた。そしてもし仮にそうなった場合、最後に残ったスタンがどういう退路を用意してあるかも、予《あらかじ》めチームの面々に伝えてあった。

故にジェイクたちがスタンを残してタンカーから離脱したのは、なにもリーダーを見捨てたわけではない。甲板上に充分な風があった時点で、スタンが独力で脱出できるものと判断しただけのことである。

　今いるマストの頂から海面までの高さはざっと四〇メートル強。見下ろせば眩暈《めまい》がするほどの高さだが、スタンの目的にとってはむしろ低すぎる。本来ならば彼が背負ったパラシュートを作動させるには一〇倍以上の高度が必要なのだ。たかだかこの程度の高さから飛ぼうと思うなら、パラセーリングの要領で横風の強さに頼るしかない。

　スタンは足場の縁に立ち、最後にもう一度風向きを確認した上で、躊躇《ちゅうちょ》なくリップコードを引いた。

　パラシュートは垂直落下の際とは異なり、ずるりとバッグから溢《あふ》れ出て虚空《こくう》へと垂れ下がる。だがすぐに傘《キャノピー》は風を孕《はら》んで膨れ上がり、展開ロープを引っ張り始めた。

　艦橋付近にいた二人が、ようやくスタンの意図を察知したらしく行動を起こそうとする。が、スタンは機先を制して立撃姿勢でドラグノフを連射し、徹底して彼らの動きを封じ続けた。もはや当てようとは思わないが、いざ宙に浮いてしまった後は反撃ができない。そうなった後で狙い撃ちにされるのを防ぐには、離陸するぎりぎりの瞬間まで追っ手を足止めしておく必要がある。

　ついに充分な風を摑《つか》んだパラシュートが、スタンの体重を重力から引き剝《は》がした。まるで巨人の手に荒々しく吊り上げられるようにしてスタンはマストから転がり落ち、緩やかに滑空を始める。即座にドラグノフをスリングベルトに預け、両手でトグルを操作して傘のコントロールを把握した。先にジェイクたちを乗せた脱出船は、指示してあった通り風下に向かって巡航している。滑空距離は——際どいところだが、何とかなりそうだ。むしろ問題は、狭いクルーザーの甲板にピンポイント着地を決めるという離《はな》れ業《わざ》の方にある。

あの苛烈《かれつ》な訓練を忘れるな——スタンはそう自らに言い聞かせ、つとめて冷静にトグルを繰った。かつて幾度となく身を躍らせた戦場の空を思い出せ。この自分がまだ戦士なら、生き残るに値するならば——すべては、身体が憶《おぼ》えているはずだ。

脱出船の上で瞬《またた》く指示灯の光を頼りに、スタンは音もなく暗黒の海へと舞い降りていった。

張《チャン》とレヴィがタンカーの舳先《へさき》まで駆けつけたときにはもう、パラシュートは拳銃の射程外にまで飛び去っていった。収まりのつかぬレヴィが駄目もとで三発ばかり狙い撃ったが、銃声は海の闇へと虚《むな》しく吸い込まれていくばかりだ。

遥《はる》か彼方《かなた》で、パラシュートの傘《キャノピー》がふいに運搬物の重さを失ったかのようにふわりと再び舞い上がり、そのまま風に流されて波間へと落ちていく。カッタウェイハンドルで切り離された——ということは、操手は無事に着地点を捉《とら》えたのだろう。

ほどなく、敵船の信号灯も消えた。逃走者たちの行方を確かめる術《すべ》は、もう何一つとしてなかった。

「……クソッタレッ!!　手前ェら、絶対に――絶対に引導を渡してやるからなッ!!」

遣《や》り場のないレヴィの怒声は、夜の海の彼方へと、谺《こだま》すら残さず消えていった。

＃2

「——あのザルツマン号はな、元々アムステルダムの組織の持ち船だったんだが、あれやこれやと経緯があって、先週から三合会《ウチ》に所有権が譲られた。外見はただのタンカーだが、油槽の下に上げ底の隠し部屋があって、船底には小型潜水艇がドッキングできるハッチがある。そいつを使えば、寄港せずとも秘密の荷物を積み降ろしできるって寸法だ。マラッカ海峡を通りがかるついでにロアナプラの荷を積み込み、西海岸まで運べるわけさ」

張《チャン》はラグーン商会の面々を相手に、自らのザルツマン号との関係について語りながら、いったん話を区切って煙草《たばこ》にデュポン・クラシックの火を点《とも》した。

「船長や乗員については、アムステルダム時代の面子《メンツ》がそのままウチに移籍する形になったわけだが、表向きの航路ではロアナプラを素通りするんだから、歓迎会をやるわけにもいかん。で、俺の方から乗船して挨拶《あいさつ》を済まそうってことになり、夜分にヘリでお邪魔したってわけさ。事が始まったとき、あいにく俺は船内の案内を受けてる最中だったんでな。あのとき艦橋に居合わせて、ロックの声にすぐ気付いていたなら、また違ったんだろうが……」

狭苦しいブラック・ラグーン号のデッキの中にあっても、張の寛《くつろ》ぎようは高級クラブのソファに身を預けているときと変わらない。どんな場面にいようとも、自らの存在感でその場の空気を塗り替えてしまうのが張維新《ウァイサン》の風格だ。

破壊された操縦系統の応急処置をひとまず終え、ラグーン号がようやくロアナプラへの帰途についたのは、襲撃から一時間余り後のことだった。

スタンとその一味は、逃走時の追撃を阻害するために、予《あらかじ》めラグーン号に伏兵まで用意するほどの周到さを見せただけあって、当然ながら張がザルツマン号への来訪に使用したヘリについても、襲撃の第一段階で要所を破壊し、飛行不能な状態にしてあった。ラグーン号の修理が終わった時点でも、依然ヘリの修繕の目処《めど》は立たなかったため、暇な身であるはずもない張は、ひとまずロアナプラへ帰還するにあたりラグーン号への同乗を要求してきた。結果、街の大物とその側近たちを乗せての、いつになく奇妙で物々しい道中と相成《あいな》ったわけである。

「今夜の張さんの予定を知ってた人間は？」

ダッチの質問に、張は剽《ひょう》げた仕草で両手を上げた。

「べつだん内緒のスケジュールじゃなかったからな。そっちの線から首謀者に当たりをつけるのは難しい」

「……張さん、今回については内部の人間の仕業《しわざ》ってことはないはずだ」

ロックは口を挿《はさ》むタイミングを見計らって、そう自らの私見を述べた。

「ラグーン商会にとって三合会《トライアド》が得意先の上客だってことは、ロアナプラでは誰だって知ってる。俺《た》たち《ち》にバンカ島で接触してきた連中が、ロアナプラでの事情に疎かったのは間違いない」

「そうかもしれんし、違うかもしれん」

張《チャン》はあくまで声音《こわね》の温度を変えぬまま、ロックを正面から見据える。

「ロック、お前さんの理屈は、ひとつの可能性でそっくり反対に裏返る。——そもそもラグーン商会が最初から俺の命を狙う腹だった場合、だ」

「おい、張の旦那《だんな》——」

抗議の声を上げようとするレヴィを、張が手で制して続ける。

「確かに、俺たちは昨日や今日の付き合いじゃないが、だからといって馴れ合いだけで話を進められる仲でもねえ。ザルツマン号じゃ四人が死んでるんでな」

張維新《ウァイサン》その人との信頼関係については、もはや口にして語られるまでもない。そもそも張がラグーン商会を本気で疑っているなら、こうも不用心にロアナプラまでの同船を希望するなど有り得ない。だがそういう〝個人的な〟友誼《ゆうぎ》は、今ここで持ち出していい要素ではないのだ。三合会《トライアド》ロアナプラ支部を預かる〝公人〟としての張には、彼とラグーンとの交流をまったく知らない者の目から見ても、公正な対処だと納得できる判断が要求される。

「……どうあっても俺たちにペナルティを背負えってのか？　張さん」

「身の潔白を証明できない限りは、そうしてもらうしか外《ほか》にない。——だがお前たちにとっても、チャンスが皆無ってわけじゃない。そうだろ？　レヴィ」

「あん？」

ふいに話を振られたレヴィが戸惑う。

「ザルツマン号の機関室で撃ち合ったとき、奴らが最後に吠《ほ》えた言葉を思い出せ。――〝仕切り直しだ〟と、連中は確かにそう言った。奴らは諦《あきら》めちゃいないのさ。ロアナプラに戻った後も、きっとこの俺を狙ってくる」

狙われている当人とは思えないほどに、張の微笑は泰然自若の呑気《のんき》さであった。

「十中八九間違いなく、逃げた船が向かった先はロアナプラだ。奴らはそこで南京虫みたいに物陰に身を潜め、俺の寝首を掻《か》く機会を窺《うかが》ってるだろう。そいつらを、ラグーン、お前らが直々に捜し出して仕留めりゃいい。それで万事は丸く収まる」

「成る程ね……」

ダッチが深く嘆息する一方で、レヴィは底光りするような不敵な笑顔を覗《のぞ》かせる。

「そういうことなら、むしろ願ったりじゃねェか。承知だぜ張の旦那。次にお宅の敷居を跨《また》ぐときは、必ず連中の首を持参してやるさ」

「その意気だ、レヴィ」

レヴィとしては、事は三合会《トライアド》に対する義理立てだけには留まらない。私情と言われればそれまでだが、あの場でジェイクを仕留め損なったことは彼女にとって大きな痼《しこ》りになっていた。

ああも露骨に喧嘩《けんか》を売ってきた相手が、今もまだどこかでのうのうと生き存《なが》らえているという現実。その憤《いきどお》りは、レヴィ以外の誰にも共有できないものだ。

「――盛り上がってるところ、いいかな？　早速だがひとつ手がかりだ」

それまで通信室で愛用のＰＣ機器にかかりきりになっていたベニーが、一枚のプリントアウトを手にしてデッキに出てきた。

「スタンたちを迎えにきた例の船、とりあえず写真だけは撮っておいたんだが……暗くてどうしようもない画像だったけど、補正でなんとか、船名ぐらいは読めそうになったよ」

「オーケイ。お手柄だぜ、ベニーボーイ」

ベニーが差し出したモノクロプリントを、全員が覗《のぞ》き込む。かなり粒子は粗いものの、確かに、辛《かろ》うじて舷側の文字を判読することができる。

「こいつは……キリル文字か？　ロック、読めるか」

語学となれば彼の出番だ。ロックは眉間《みけん》に指を当て、頭の中の辞書を引く。

「ニフリート……確か、翡翠《ひすい》って意味だったかな」

「ニフリート号、だと？」

張《チャン》の声が、うっかり聞き逃すと気付かない程度の固さを帯びた。だが生憎《あいにく》、それに気付かぬほど迂闊《うかつ》な耳をしている者は、この場に一人もいなかった。

「知ってるのか？　張さん」

「……以前、小耳に挟んだ船名だ。まあ、あまり確かな記憶じゃないんだが」

言葉を濁した張だったが、黙っていたところで仕方ないとすぐに思い直したのだろう。溜息《ためいき》とともに紫煙を吐いてから、重い声で呟《つぶや》いた。

「もし勘違いじゃなかったとしたら——確か以前に、ブーゲンビリア貿易がそんな名前の船を使ってた。バラライカの持ち船ってことだ」

バラライカ——

その名が出た後に訪れた沈黙は、誰にとっても快いものではなかっただろう。

◇

サータナム・ストリートの片隅で、フランス租界時代の名残を今に伝える古式ゆかしい洋風建築に、『ブーゲンビリア貿易』は表札を掲げている。その正体がロシアン・マフィア『ホテル・モスクワ』のタイ支部であることは、ロアナプラでは公然の秘密である。

この街におけるロシア人の勢力は、縄張りの規模でこそ三合会《トライアド》に一歩譲るものの、その残忍さ凶暴さでは間違いなく筆頭に上げられ、それこそ地獄の悪魔かその眷属《けんぞく》のように恐れられている。ブーゲンビリア貿易の門柱は、いわば静かなる魔境の入り口であり、無縁の者がそこをくぐるとなれば、一切の望みを捨てる覚悟が必要だ。

ダッチにとってホテル・モスクワは、三合会《トライアド》より頻繁に仕事を請け負う特上の得意先だが、招かれざるままにここを訪問するのは久しくなかったことだ。用件が用件だけに、なおのこと気が滅入る。

「——で、朝一番に私の所へ駆けつけたってわけ？　面白くもない話だこと」

アポ無しの来訪によって静かな朝の始まりを台無しにされたロシアン・マフィアの女頭目は、左半面だけの美貌を不機嫌さに曇らせながら鼻を鳴らした。残りの右半面の表情については、その色を窺《うかが》うまでもない。——右目から頬《ほお》にかけてを無惨に引き攣《つ》らせた火傷《やけど》の痕《あと》は、金輪際《こんりんざい》いかなる喜怒哀楽も示すことなどないからだ。

ホテル・モスクワの代表として当地を任されている彼女は、ただ『バラライカ』という通り名でのみ知られる。より恐れ知らずの者ならば『火傷顔《フライフェイス》』という渾名《あだな》で呼ぶこともあるが、当人を前にしてそう口にできるのは、よほどの豪傑か馬鹿だけだ。

傍らに控えて立つ大男はボリスといい、バラライカの忠実な側近として知られている。一切の感情を遮断した無表情のまま、無言の威圧感で主《あるじ》の脇を固めるその居住まいは、さながら殺《さつ》戮機械《りくきかい》にまで鍛錬された剽悍《ひょうかん》なドーベルマンを思わせる。

「まあ、大方の事情は解ったわ。うちの持ち船に襲われたって、あの張《ベイヴ》が血相を変えているわけね？　——フフン、どれほどの慌てようだったのやら。この目で見られなかったのが残念だわ」

ダッチが通されたバラライカの執務室は、窓からの採光以外は必要最低限の照明しか用意されておらず、常にフレスコ画めいた重苦しい静謐《せいひつ》さが立ちこめる。外の往来がいかに南国の日差しで蒸し上げられようと、この部屋ばかりは常に、寒烈なる極北の冬の気配が付きまとう。

「笑い事じゃねえんだ、バラライカ」

つとめて平静を装いながら、ダッチはやんわりと釘を刺した。

「張 維 新《チャンウアイサン》に喧嘩《けんか》を売った連中の背後に、あんたの影がちらつくっていうのはな……この街に暮らす人間にとっちゃ、硫黄《いおう》の雨が降るより良くねえ徴《しるし》なんだよ。その程度のことは察してくれ」

「ええ解るわ。そう勘繰られるだけの経緯が過去にあったのも事実。いま私と張が再戦すれば、この街がどんな惨状になることやら——ヨハネでさえ書くのを憚《はばか》るでしょうね」

にこやかに軽口に応じるバラライカだが、その目はあくまで笑っていない。彼女が過去にどのような地獄を見てきたのか、ダッチとて委細は知らないが、このアフガン帰りと噂《うわさ》される元軍人の瞳《ひとみ》には、いつでも煉獄《れんごく》の景色が宿っている。口元の微笑とは裏腹に、火傷《やけど》するほどに極低温の眼差しが、無言のうちに語っている。――この世の終わりが来るのなら、ポルカを口ずさみながら見届ける、と。

「……冗談よダッチ、あなたにまでそんな顔をされるなんて心外だわ。私だってホテル・モスクワと三合会《トライアド》との協調関係は重く見ている。そのための対価としてどれだけの血が支払われたか忘れはしない。あなただって憶《おぼ》えているでしょうダッチ？　すべて特等席で見届けたあなたなら」

「ああ、そうだな」

軽く受け流そうとは思っても、かつて体験した凄絶《せいぜつ》な修羅場の記憶は、ダッチの声から潤いを奪わずにはおかない。

「あそこまで肝《きも》を冷やす思いはもう二度と御免だし、あんたもそう思っているものと願いたい。だからこそ、俺はコソコソ探り回ったりするより先に、まずあんたの口から説明を聞くべきだろうと判断した」

「そういう紳士的なところ、私はとても気に入ってるの」

世辞と受け取るにはあまりに危険な笑みを投げ返した後で、バラライカは改めて、ダッチから渡された不審船画像のプリントアウトを手に取った。

「確かにこれはニフリート号で間違いない。ブーゲンビリア貿易に登録されてたのも事実よ。

ただし三日前までの話だけれど」

「三日前？」

「盗まれたの。後ろ暗い事情があったわけじゃなし、きちんと盗難届も出したわ。ワトサップに問い合わせれば裏が取れるはずよ」

　この街の警察に盗難の被害を申し出ることで何らかの意味があるとすれば、それは盗人を捕まえることより、盗難品を悪事に転用された場合の面倒を軽減できるという程度だろう。

「……成る程な。そういう事情なら、気の毒だったと言う外《ほか》ねえ。盗んだ奴の心当たりはあるのかい？」

「全然。見つけたら教えてほしいぐらいよ。この手でチブリクの具にしてやりたいからね」

「他の手がかりといえば……まあ、あとはコイツか」

　バラライカの表情を慎重に観察しながら、ダッチは彼女の執務机に真鍮《しんちゅう》製《せい》の金属を置いた。空薬莢《からやっきょう》。ザルツマン号前部マスト付近に散らばっていたのを、レヴィが拾って持ち帰ったものだ。まず間違いなく、昨夜の凄腕狙撃手のものだろう。

「……種類は、一目瞭然だよな」

「そうね。ますます不愉快だけれど」

　7・62㎜×54ラシアン弾。第二次大戦中のロシアの名銃、モシン・ナガンM1891／30に使用された専用弾だ。二一世紀も間近な現代において、この弾を使用するライフルはただ一挺しかない。

「SVD《ドラグノフ》。我々にとっては家族も同然の——いえ、肉親より信頼に足る銃だわ」

「腕利きの狙撃手ってやつは、それだけ銃の選り好みも厳しくなっていくもんなんだろ？」

ダッチの問いに、バラライカは微塵《みじん》も揺るがぬポーカーフェイスを保ったまま答える。

「そうね、仮に私が事に及ぶとしたら、間違いなく同じ銃を選ぶわ」

バラライカの〝コール〟に対し、さらにダッチは〝ベット〟で応じる。

「そいつは一五〇〇メートル以上の距離で横風を受けながら、張《チャン》さんとレヴィを銃撃で釘付けにし、最後にはパラグライダーを使って逃走した。マストから飛び降りて、走るクルーザーの甲板に着地してのけたんだ。……バラライカ、あんたならどう思う？」

「問題の男はドラグノフの扱いに熟達し、同様に落下傘降下の腕前も超一流。おそらくは空挺部隊——それも極限状況の訓練を受けた特殊部隊の出身でしょうね」

剃刀《かみそり》の刃の上での問答に、むしろ傍らに控えて見守るボリス軍曹の方が、緊張に面持ちを強《こわ》張《ば》らせる。

「……そういう奴に、心当たりは？」

最後のハッタリで食い下がるダッチ。だがバラライカは涼しい顔で事も無げに〝レイズ〟の宣言。

「うちの『遊撃隊《ヴイソトニキ》』の連中なら、誰にだって出来ることだわ」

「――降参だ。やはりあんたには敵《かな》わない」

〝フォール〟だ。ダッチは諸手《もろて》を挙げて嘆息した。今の彼の手札では、ここまでが限界である。

「もし朝食がまだなら、ご一緒にどう？」

さっきまでの危険な腹の探り合いなどまるで失念したかのように、親しげに提案するバラライカ。だがダッチとしては、今はジャムを添えた紅茶より、緊張をほぐす一服が欲しいところだ。

「遠慮しとくよ。これからリロイとも話をしなきゃならない。〝時は金なり〟――しかも今はデフレの真っ最中だ」

「そう。ではまたの機会に。進展があったら教えて頂戴《ちょうだい》。何か力になれるかもしれないわ」

「ああ、そのときはよろしく頼む」

席を立って部屋を出ようとしたダッチは、ドアを開けた途端に一人の女と鉢合わせした。ちょうどバラライカの部屋をノックしようとしていたところらしい。地味な装いにも拘《かか》わらず結構な美人――だが、見覚えのない顔だ。

「おっと、失礼」

軽く会釈して非礼を詫びてから、ダッチは廊下に出た。

次なる訪問先は情報屋のオズワルド・リロイだ。が、収穫があるかどうかは疑わしい。それでも張を狙う殺し屋が動き始めた場合に備えて、予《あらかじ》め街の中での妙な動きに目を光らせておいてもらう必要がある。

サータナム・ストリートの強い日差しの中に出たときにはもう、さっき顔を合わせた見知らぬ女のことなど、ダッチは綺麗《きれい》に記憶から消し去っていた。


「失礼しますわ。同志バラライカ——よろしいかしら?」

ダッチが去るのと入れ違いに戸口に顔を出した女を、バラライカは不穏《ふおん》な眼差しでじろりと一瞥《いちべつ》した。先客が扉を閉めずに去ったのをいいことに、ノックして入室を乞うこともなく、無遠慮にずかずかと執務室に入ってくる。非礼を咎《とが》めようにも、相手に遠慮という概念がまるで欠けているのだから糠《ぬか》に釘だ。彼女——タチアナ・ヤコブレワにとっては、〝遠慮なく立ち入る〟ことこそが職務の本分なのである。

南国の陽気の中にあってなおモスクワの曇天を思わせる無個性なグレースーツ姿。顔の造りこそ決して不器量ではないものの、雅《みやび》より効率優先で短くカットされた黄褐色の髪と、重そうな鼈甲縁《べっこうふち》の眼鏡で、まず大方の色事師は口説き文句を引っ込めるだろう。

「朝っぱらから、いったい何の用?」

タチアナに対するバラライカの態度は、さっき決して愉快ではない用件を持ち込んだダッチ

との会話でさえもが、小春日和のような上機嫌のうちに交わされたものだと思うしかなくなるものだった。淡いブルーグレイの瞳《ひとみ》の色味は、まさに氷山のそれだ。

バラライカはタチアナを嫌悪し、それを当人の前でさえ——否、当人の前だからこそ隠そうともしなかったが、タチアナはタチアナで、相手の感情に気付いた素振りもなく——否、そもそも眼中にないかのように平然と、慇懃《いんぎん》な笑みを絶やさなかった。そんな二人の会話が、朝であれ夜であれ穏便《おんびん》であろう筈《はず》もない。

「同志バラライカ、もう朝食はお済みで？　よければご一緒に——」

「冗談ではない。貴様が粥《カーシャ》を掻《か》き込む様など目の前で見せられたら、こちらの食欲が失せるというものだ」

「あら、辛辣《しんらつ》ですこと」

まるで世間並みの世辞でも言われたかのように、にっこりと微笑するタチアナ。

「他人を誘って優雅な朝食など摂っている暇があるのなら、塩でも舐《な》めながら仕事を進めろ。いったいいつになったら貴様の〝会計監査〟とやらは終わるんだ？」

「残念ながら、仕事の進捗《しんちょく》を阻んでいるのは貴女《あなた》の態度によるところが大きいのですわ。同志バラライカ」

タチアナの笑顔が、さらに陰湿な翳《かげ》りを帯びる。すると何故か、女の魅力とはまったく無縁の装いで身を固めた彼女の風貌に、じわりと毒のような妖艶《ようえん》さが滲《にじ》み出る。或いはそれこそが、彼女の本性——冷たく湿気た闇の中でこそ輝きを放つ夜光虫の如き〝美貌〟なのだろう。

「たった今、小耳に挿《はさ》みましたが——船艇が一隻、盗難の被害に遭《あ》ったとか？　どうしてその報告が私の耳に届かないのでしょうか。管財における一大事ですのに」

「……立ち聞きか。まったく元KGB《チエーカー》というヤツは、どこまで厚顔無恥なのやら」

「それもこれも仕事のうちですので」

おそらくこの女は、ダッチの去り際に鉢合わせを装っただけで、実際は最初から執務室への来客に対し聞き耳を立てていたのだろう。バラライカの剣幕が、より冷酷の度を増す。

「貴様のチェック対象は昨年度分の帳簿だ。今月になってからの事件など知る必要はない」

「困りますわ……困りますわねェ同志。そういう貴女の頑《かたく》なな態度が、任務に臨む私を殊更《ことさら》に慎重に、念入りにさせるのです」

タチアナは足取りも軽くバラライカのデスクに近寄ると、その縁に、まるで座り慣れた椅子でも扱うかのように腰を預けた。あまりにも露骨な挑発に、傍らのボリスが表情を強張《こわば》らせる。

タチアナは野暮ったい眼鏡を外し、まるで誘うかのように肩越しにバラライカを眇《すが》め見た。その仕草は、食虫植物が獲物を求めて粘性の花弁を開く動作を思わせた。

「ブーゲンビリア貿易における資金資材の運用は、私の知る限りの基準に照らしても、あまりに不明瞭で曖昧《あいまい》ですわ。この支部の運営は、貴女一個人の裁可によって動かされている部分が多すぎるのです。これは『ホテル・モスクワ』の、ひいては我ら人民の理念とも相反する体制と言うほかありません」

「理念、か。……フフン」

バラライカは小さく鼻で嗤《わら》い、それからやおら手を伸ばした。淀《よど》みなく静かな、あまりに作為のない動きのせいで、タチアナは襟首を摑《つか》まれるその瞬間まで、バラライカの意図に気付けなかった。

「〝貴様らの理念〟とは何だチェーカー。聞かせてみろ。昔懐かしいボルシェヴィキ党歌でも唄ってくれるのか?」

唐突すぎる暴力に、予測も覚悟も間に合わなかったタチアナが、隠しきれない怯《おび》えの色を覗《のぞ》かせる。その僅《わず》かな恐怖の気配を、バラライカはタチアナの顔を鼻面に寄せ、じっくりと舐《ねぶ》るように嗅《か》いで確かめる。まるで獲物を前肢で押さえ込んだ猟犬のように。

「――これだけは言っておく。貴様らが理念などと呼んでいる戯言《ざれごと》から生まれた影、それこそが我々ホテル・モスクワだ。忘れるな。貴様らは媚《こび》を売って迎合した気でいるかもしれないが、我々はいつだって、貴様らの喉笛《のどぶえ》を嚙《か》み砕く時期を窺《うかが》っている。その日が来るまで、せいぜい上手く立ち回るがいい。私の目障りにならん範囲で、な」

タチアナはそれでも、強張《こわば》った微笑の名残を完全に消さぬだけの意地は張り通し、あくまで査察官としての威厳を取り繕いながら、なお重ねてバラライカを質《ただ》した。

「……なぜ、私に……ニフリート号の件を伏せたの? ……後ろ暗い事情でもおありで?」

「貴様とは口を利くだけで虫酸《むしず》が走るからだ。よほど話す必要に迫られた事柄でもない限り、貴様には今後とも一切、何一つ報《しら》せない。それがここロアナプラでの流儀だ」

ゆっくりと念を入れて語り聞かせてから、バラライカは手を弛《ゆる》め、相手を突き放した。

「早急に仕事を片付けて消えるがいい。あまり水の馴染まん土地に長居せんことだ」

「……手緩《てぬる》いわ。まったく」

タチアナはそそくさと身を退いて、何事もなかったかのように手早くスーツの襟元を直す。

「たとえ身に覚えがないにしても、さっきの黒人は黙らせるべきだった。もっと徹底的に威圧するか、或いはより後腐れのない手段でね。あの男が余所《よそ》で事情を言いふらせばどうなるかしら？」

その想像を愉《たの》しむかのように、タチアナは陰惨な笑みをちらつかせる。

「好きこのんで東側のオンボロ狙撃銃を使い、パラシュートの腕前をひけらかす――どう考えても『スペツナズ』の仕業《しわざ》じゃないの。それが張維新《チャンウァイサン》を襲って、『ホテル・モスクワ』の船で逃げたのよ。誰が聞いたって『火傷顔《フライフェイス》』の仕業と決めつける。ようやく過去の遺恨を晴らす気になった、とね」

タチアナとしては、バラライカが少しでも動揺する様を期待したのだろうが、生憎《あいにく》バラライカはダッチが仁義を弁《わきま》えた男であることを知っている。

「危ういと思うなら、さっさとこの街から立ち去ることだな。いざ成り行きが荒事《あらごと》に及べば、弾は必ずしも前から飛んでくるばかりとは限らんぞ。――それともう一つ。SVD《ドラグノフ》は精度より耐久性と速射性に重きを置いた優秀なライフルだ。それをオンボロと侮るならば、貴様を六〇〇メートル先に立たせて実証してやってもいい」

「……」

タチアナの感情としては言い返したいところだっただろうが、彼女の役職において、挑発やあてこすりは余録のうちであったとしても、あからさまな対立姿勢を取るのは明確な逸脱だ。よほど致命的なミスをあげつらう好機でもない限り、立場上の優劣は、官僚くずれの彼女にとって絶対的な意味を持つ。

陰気な眼差しに意趣返しの意図をたっぷりと含ませた後で、タチアナは捨て台詞《ぜりふ》すら残さず執務室を出て行った。

「……不愉快な場面に立ち会わせてしまったな。同志軍曹《スタルムシ・セルジヤント》」

嘆息するバラライカに、無言の彫像の役から解き放たれたボリスが、木訥《ぼくとつ》ながらも上官への労《ねぎら》いを込めて返答する。

「いえ。政治将校《ポリトルーク》に煩《わずら》わされるのは慣れております。常駐でないだけ、まだマシです」

ソヴィエト連邦の崩壊に伴って、多くの犯罪結社が、かつての公的機関の人員を丸呑みすることにより、その勢力を拡大させてきた。『ホテル・モスクワ』も例外ではない。とりわけ国家保安委員会ことKGBの解体によって行き場を無くした諜報員たちは、長年に渡り培ってきた諜報機関の情報源やコネクションを丸ごと組織へと持ち込み、大いに貢献した。

だがそういった自発的〝天下り〟が組織にもたらしたものは恩恵だけではない。旧ソヴィエト体制の最大の悪癖ともいえる怪異で理不尽な官僚主義もまた、まるで悪腫のように組織を内側から蝕《むしば》みつつある。かつての共産党の公機関は、自由主義陣営という外敵に抗するよりなお偏執的に、内部の政敵との権力闘争に明け暮れるのが常だった。とりわけKGB崩れの輩《やから》というやつは、仕える相手が変わった後もそういう性根だけは変わらぬと見えて、同僚を蹴落とすことこそがどんな功績にも勝る出世の近道という認識があり、事あらば仲間内の足の引っ張り合いに血道を上げる傾向にあった。陰湿かつ執拗《しつよう》な内部監査などはその最たる例だ。ここ最近、ホテル・モスクワ内部の旧KGB派閥が中心となって進めている会計帳簿の徹底確認は、確かに組織内の風紀を引き締め、不埒《ふらち》な真似をしていた愚か者を一掃する契機にはなったものの、一方でバラライカのような現場優先の実力主義者には頭痛の種でしかなかった。

先週から会計監査官としてロアナプラに逗留《とうりゅう》しているタチアナ・ヤコブレワもまた、元KGB局員《チエキスト》である。〝チェーカー嫌い〟を公言して憚《はばか》らないバラライカにとっては、ただそれだけでも快く思える道理がないというのに、そんな手合いが我が物顔で彼女の縄張りに踏み込み、台所事情を暴き立てては日々、粘着質な皮肉を垂れているのだ。その不快さはまさに、枕元を這《は》い回る蛇蝎《だかつ》も同然だった。

「ですが……会計監査はさておき、張《チャン》氏襲撃とニフリート号についての件は、由々《ゆゆ》しき事態ではないかと」

「うむ」

信頼する最古参の副官の言葉に、バラライカは頷《うなず》く。

「大尉《カピターン》、やはりラグーン商会には慎重な行動を促すべきだったのでは？　彼らが嗅《か》ぎ廻ることによって、いらぬ風聞が拡がる可能性は無視できません」

「そこはダッチであれば念を押すまでもない。忘れたか軍曹、彼は我々と三合会《トライアド》との抗争を講和に導いた功労者でもある。両組織の再衝突を憂慮しているのも本心だろう」

語りながらも、バラライカはダッチの持参したプリントアウト画像に見入り、彼の報告を再度、脳裏で反芻《はんすう》する。

下手人たちが足の着かないよう盗難した船舶を使ったことに不思議はない。だが、よりにもよってブーゲンビリア貿易の持ち船を使ったというのが引っかかる。埠頭《ふとう》にはもっと簡単に盗める船がいくらでもあった筈《はず》だ。

張《チャン》を襲う上で、過去に遺恨のあったロシアン・マフィアの仕業《しわざ》を装うという策謀があったのかもしれない。だとすればバラライカもまた他人事と静観しているわけにもいかない。

「……否、本当に装っただけか？」

苦い懸念《けねん》が、ついバラライカの口を衝《つ》いて出る。聞き咎《とが》めた軍曹が、強面《こわもて》に似合わぬ動揺を覗《のぞ》かせる。

「夜間、それも船上からパラシュートで滑空できる程の横風を浴びながら、タンカーのほぼ全長を跨《また》いでの狙撃……軍曹、我が『遊撃隊《ヴィソトニキ》』であればどう対処する？」

「他に選択肢のない状況下なら、最善を尽くすことでしょう」

ボリスの模範的な返答には、二重の意味がある。

バラライカ麾下《きか》の元スペツナズ精鋭兵たちであれば、たしかに怖気《おぞけ》を振るうほどの任務ではない。――が、挑むよりまず先に、他にもっと堅実な方法がないかを検討し、あるならば迷わずそちらを選択する。それだけ慎重にならざるを得ない難度の要求ということだ。

彼らはライフルと落下傘について知り尽くしている。だからこそザルツマン号を襲った狙撃手の手練《てだれ》を、より正確に評価できる。

「ダッチの話を聞く限りでは、問題のタンカーを襲撃するには、他にいくらでもやりようがあったように思える。だが狙撃手は敢《あ》えて前部マストに陣取った。つまり――彼にとって、状況は検討を要するほどの難題ではなかったということだ」

此処《ここ》でなく、現在《いま》でなく、どこか遠く隔たった場所を見つめるかのようなバラライカの眼差しに、ボリスは我知らず生唾《なまつば》を呑《の》む。

「大尉《カピターン》……」

「お前にも心当たりがある筈《はず》だ、軍曹。スナイパーにとって天敵とも言える強風を、まるで旧友のように熟知し味方につけていた天才が、かつていた。彼はロシア人であり、スペツナズであり、我らの同胞であった」

二人の脳裏を、同じ心象が過ぎる。――干涸《ひか》らびた旋風と、焼けつく日差しと、すべての生命を否定するかのような岩と砂塵《さじん》の大地。

干涸らびたように掠《かす》れた声で、ボリスがとある男の名を口にする。

「スタニスラフ・カンディンスキー伍長……しかし、彼はもうこの世には……」

「そうだな。たしかにそれは墓碑銘に刻まれるべき名前だ。が、しかし――」

想いを、遠い死の国に回帰させながら嘯《うそぶ》くバラライカの声は、どこか鎮魂の祈りに似ていた。

「――しかしそれは、我々全員についても同じことではないか？　軍曹」

◇

張維新《チャンウァイサン》の予測に違わず、スタンたち暗殺チームはロアナプラに潜伏していた。――ただし、それを潜伏と呼ぶには語弊《ごへい》がありすぎる居直りようであったが。

市内では指折りの高級ホテル――といってもタイ辺境の港町での基準だが――である『サンカン・パレス・ホテル』のロビー脇。閑散たる有様のダイニングバーに、ザルツマン号襲撃から生還した四人の男たちは顔を揃えていた。

つい今し方までは朝食を摂りに来ていた宿泊客の姿がちらほらとあったものの、既にもう堅《かた》気《ぎ》衆であれば勤め始めになろうかという時間帯だけに、手持ち無沙汰のままテーブルを囲んでいる胡乱《うろん》な男たちの集団は、あからさまに浮いている。

他の客といえば、前夜の勤めを終えて迎え酒を呷《あお》っている高級娼婦《こうきゅうしょうふ》らしき美女三人。さらにその隣の卓には、彼女らのボディガードを仰せつかっているのであろう二人組の男たちがいたが、いずれも離れた席にいるスタンたちを気に留めている様子はない。

そもそも当初から張暗殺の依頼を受けていたスタンとジェイクは、計画の仔細が固まるより以前からロアナプラに呼び出され、このホテルに逗留《とうりゅう》していた。その時点ではまだ海上のタンカーで襲撃をかけるなどというプランはなく、土壇場になってから二人はバンカ島に呼び出され、現地でスカウトされたキャロラインの一党やラグーン商会と引き合わされたのだ。

キャロラインの死後ジェイクについてきた海賊二人――ペドロとアロンゾも、今では巫《ふ》山《ざ》戯《け》たコスチュームを捨ててホテルの売店で買った服に着替え、文明人の体裁を取り戻している。それでもなお堅気の人間らしからぬ剣呑《けんのん》さを発散しているアロンゾは、おそらく筋金入りの無法者なのだろうが、ペドロの方はさっぱりと髭《ひげ》を剃《そ》り、サングラスで装いを変えてみると、やや神経質めいたインテリ風の風貌に様変わりして、一見ただの旅行者でも通用しそうだ。

「――なァ、一体いつまで待たせるつもりだ？　あの赤毛女はよ」

アロンゾはさっきからせわしなく身体を揺すり、落ち着かないことこの上ない。だが街一番のマフィアの大物に喧嘩《けんか》を売った後で、こうして人目に付く場所で漫然と時を過ごしているのだから、むしろ当然の態度かもしれない。観念した風に黙っているペドロはさておき、スタンは相変わらずヘロイン漬けの虚《うつ》ろな視線を虚空《こくう》に彷徨《さまよ》わせているし、ジェイクに至ってはヘッドホンで音楽に興じつつ、何やらノートパソコンの操作に没頭している。

「遅くとも一〇時までには車で迎えに来るはずだったんだろ？　何かトラブルでもあったんじゃねェのか？　おい」

「ん〜、まーきっと、足の着かない車を調達するんで手間取ってるんじゃねえ、か、なっ……と」

視線はぴたりと液晶モニタに据えたまま、ジェイクが気もそぞろに返事をする。

もちろん彼らとて、いったん計画が実行された上に失敗に終わった今、こんな目立つ場所に居続けるつもりはない。こういう展開に備えた別の隠れ家も、あらかじめ用意されている。ただしそこは徒歩で向かうにはやや難のある場所で、昨夜クルーザーで彼らを救出した〝赤毛の女〟が、移動のための車を用意して迎えに来る段取りになっていた。

——が、約束の時間はとうに過ぎ、計画の全貌をまだ知らされていないアロンゾとペドロは、募る不安を抑えきれない。

「……あんた、何をやってるんだ？　さっきから」

それまで沈黙していたペドロが、手慣れた様子でパソコンを弄《いじ》り続けるジェイクに声をかけた。

「ん？　まあ、そうね……趣味と実益を兼ねたライフワーク、ってところか……これで、良し、っと」

作業に一段落ついたのか、ジェイクは今度はパソコンと携帯電話をケーブルで接続すると、何処《どこ》へともなくファイルの転送を始めた。

「ふーッ、やれやれ。残りの更新は夕方ごろにしようかね。……う〜ん、確かに遅いねえ。迎えの車」

まるで緊張感のないジェイクの顔を、ペドロとアロンゾが凝視《ぎょうし》する。彼らとてチームのリーダーがスタンであることは了解しているが、この狙撃手は戦闘中の差配はともかく、平時は常に薬にラリって人事不省《じんじふせい》な有様だけに、事実上の中心人物はジェイクと見なされていた。

が、そのジェイクはジェイクで、銃の腕前や土壇場の冷酷さで一目置かれてはいたものの、どうにもプロフェッショナルらしからぬ気の抜けた居住まいと、常に相手をからかっているような巫山戯《ふざけ》た態度のせいで、いまひとつ信用できる人物とも言い難い。成り行きに任せてここまで来てしまったペドロとアロンゾだったが、両者とも内心では、一体いつまでこの乗り合い馬車に身を預けていていいものやら、計りかねるところがあった。

「――Разрешите обратиться《失敬、よろしいか》 ?」

ふいに横合いから声をかけられて、男たちはみな警戒も露わに振り向いた。わけてもスタンの反応がいちばん顕著だったのが、他の三人にとっては意外だった。それまでの死体のような呆《ほう》けようを見ていれば、まさかたった一度の呼びかけで彼が正気に戻るなどとは、誰も想像しなかった。

遠慮がちに声をかけてきたのは、それまでレストランの反対側の隅で娼婦《しょうふ》のグループと一緒にいた、あの二人の男たちだった。見るからに屈強な体格とタフな面持ちから、女たちの護衛だろうという見立てはますます確かなものになったものの、その二人が何のつもりかわざわざジェイクたちの卓まで足を運び、どうにも複雑な表情でスタンを見つめている。

そもそもジェイクたち三人には、呼びかけられた耳慣れない言語が何なのかさえ、すぐには判断できなかった。即座にそれがロシア語と解ったのは、ただ一人スタンだけだったのだ。

そんなスタンの反応に、二人の来訪者は相好を崩した。——といっても、笑顔七割に当惑三割といった、どうにも煮え切らない面持ちだったのだが。

続くロシア語の会話は、ジェイクたちを完全に蚊帳《かや》の外に置いたまま進められた。

「伍長？　カンディンスキー伍長ではありませんか？　お忘れでしょうか……ジャララバードでご一緒したコズロフです。第一一支隊の」

「俺、ダヴィドですよ。伍長、憶《おぼ》えていませんか？」

「ああ……いや……」

スタンは憶えていた。懐かしいロシア語の響きも、生死を共にした同志たちの顔も。ただ、なぜこんなタイの片田舎に彼らがいるのかが理解できなかった。

コズロフとダヴィドは、どうやら戦友との再会を喜びたいところだったのだろうが、見るも哀れな上官の変貌ぶりに、少なからず戸惑っている様子でもあった。彼らとて、いま目の前にいる窶《やつ》れ果てた幽鬼《ゆうき》のような男に、かつてのスタニスラフの面影を見出《みい》だしたからこそ声をかけたのだが、いっそ人違いであってくれればという想いの方が遙《はる》かに強かったことだろう。

「ああ、何てことだ……伍長、てっきりあなたは戦死なすったものだとばかり……なぜロアナプラに？　こちらの方々はご友人ですか？」

「……そういう君たちは、どうして？」

問い返すスタンに、コズロフとダヴィドは一旦《いったん》申し合わせるように目線を交わしてから、互いに頷《うなず》き、返答した。

「実はですね。我々、元スペツナズの仲間とここで貿易商を営んでいまして。誰が社長だと思いますか？　あのパブロヴナ大尉ですよ。意外でしょう？」

ソーフィヤ・パブロヴナ――

その名を耳にした途端、今度こそスタンの目の色が、驚愕《きょうがく》と狼狽《ろうばい》の入り乱れる混沌《こんとん》と化した。

「あの……伍長？」

内心の動揺を窺《うかが》わせまいとでもしているのか、スタンはまるで恥じるかのように、血の気の失せた蒼白《そうはく》の顔を伏せる。

「……いや、人違いだ。そんな男は知らない」

「え？　いや、何を――」

困惑するコズロフたちの言葉を、スタンは赦《ゆる》しを請うように手で遮《さえぎ》った。

「その……すまない。紛らわしい返事をしてしまって。……ともかく、俺に構わないでおいてくれ」

「……」

ただの冗談とは思えないスタンの態度に、コズロフとダヴィドは途方に暮れて再度顔を見合わせた。そんな彼らの背中に、ようやく休憩を切り上げる気になった娼婦《しょうふ》たちの声が浴びせられる。

「ちょっとォ、いつまで油売ってんの？　もう帰るんだから、さっさとクルマ廻してよ」

コズロフたちがこのダイニングバーにいたのは、プライベートではなく仕事あってのことだ。明らかに尋常ではない戦友の態度は多いに気がかりだったものの、女たちが帰宅すると言う以上、速やかに彼女らの帰路に責任を持って送り届ける役目こそが、今の二人には最優先である。

「……もし何かありましたら、是非ここに連絡を」

そう気遣わしげに言いながら、ダヴィドがスタンの前のテーブルに名刺を載せる。

「伍長……俺たちは今でも、決して仲間の窮状を見過ごしたりしません。お困りのことがあれば何であれ、必ず力になります。……それでは、また」

そう言い残して、二人は後ろ髪引かれる思いを露わにしつつも、スタンに背を向けて去っていった。

「――何だったんだ連中？　スタン、あんたの知り合いか？」

ロシア語で交わされた遣り取りを、まるで理解できないままに終わったジェイクが、テーブルの上に残された名刺を訝《いぶか》しげに摘み上げる。

「ええと？　……ふ～ん。『ブーゲンビリア貿易』ねェ。こりゃまた物騒な」

「……知っているのか？」

訳知り顔のジェイクに、まだ動揺の収まらないスタンが問う。

「まあ、ここに来る前に、多少は現地の予習をしたんでね。……こいつはロシアン・マフィアの偽装会社だよ。相当おっかねえ連中らしいぜ。大層な知り合いがいるんだな。あんた」

「マフィア、だと？」

ジェイクの説明は、スタンをなお殊更《ことさら》に驚かせたらしい。

「頭目の『バラライカ』って女はな、別名『火傷顔《フライフェイス》』って渾名《あだな》で知られる、この街で最凶最悪の武闘派って噂《うわさ》だ。……おいおい、なに素《す》っ頓狂《とんきょう》な顔してやがる？」

「いや……」

スタンはつとめて平静を装おうとしていたが、内心の動揺ぶりは傍目《はため》にも丸分かりだった。

「さっきの女どもだって、どう見てもコールガールじゃねえか。ただの貿易商の社員が、どうして仕事上がりの娼婦《しょうふ》の面倒見たりするんだよ」

「……」

それでも信じがたいという面持ちのまま、スタンは二人の戦友が去っていったホテルの玄関を凝視《ぎょうし》した。

「そんな……大尉《カピターン》が？　……でもまさか……何故？」

◇

茹《ゆ》だるような熱気の昼下がり。冷房などあるはずもないラグーン号の機関室で、ベニーは汗と機械油にまみれながらメンテナンスに勤《いそ》しんでいた。

べつだん彼は殊更《ことさら》に勤勉なわけではないし、ましてマゾの気質があるわけでもない。なのにこんな時間帯にクーラーの効いた室内に避難するでなく、黙々と作業に励んでいるのは、〝生死に関わる窮状での手持ち無沙汰〟という、ある種の拷問めいた状況によるところが大きい。

目下、ラグーン商会の面々にはザルツマン号襲撃犯の行方を捜し出すという課題があり、それが果たせなければ三合会《トライアド》によって吊るされる運命が待っている。ダッチ、レヴィ、ロックの三人は船がドックに戻るや否や聞き込みに飛び出していった。タフな気骨と怜悧《れいり》な頭脳を兼ね備えたダッチなら足を費やしての調べ物も造作ないし、短気なばかりで交渉事はまるで駄目なレヴィには、相方としてロックがついている。気迫こそ足りないが弁が立つ上に妙なところで勘の鋭いロックと、その凄味《すごみ》によって顔が知れ渡っているレヴィとの組み合わせは、ああ見えて中々《なかなか》に絶妙なのだ。

さてそうなると――一人余ったベニーには、正味のところ出番がない。

一癖も二癖もあるロアナプラの曲者《くせもの》たちと渡り合うぐらいなら、どんなに気難しかろうと正しい手順さえ踏めば従順になってくれるメカの相手をしている方が、よほどベニーの性に合う。その辺の得手不得手は仲間たちも心得たもので、ベニーは街に出る代わりに、昨夜の騒動で傷ついたラグーン号の修理と整備が任された。

とはいえ、操縦系統の本格的な修繕と部品交換は午前中のうちに終わってしまい、残る点検作業は急を要するものではない。暑い盛りの日中は休憩、ということにしてもいいのだが――やはり一人呑気《のんき》にビールとネットサーフィンに興じながら吉報を待つ、という図太さは、ベニーには備わっていなかった。

「――お～い、ベニー？　船の中かあ？」

いつの間にドックに戻ったのか、甲板からレヴィの呼ぶ声がして、ベニーはボルトナットの締め具合から注意を逸《そ》らされる。

「ああ、今エンジンルームだけど。どうかした？」

「飯にしよ～ぜ。ダッチが『カオハン』で落ち合おうってさ」

もうそんな時間か――汗を拭《ぬぐ》いながらベニーは腕時計を確かめ、それからようやく空腹を意識した。

食事がてらに、皆の聞き込みの進捗《しんちょく》が聞けることだろう。はてさて、成果を期待していいのかどうか。

手早く工具を纏《まと》め、甲板に出ようとしたところで、ふとベニーは振り向いて機関室の中を見渡した。

「……」

どういうわけか、明確な理由は分からないのだが――エンジンの点検中ずっと、奇妙な違和感を感じていた。今もまた何となく、それが気になったのだ。もちろん室内には何の異常もない。小一時間あまりもここに籠《こ》もって作業していたのだから間違いない。

「ベニー、おい？　何やってんだ？」

「ん？　ああ……今行くから」

自覚している以上に、状況にプレッシャーを感じているのかもしれない。その程度の理由で自分を納得させて、ベニーはレヴィたちが待つ甲板へと出て行った。


ベニーが去って数分後——

無人の静寂に包まれていた機関室の奥から、ゆらりと湧《わ》き現れる人影があった。

まさに、それまでただの陰影に過ぎなかった暗闇が厚みを得て人の形を成したかのようだった。その人物は、エンジンを点検していたベニーから僅《わず》か数メートルと離れていない物陰に潜みながら、最後までそれと気取られずにいたのだ。

屈強に鍛え抜かれた巨軀《きょく》を包み込む、不似合い極まりない漆黒《しっこく》のキモノ。紛れもなくそれは、ダッチの手榴弾《しゅりゅうだん》によって海の藻屑《もくず》と消え去ったはずのニンジャに違いなかった。

もちろん、狭い機関室の中には彼ほどの大男が完全に身を隠せるほどの遮蔽物《しゃへいぶつ》などない。事実、〝彼〟の姿は幾度となくベニーの視界に入っていた。だが〝彼〟は血の滲《にじ》むような修練の果てに、陰陽相克する宇宙の〝気〟と完全に合一し、その存在感を完全に遮断する『隠形《おんぎょう》の術』を習得している。心得のない者ならば、いくら周辺視野に〝彼〟の姿を捉《とら》えようと——それどころが数秒ほど直視したとしても、その輪郭を意味あるモノとして認識し得ないのだ。

この船の船員たちは、昨夜、爆薬で確実に〝彼〟を亡き者にしたものと信じて疑わなかったのだろう。だがあのとき海中にあったのは〝彼〟ではなく、彼と同じ衣装を着せたダッチワイフに錘《おもり》と血袋を仕込んだものだったのだ。〝彼〟は魚雷発射管の陰から、さも彼自身が飛び込んだかに見えるよう絶妙のタイミングで人形を海中に投げ込んだのである。

これぞ忍法『空蟬《うつせみ》の術』――スタンから、万が一の際の破壊工作に備えてラグーン号に居残るよう命じられた時点で、〝彼〟は、事後には海に飛び込んで死を装うべしと方針を決めていた。身代わりの人形も、初めに水遁《すいとん》でラグーン号に泳ぎ帰った時点から、既に魚雷管の裏に用意してあったのだ。

そこまで手数を踏んだのは、勿論、真の退路をラグーン号そのものに見出《みい》だしていたからだ。〝彼〟は船内に潜んだまま次の寄港地まで密航し、あとは闇へと姿を眩《くら》ます所存だった。

ところが、船員たちの会話を盗み聞いたところによると、結局スタンたちによる張維新《チャンウァイサン》暗殺は失敗に終わり、あまつさえラグーン号は生き延びた張をロアナプラまで送る役を負うに至ったという。これは〝彼〟にとっても不測の事態であり、そうと知っていればいくらでも罠《わな》の仕掛けようがあったものを、結局、〝彼〟はデッキにいる張の気配を察しつつも、手出しする隙を見出だせないままに機を逸してしまった。たとえ刺し違える覚悟で斬り込んだとしても確実に仕留めるのは難しかっただろう。あのときデッキに顔を揃えていたのが紛れもなく手練《てだれ》の衆だったのは、気配だけでもまざまざと感知できた。

だが、勝負はまだこれからだ。

期せずして船はロアナプラへと到着した。〝彼〟はスタンやジェイクと同様、最初から張維新暗殺の謀《はかりごと》に招集された暗殺者であり、タンカーでの襲撃が失敗に終わった際にはロアナプラで計画が続行されることも、そのための新たな隠れ家についても、予《あらかじ》め教えられている。

〝彼〟は慎重に気配を探り、船の外のドックにもう誰もいないことを確かめると、その巨体を音なき影へと変じ、滑るように機関室を出て行った。

かくして〝彼〟——東洋の闇と神秘を体現する最後の末裔《まつえい》たる男は、ロアナプラの街へと解き放たれたのだった。

＃3

『熱河電影公司《イッホウディンインゴンシ》』は、表向きはケーブルテレビの配給会社としてロアナプラに本社を構えている。バンコクの別会社と共同で映画製作なども行っているが、実務はすべてバンコクにある出張所に任せきりであり、本社の素っ気ないロビーには、華々しい業界人のお歴々《れきれき》など決して訪れることはない。

それもその筈《はず》、この会社の実態は、世界規模を誇るチャイニーズ・マフィア『三合会《トライアド》』のタイにおける隠れ蓑《みの》なのだ。

社長室の椅子に寛《くつろ》ぐのは、もちろん張維新《チャンウァイサン》。洒落者《しゃれもの》で知られる彼にしては意外なことに、芸能関係のシノギは配下に任せ、張自身は一切手を触れようとしない。一説によると、以前バンコクの出張所に出向いた折、よく似た映画スターと人違いをされて大層な難儀に巻き込まれたのが原因だと言われているが、真偽の程は定かでない。

日々の雑務に付け加え、今日はさらにザルツマン号でのトラブルの事後処理もあり、いささか辟易《へきえき》しかかっていた張の元に、さらなる案件が持ち込まれたのは、すっかり日も暮れて街がネオンの賑《にぎ》わいを煌《きら》めかせはじめる頃合いだった。

「――タレコミ、だと？」

胡散臭《うさんくさ》げに訊《き》き返す張に、報告を持ち込んだ彼の腹心、彪如苑《ビウユユン》は頷《うなず》いた。

「大哥《アニキ》を狙う殺し屋の群れが、隠れ潜んでいる場所を知っていると……チャルクワン・ストリートを根城にしている物乞いなのですが、話に整合性もあり、あながちガセとも思えません」

「ふうむ……ラグーンの連中、いったい何をやってるんだかな」

ザルツマン号での襲撃については、徹底した箝口令《かんこうれい》を敷いている。だが、そもそも今、ロアナプラで張の命を狙う企みが進行中だという情報自体が出回らない限り、そんなタレコミが三合会《トライアド》に届く道理がない。

ラグーン商会の面々が「怪しい余所者《よそ》」を探す聞き込みの仮定で、うっかり事の仔細を洩《も》らすようなヘマをやらかしたのかもしれない。事が三合会《トライアド》絡みだと知れたなら、情報提供者は当然、より高値でネタを買い上げそうな側に売りつけようとするだろう。

もしこのタレコミが当たりなら、ラグーンの調査はまったくの空回りである。張が呆《あき》れるのも無理はなかった。

「如何《いかが》しますか？　手勢を差し向けるなら、既に準備万端整っていますが」

「さて、どうしたもんかね」

革椅子の背に頭を預け、張は嘆息しながら天井を仰ぐ。できれば今後の付き合いのためにも、事態をダッチたちの手だけで収束させてやりたいという気持ちはあるのだが、こう立て続けに情けない為体《ていたらく》を見せられると、ただ丸投げというのも考えものだ。

しばし考えた末に方針を決めた張が右手を差し出すと、彪《ビウ》が委細承知とばかりに携帯電話を渡す。張はまず二件ほど馴染みの相手に通話をかけた後で、最後にラグーン商会の番号をプッシュした。


「……あーっ、そういえば！」

ラグーン商会事務所。皆がデリバリーピザで冴《さ》えない夕飯を済ませている最中に、やおらロックが素《す》っ頓狂《とんきょう》な声を上げた。

今日一日の調査の成果がまるでなかったが故の沈鬱《ちんうつ》なムードの中で、ダッチとレヴィが鬱陶《うっとう》しそうな眼差しを投げかける。

「何だってんだ急に、あァ？」

「思い出したんだ。これ、何かの手がかりにならないか？」

ロックはワイシャツの胸ポケットをまさぐり、一枚の紙片を摘《つま》み出す。彼自身、そこに突っ込んだまま忘れていたそれは、昨夜ジェイクが船倉でレヴィに絡んだとき、渡そうとしていた名刺だった。――とはいえ、確かに形こそ名刺だが、無駄にすかしたレタリングで「ultimate cool J」と記されている他には、電話番号も住所もない。

不快な経緯を思い出してか、レヴィはちらりと一瞥《いちべつ》しただけで忌々《いまいま》しそうに鼻を鳴らした。

「……バァカ。こんなもん何の足しにもなりゃしねェ」

「裏も見てみろ。これ、WEBサイトのアドレスだよな」

聞き咎《とが》めたベニーが、出番とばかりに身を乗り出す。

「ああ、確かに。まあ進展があるかどうかはさておき、アクセスしてみるだけなら減るモンじゃないね」

「ケッ、阿呆らしい。ウィスルまみれのポルノサイトにでも繋《つな》がるのが関の山だろ」

「かもな。だがクソ不味《まず》いピザなんぞ喰っているよりはマシな気もしてきたぜ」

冷めかけのマルゲリータを不機嫌そうに咀嚼《そしゃく》していたダッチが、ソファから立ち上がった。

「ベニーボーイ、ものは試しだ。繋いでみな」

「オーケイ」

さっそくベニーは自慢のPCの前に陣取り、ブラウザソフトを起動させる。ダッチ、レヴィ、ロックもそれぞれ三者三様の面持ちで、ベニーの背後からモニタの画面を覗《のぞ》き込んだ。

程なく、やたらと装飾過多なロゴとともに、タイトルページが現れる。

——Deadly Biz——

剃刀《かみそり》の上で生と死のシーソーゲーム。それが極限のCoolスタイル。


「あー、その、うん……何ともいえないセンスだね……」

何かとてもいたたまれないモノと対面したかのように、ロックが日本人ならではのアルカイックスマイルで感想を漏らす。

ロゴの下には、レヴィがラグーン号の船倉で見せつけられた、あのベースが何かも解らないほど過剰にカスタマイズされた自動拳銃が、さも自慢げに掲載されている。こんな悪趣味な拳銃は世界に二挺とあるまい。確かにこのサイトを運営しているのは、ジェイク本人に間違いない。

「これは……広告か何かか？　あのジェイクって野郎は、インターネットで営業活動でもしてるのか？」

呆《あき》れ顔のダッチの問いに、だがベニーが冷めた面持ちでかぶりを振る。

「いや、そんな生易しいもんじゃないよ。これ——日記だ。彼は日記サイトを運営してるんだ」

ベニーがウィンドウを下へとスクロールしていくと、日付毎の記事が次から次へと現れる。


——九月某日。ウィスコンシンでの仕事の総仕上げ。無人のハイウェイに降り注ぐ凍《い》てつ

くような月明かり。空からのスポットライトが照らし出すのは主演二人のショウダウン。もちろんこの俺こと『ＵＣＪ』と、ウィローズ『ジャンクマン』ガナッシュの大一番だ。俺の見立てではウィローズは中西部で五本の指に入る凄腕《すごうで》と言っていい。俺たちはお互いにこの瞬間を待っていた。そう、硝煙《しょうえん》と銃声で奏でる男のプロムというやつだ——

「……馬鹿だ。こいつ真性の馬鹿だ」

もはや呆れるのさえ通り越して感極まったかのように、レヴィがぼそりと呟《つぶや》いた。

テキストだけならば、日記の内容はまごうかたなき妄言《ぼうげん》として笑い飛ばせもしただろう。だが共に掲載されている画像がそれを許さない。

死体写真、である。それも事後の現場を写したものではない。弾丸が当たったその瞬間を捉《とら》えたものだ。

画素数の少なさやブレ具合から察するに、どうやら神業《かみわざ》的なシャッターチャンスをものにした、というわけではなく、動画からキャプチャーした一コマらしい。それでも犠牲者の仰《の》け反《ぞ》り倒れる寸前の姿勢や、飛び散る血飛沫《ちしぶき》の模様、その生々しい躍動感は、むしろ粗い画質のせいで一層インパクトを強調されていた。

文章のセンスは失笑にすら値しないものだったが、この写真が、極めて限定的な範囲において〝魅惑的〟な価値を持つであろうことは、レヴィにも理解できる。〝ある種の嗜好《しこう》〟を持つ人間にとって、この画像は高級キャビアより生唾《なまつば》をもよおす代物《しろもの》だろう。

「……こんな写真、いったいどうやって撮ったんだ?」

嫌悪感を隠しもせずにロックが呟《つぶや》く。そんなもの一目瞭然だろうと罵倒《ばとう》しかかって、レヴィは肝心な点に思い至った。たしかにロックも昔に比べれば修羅場慣れしてきたし、死体ぐらいで度肝《どぎも》を抜かれる程のネンネでもなくなったが、それでも相変わらずこのアングルで場面を見たことはない。いかにレヴィにとっては馴染《なじ》みのものでも、ロックには未だ見慣れぬ画角なのだ。

「こいつはな、ロック。銃口の視点だよ」

「銃口――?」

「野郎が使ってたクソ銃、ほら、このサイトのそこかしこにも載ってるが、フレームに余計なもんがついてるだろ? レーザーポインターかと思ったが、どうやらカメラだったみたいだな」

「ああ、成る程」

納得してから、ロックはすぐに思い至らなかった自分を恥じるかのように目を伏せた。まあ確かに、少し想像力を巡らせれば答えの出た謎《なぞ》だろう。――たとえ、未だその手で誰かを撃ち殺したことがないロックでも。

「――しかし何か? ヤツはどっかで一仕事終えるたんびに、この気色悪いマス掻《か》きポエム

「を世界中に公開してるわけか？　正気じゃねェだろそれ。自首してるのも同然じゃねえか」

「そうでもない。このサイトは危なっかしい暴露話ばかり載ってるように見えるけど、実際にあのジェイクって男に繋《つな》がる手がかりは何一つないよ。ネットならではの匿名性ってやつさ」

そう言ってベニーは、トップページに燦然《さんぜん》と光るクロームメッキの自動拳銃を指差す。

「このサイトの運営者『アルティメイトクールJ』が何者なのかを示すアイコンは、このカスタム拳銃だけだ。本人の素顔が晒《さら》されてる画像は一枚も見当たらない。この日記に記載されてるのは〝誰が何処《どこ》で死んだか〟の記録でしかなくて、〝誰が殺したか〟を特定できる手がかりは一切ない」

「……成る程な。ジェイクは自慢のカスタムガンを見せびらかさない限り、このサイトの主《ぬし》とはバレないわけか」

納得したダッチが忌々《いまいま》しげに唸《うな》る。

「ここでいくら好き勝手に殺し自慢を吹聴しても、恨みを買うのは『J』という何処の馬の骨とも知れねえキャラクターでしかない、と。……だが妙じゃねえか。ジェイクの奴、なんでレヴィには銃を見せた？　おまけにサイトのアドレスまで教えて、自分から正体を明かしたようなもんだぜ。一体どういう了見だ？」

「こんなタイの片田舎で面が割れたとしても別段構わないと思ったんだろうね。あとはそれ以上に、レヴィに何か期待するところがあったのかも」

「よしやがれ、気色悪い」

ベニーの見立てに本気で怖気《おぞけ》を振るったらしく、レヴィが憮然《ぶぜん》と吐き捨てる。

「ケッ……こいつ、こんな真似して一体何が楽しいんだ？　どこの誰が読んでるのかも解らねェような手柄自慢に、ここまで手間暇かけられるもんなのか？」

「……いや、この男がナルシストなのは事実だろうけど、ただそれだけってわけでもなさそうだ。——見ろよ、ここだとか、ここ」

日記を斜め読みしていたロックが、何か所かの文章を指摘する。


——勝負はついた。俺にあって奴になかったモノ、それは優秀なマズルブレーキだ。ガンスミス・トレイシーの特製銃口制動機《コンペンセイター》が、今日もまた俺に勝利の女神を口説かせたのさ。.45ACPのじゃじゃ馬な反動《キック》を完璧に抑制したいなら、〝ここ〟をクリックすることだ。

——チンピラどもは俺を仕留めたものと有頂天になっていた様子だが、お生憎《あいにく》。究極にクールな男は『備えあれば憂い無し』という言葉を知っている。最新型のケブラーシャツは連中の9パラを完全に食い止め、この俺を不死鳥の如く立ち上がらせたというわけだ。詳細は〝ここ〟をクリック。決して損な買い物じゃない。

——いよいよニューオーリンズでの仕事《ビズ》の始まり。カナダの冬はマジに半端じゃない。こんな低温下だからこそガンオイルには拘《こだわ》りたいところだ。そんな俺の愛用品はレブ・マイキーの特製高級オイル。バナナで釘が打てる気温でも、こいつがあれば愛銃は安泰だ。今すぐ〝ここ〟をクリック！


　ベニーが各々のリンク先を辿《たど》って確認すると、どれも銃砲店やセキュリティグッズの通販サイトへと繋《つな》がっていた。

「……成る程なあ。販売店とも提携してるわけか。広告収入でもせしめてるのかな」

「広告だァ？　ハッ、冗談だろ。こんなトチくるったクソ日記に比べたら、『テレコンワールド』が涙の感動巨編に思えてくるぜ」

「さて、どうだろう。アクセスカウンターを真に受けるなら、ここ相当なヒット数だけど……ＢＢＳはどんなだ？」

　来訪者向け掲示板へのリンクを見つけたベニーがクリックすると、別ウィンドウが開かれる。

＞robin666：僕のコルトにも〝J〟のお勧めアジャスタブル・リアサイトをつけてみた。マジヤバイ！　究極にクールだ！　さっそくシューティングレンジでも注目の的さ。やっぱりプロの道具選びは最高だね！
＞Car-Morgan：ＵＣＪ最高。こんな男に抱かれたい

＞Savage-X：今回のマーダーレビューも絶好調だったね。Ｇｏ！　Ｇｏ！　アルティメイトクール！　次は×××と××××を殺してくれ！

＞spookydog：俺と勝負しろＵＣＪ。今夜バンクオブアメリカスタジアムの駐車場で待っている。真に究極のクールが誰か決めようぜ

＞≡OwO≡：頼むよＪ、ウチの担任のミズ・ギャラウェイを殺《や》ってほしいんだ。報酬はクラスの皆のカンパで払う。至急メールをくれ！

＞xXsteelCommanderXx：まったくアメリカ人の四五口径信仰は馬鹿馬鹿しいね。運動エネルギーには重量より速度が重要なんだから、初速で優れる９㎜パラベラムでも結果的に威力は大差ない。だったら装弾数で勝る９㎜を選ぶのがプロとして当然だろうに

＞MADMAX：黙れゴミ野郎。９㎜はナチが作った弾だ。だから９㎜を使う奴はナチだ。解ったか？　解ったなら今すぐ消え失せろ

「……なあベニー、インターネットってやつは、脳にウジ涌《わ》いてる奴らの溜まり場なのか？」

「ま、それも一つの真理ではある」

予想を上回る光景にやや色を失ったレヴィだったが、この手の混沌《こんとん》など飽くほどに見てきたベニーの反応は、時報アナウンスのように淡泊だった。

「まあともかく、これでジェイクって男の性格はよく解ったけど、今すぐ連中の足取りを探る

手がかりになるってもんじゃあ……ん？」

何の気なしにブラウザの更新ボタンを押したベニーが、画面の変化に目を見張った。

「更新されてる……新着の日記か？」

日付は、まさに今日。

新たに追加された画像は死体写真でなく、銃撃戦真っ最中の相手を引き延ばしてトリミングした、ひときわ画質の粗いものだった。

写っているのは、タンクトップにデニムのホットパンツ、剝《む》き出しのトライバルタトゥという、あまりにも既視感ありすぎる格好の女だ。そのくせ妙な違和感があるのは、どうやら画像に後加工がされたらしく、胸のサイズが二回り以上も増量され、撃ち合いの中で凶相を露わにしていたであろう吊り目も、どこか淫蕩《いんとう》そうで間の抜けた垂れ目にレタッチされている。


――ハロー。今回は東南アジアの海から送るスペシャルだ。この俺ＵＣＪが出会ったキュートな山猫ちゃんについて報告するぜ。

この女、二挺のカスタムベレッタを撃ちまくるイカした彼女を『トゥーハンドＲ』と呼んでおこう。剝き出しの淫《みだ》らな脚線で男を引き寄せ、それから撃ち殺すのが趣味というとんだアバズレだが、こいつが今回の俺のターゲットってわけだ。

最初は仲間を装って、ロマンチックなクルージングと洒落《しゃれ》込んでみたんだが、ヤツの目の中

に燃える情欲の炎は、究極にクールなこの俺さえ蕩《とろ》かさんばかりだった。この牝豹チャンが男に飢えてるのは間違いない。大体、こんなバストでノーブラなんだぜ。揺れっぷりがもう凄ェの何の。あれで誘ってねえって方が無理があるってもんだ。

が、心とは裏腹に子宮の方は、鉛玉でしかアクメにイけない冷感症ときたもんだ。そりゃ抑圧された性欲のせいで二挺提げなんて無茶に走るのも仕方ない。

決めたぜ。俺はこの女をファックする。それも究極にクールなやり方で、彼女を見たこともない極楽に連れて行ってやるのさ。

これから二挺使いの牝豹チャンをどう可愛がってやるか、夜を徹して考えてやろうじゃないか。皆もイカしたクールなアイディアが浮かんだら、どしどしBBSに書き込んでくれ。待ってるぜ！

ダッチも、ロックも、そしてベニーも、みな一様に無言だった。言葉に出すまでもなく彼らは、一種の共通体験を味わっていた。——炉心融解を起こした原子炉の隣に居合わせた作業員というのは、たぶんこういう心境なのだろう。不可視無臭の放射能がすぐ間近から発散される恐怖感。もうどうしようもなく危険で致命的な〝ヤバイ気配〟を、彼らは皮膚感覚だけで痛感しまくっていた。

「……ベニーボーイ、ブラウザを閉じるんだ」

ダッチが、乾いた喉《のど》から無理矢理に言葉を絞り出す。慌ててマウスを操作したベニーだが、慌てるあまりに余計なところで左ボタンをクリックしてしまった。折しもカーソルがＢＢＳへのリンクの上に乗っていた瞬間だった。

再び別ウィンドウで開いた掲示板は、わずか数分足らずのうちに、画面を埋め尽くすほどの新規投稿で賑《にぎ》わっていた。

＞BunkerBuster：やべェよトゥーハンドR！　めっちゃキュート！
＞smokemonster：あの巨乳たまらねぇ。あと肩のタトゥ、あれ絶対に胸を横切って乳首にまで彫り込んでるね。賭けてもイイ。俺の股間がそう言っている
＞funfun85：この娘でスカルファックが見たいです。死んじゃってもイイから
＞masamichi：早速だがアップローダーにアイコラを上げたぜ兄弟
＞sleipnir：ＧＪ！　超ＧＪ！
＞Savage-X：神　降　臨　！
＞DX_Synner：頼むぜＵＣＪ。プッシーにＵＣカスタムを突っ込みながら、後ろの穴をガンガン突き上げてる動画をアプ希望。そのときはモニタにぶっかけるね、俺
＞MassiveBOY：Rの胸、ちょっと不自然すぎね？　オカマじゃねえかな。こいつ
＞Jason13：それならそれで、いやむしろイイ！

ちなみにラグーン商会事務所におけるベニーのPC環境でメインモニタに割り当てられているのはナナオの20インチディスプレイで、これは会社の高価な資産であると同時にベニー本人の愛顧もひときわの貴重な備品であったが、遺憾なことに9㎜弾の直撃に耐えうる構造をしていない。さらになお重ねて遺憾なことに、レヴィは今すぐ一ミリ秒の猶予もなくジェイクとUCJのファンたちを射殺する必要に迫られており、その対象がこの場にいない以上——返すがえすも遺憾なことに、とりあえずは不埒《ふらち》な語句を表示してしまった機械装置が彼女の怒りを受け止めるしか外《ほか》にないのであった。

強いて〝良かった探し〟をするならば——カトラスの抜き撃ちで見事に爆裂したディスプレイの破片が、誰にも怪我《けが》を負わさずに済んだこと。さらに挙げるならレヴィが続けて二発三発と撃ちまくり、被害を拡大させたりしなかった点だろうか。

「……クソ……上等だクソが……死にてェワケだな？　超特急の地獄行きをご所望ってか？　オーケイ、承ったぜクソ野郎……」

レヴィは怒りのあまり新種の脳内物質でも発現したのか、ケラケラと虚《うつ》ろに笑い始めた。

もはや誰もが一体どうやってこの場を収めればいいのか判らなくなったそのとき、電話のベルが救い主のように颯爽《さっそう》と鳴り響いた。事実、それは福音に等しい報《しら》せ——ジェイクたちの隠れ家が判明したという、張維新《チャンウァイサン》じきじきの連絡であった。

◇

スタンは左腕の静脈を探っていた。注射針を刺すために。

幾度となく穿《うが》たれた針の痕《あと》が醜く肘裏《ひじうら》の膚《はだ》を覆い、彼の中毒者としての遍歴を物語る。

「なあおい、あんた……ペース早すぎじゃねえの?」

見咎《みとが》めたジェイクが苦笑まじりに声をかけてくる。彼のような男にまで窘《たしな》められるようでは、スタン自身が自覚している以上に、傍目《はため》にはもう相当無惨な有様なのだろう。だが、知ったことではない。鏡さえ見なければいいのだ。自らの惨《みじ》めさを気にかけていられる場合ではない。今はただヘロインの癒《い》やしが欲しい。

プランジャーを押し込むと、優しい死神の慰撫《いぶ》が血管から全身へと拡がっていく。この世の全てを対価にしていいとすら思える多幸感。そしてスタンの意識は、時間を熔《と》かし、前後の辻褄《つじつま》を見失い、記憶の迷路へと転落していく。

殴られても、刻まれても、焼《や》き鏝《ごて》を当てられても、スタンはさほど苦にしなかった。だがムジャヒディンの尋問係はすぐに彼をヘロイン中毒だと見破り、それから本当の拷問が始まった。

禁断症状の苦悶《くもん》の中で、ただ一本の注射と引き替えに、スタンは洗いざらいを白状した。本名、階級、所属部隊、過去に転戦した地域と戦果……それを聞いたゲリラたちは、捕らえた捕虜が何者だったのかを理解した。

「悪魔の風《シエイターネ・バーディ》……」

呟《つぶや》く声には底なしの憎悪だけでなく、隠しようもない驚愕《きょうがく》と、そして畏怖《いふ》の念が込められていた。

鹵獲品《ろかくひん》とおぼしきドラグノフを持たされ、射撃の腕前を証明させられた。五〇〇メートル先の西瓜《すいか》を撃ち抜いたことで、ムジャヒディンたちはスタンの価値を見定めた。

行く当てもなく彷徨《さまよ》い歩いていた。月明かりもない闇夜だった。

あれはイスタンブールだったかもしれないし、ヴァルナか、アンカラだったかもしれない。

彼は猟犬としての務めを果たして、いつものように何処《どこ》かの誰だかを射殺し、その褒美としてヘロインを恵まれるはずだった。

だが飼い主が姿を消した。合流場所には誰も来ない。非常時の連絡先も繋《つな》がらない。

飼い犬であるスタンより先に、飼い主たちの方が壊滅したのだろうか。ありそうな話ではあった。地元警察か、それとも西側の諜報機関に一網打尽にされたのか、あるいはパシュトゥン人のタリバンから奇襲を受けたのか。スタンが彼らを標的とする指示を受けたことは多々あったし、ならばその逆があったとしても驚くには当たらない。

だからスタンは帰るあてもなく、見知らぬ夜の街を彷徨っていた。

また誰かを殺したら、新しい薬がもらえるだろうか――

いつ来るか知れぬ禁断症状に怯《おび》えながら、そんなことばかり考えていた。


時間が熔《と》ける。記憶の前後が辻褄《つじつま》をなくす。

スタンは左腕の静脈を探っていた。注射針を刺すために。
薬をくれたハザラ人は、蔑《さげす》みの視線でスタンの所作を眺めつつ、唾《つば》を吐きかける。
貴様に弟を殺された――そう男は言っていた。彼の弟もまたムジャヒディンで、『悪魔の風《シェイターネ・バーディ》』によって撃ち抜かれた、数多の命のうちのひとつだったのだろう。まだ彼らがロシア兵と戦っていたころの話、今のようにスタンが犬と罵《ののし》られるのでなく、伍長と呼ばれていたころのことだ。
貴様を決して許さない――そう男は憎悪を込めて言う。だから命で償うより先に、まず魂《たましい》で償えと。俺たちに仇為《あだな》した悪魔の業《わざ》で、今度は俺たちのために戦え、と。

アフガニスタン人は戦い続けていた。ソ連軍が去った後もまだ、ソ連軍が来る以前と同様に。アッラーの敵は枚挙に遑《いとま》がない。同じ神を崇《あが》める者たちですら敵だった。ハザラ人が、パシュトゥン人が、ウズベク人が、タジク人が、国家の次なる覇権を賭《か》けて争った。倒すべき敵は砂漠の砂のように数限りなく、そして命は砂粒のように軽かった。

だからスタンは、かつての同胞たちが去った後もまだ、砂の中で戦い続けていた。指定された人物《ターゲット》を仕留めるたびにヘロインが貰《もら》えた。日々、ただそれだけのためにドラグノフを執《と》った。

時間が熔《と》ける。記憶の前後が辻褄《つじつま》をなくす。

彷徨《さまよ》い歩いていた。ナパームに燻《いぶ》された黒煙の中を。

辺り一面に散らばる屍《しかばね》は、黒焦げのものもあれば、生焼けのものもあった。妙に小さすぎる形は子供の屍だろう。それを庇《かば》うように抱いているのは母親の屍かもしれない。そんな組み合わせばかりが目に付いた。そのくせ銃を持っている屍は、ただのひとつも見当たらなかった。

この村はカルマル政権を脅かす反政府ゲリラの、ムジャヒディンの拠点だったはずなのだ。確定情報だったからこそ、捜索も偵察もなかった。歩兵部隊には空爆と砲撃支援の後から掃討任務が命令された。

そして今スタンは、ただ一挺の銃も見当たらない虐殺の後を歩いている。いもしないゲリラの姿を求めて、殺し尽くされた無辜《むこ》の村を彷徨っている。

「魚が海で泳ぐように、ゲリラは人民の大海を泳ぐ」とは、毛沢東《もうたくとう》の言葉だという。もはや魚を狩りきれないと悟ったソ連軍は、大海そのものを干上がらせる方針に切り替えはじめたのだ。既に一般村落に対する無差別攻撃は日常化しつつある。じきにバグマン州は無人の荒野と化すことだろう。

怒りは、ない。理不尽とも思わない。そんな感傷を抱えていたら現実を受け入れられない。これが彼らの任務、彼らの戦争だ。

認めるしかなかった。――ここでは、命など砂粒のように軽いのだ、と。

スタンは左腕の静脈を探っていた。注射針を刺すために。

砂に囲まれ、自らも砂のように成り果てて、気がつけばヘロインの慰撫《いぶ》だけが拠《よ》り所になっていた。

駐屯地にいる限り、麻薬は酒よりも簡単に手に入る。アフガニスタンは世界に名高い芥子《けし》の産地だ。地元の政府軍を経由してソ連軍にまでもたらされる麻薬。その収益は巡り巡ってムジャヒディンの懐《ふところ》へと流れ込む。だがもう、それさえもどうでもいい。ヘロインのもたらすひとときの安寧《あんねい》。それがなければもう、銃を手に執ることすら叶《かな》わない。

一体、自分たちソ連兵は何のためにアフガニスタンにいるのか。カブールのカルマル政権を維持するためというお題目など、もう誰も信じていない。膠着《こうちゃく》した戦況を維持することで将兵に近代戦の実地体験を積ませることと、この機に乗じて新兵器の試験導入を行うことこそが目的だという噂《うわさ》もある。いずれにせよ真実はクレムリンのお偉方にしか判らない。

ともかくソ連軍としては、アフガニスタンという国については都市部とそれを繋《つな》ぐ幹線道路、飛行場さえ確保できていればいい。それ以外の農村はすべて焼き払い、この国の農業そのものを破綻《はたん》させてしまえば、ゲリラは食糧不足で弱体化する。後にはただ、砂の大地が残るだけ――そう、彼らは全てを砂に帰すために、この地で戦い続けているのだ。

だが――そういえば――定かでない記憶の中、スタンは自問する。

初めはもっと違った気がする。状況がどうであれ、政治家の意向が何であれ、そんなものとは関わりなく、この自分には、戦う理由があったのではないか？　死をも恐れぬ蛮勇が、毅然《きぜん》と突き進む意志が、胸に燃えていたのではないか？

こんな自分に、そんな時期があったはずだという推察さえもが、愚にもつかない見当違いのように思える。いったい何が変わったのだろうか。全ては砂塵《さじん》に霞《かす》み、集落の燃える黒煙と人脂の焼ける匂いに霞み、そしてヘロインの酩酊《めいてい》に霞んで、まるきり思い出せない。

行く当てもなく彷徨《さまよ》い歩いていた。凍《い》てつくような砂漠の夜だった。

風の音の他には何もない、見渡す限りの不毛の大地は、どこか海底の景色を連想させた。たぶん青白く冷たい夜空の月が、まるで海中から見上げた太陽のように見えたからだろう。

武器はもちろん、食料も水も一切ない。何も持たずに手ぶらのまま基地からここまで歩いてきた。いずれ夜が明ければ、照りつける太陽が容赦なく彼の身体を干し上げ、死に至らしめるだろう。それでいいのだ。その末路こそが彼の求めるものだった。

より速やかに、より確実に、拳銃《マカロフ》の銃口を頭に押し当てて銃爪《ひきがね》を引くという手段もあった。が、そこまでする度胸があったなら、そもそも薬に溺《おぼ》れることすらなかっただろう。とどのつまり、彼は逃げたいだけなのだ。逃げて、逃げおおせて、ついには死の国にまで至ろうと願った。そんなにも臆病で優柔不断な男が、結局最後に選択できた自殺法は、この〝徒歩〟という手段だけだった。彼はただ歩くことだけで死のうとした。自ら消せない命を、この乾ききった砂漠に殺してもらおうとした。

だが——そもそも——定かでない記憶の中、スタンは自問する。

いったい自分は何から逃げようとしたのか。砂より軽い死の累計が、大地より重く積もることへの畏怖《いふ》だろうか。しかしその逃避先はヘロインだったはずだ。薬に溺れ、悲しみも絶望も忘却に沈めておきながら、なぜ今になって死を求めようとまで思い至ったのか。何に追い詰められ、何から逃げようと思ったのか？

思い出せるのは、ただ——冷たい砂を踏んで歩き続けた夜の記憶と、愚かすぎるその末路。

自らを殺すことすら叶《かな》わなかった甘えの対価は高かった。力尽き、倒れ伏したその後で、再びスタンは意識を取り戻すことになる。手足を鎖に繋《つな》がれた虜囚《りょしゅう》として。

砂漠に倒れていた彼を拾ったのはムジャヒディンの偵察隊だった。運命がスタンに与えたのは、死よりもなお悲惨で屈辱的な生だった。

時間が熔《と》ける。記憶の前後が辻褄《つじつま》をなくす。

飛来する榴弾《りゅうだん》が大気を裂く音は、死神の哄笑《こうしょう》のようにさえ聞こえる。

パンジシール渓谷——孤立した前線基地はゲリラたちの格好の標的だ。まずは放置し、相手を焦《じ》らし、延々《えんえん》と続く警戒態勢にソ連兵たちが疲弊《ひへい》する頃合いを見計らい、それから奴らは総動員で奇襲をかけてくる。スタンが駐屯する砦でも、そんな循環がもう何度繰り返されたことか。——だがおそらく、今回が最後になるだろう。

既に度重なる攻勢によって砦の兵員は削《そ》がれ、今まだ生き残っている連中も傷つき、衰えきっている。そこへ蝗《いなご》の群れの如く襲い来る敵。殺しても、いくら殺しても数が減る様子はない。老兵も、少年兵も、誰もが神に召される栄光を声高に歌い上げながら、ドシュカ機銃の掃射に倒れた仲間たちの屍《しかばね》を躊躇《ちゅうちょ》なく踏み越えて、スタンたちの踞《うずくま》る塹壕《ざんごう》へと突貫してくる。

勝てるはずがない。幾千のカラシニコフと幾億の弾丸があろうとも、こいつらに勝てる道理がない。アッラーを讃《たた》える声を止めるには、きっと砂漠の砂を一粒ずつ撃ち砕くだけの弾が要る。ムジャヒディンの人海戦術は、まさに津波も同然。人間でできた砂嵐だ。倒せない。ただ耐えて凌《しの》ぐしかない。力尽きて死ぬまで延々と。

ヘロインに浸された心は、既に恐怖など感じなかった。ただ空虚な諦観《ていかん》だけが、乾いた風となって胸の内を吹き抜ける。――そう、俺たちは、砂だ。砂のように吹き散らされて、この干涸《ひか》らびた大地に降り積もり、埋もれていくしかないのだ。

遊撃隊《ヴィソトニキ》――そう誰かが譫言《うわごと》のように呟《つぶや》いた。

今となっては愚かに過ぎる、ただ虚《むな》しいばかりの期待を込めて。

遊撃隊《ヴィソトニキ》。かつて祈りの言葉の如く、救済の聖句の如くに呼ばれたその言葉。第三一八後方撹乱《かくらん》旅団、第一一支隊の精鋭によって結成された彼らは、所属を問わず救援を要する友軍の元へと急行し、いかなる絶望的な状況下をも打破して活路をもたらした。彼らこそは、孤立して全滅を待つばかりとなったソ連兵たちの最後の希望に外《ほか》ならなかった。

――だがそれも、過ぎ去った伝説だ。

スタンは知っている。外ならぬ彼こそがその遊撃隊《ヴィソトニキ》の一員だったのだ。かつては恐れることなく数多《あまた》の地獄へと身を投じ、『悪魔の風《シエイターネ・バーディ》』の異名でゲリラたちを戦慄《せんりつ》せしめた彼だった。

一人でも多く同志を救えと、その号令に血を滾《たぎ》らせて戦った日々があったのだ。

だが遊撃隊《ヴイソトニキ》は解体された。不朽のはずだった誇りとともに。ただ一つ信じられた戦いの意義とともに。一九八七年七月――あの運命の日にスタンは死んでおくべきだった。こんな場所で砂のように果てるぐらいなら……

爆音が、閃光《せんこう》が、双発イソトフエンジンの駆る五枚羽ローターの方向が、そのとき戦場に轟《とどろ》き渡った。

いきなり炎に包まれたムジャヒディンの大軍の直上を、猛然と通過する二機のハインド攻撃ヘリ。さらに旋回反転と同時にロケットランチャーが火を噴き、機首下の一二・七ミリ機銃が鏖殺《おうさつ》の歌を奏で上げる。

ありったけの搭載火器でゲリラたちを蹴散らしつつも、滞空姿勢に入ったハインドのハッチから、次々と懸垂降下《ラペリング》で躍り出る守護天使たち。メニショフ、ダヴィド、それに鬼軍曹ボリス……かつて共に硝煙《しょうえん》にまみれて戦った同志たち。スタンにはそれが現実なのか、死の間際に見る走馬燈なのか、まるで判別できない。

遊撃隊《ヴイソトニキ》――そう誰かが歓喜の声を上げる。黄泉《よみ》の国から蘇《よみがえ》った救い主の姿に、畏怖《いふ》の念すら滲《にじ》ませて。

そしてスタンは直視する。彼の眼前で塹壕《ざんごう》に降り立つ軍神、猛々《たけだけ》しくも麗しい戦乙女《ヴァルキュリア》の到来を。

戦場の砂塵《さじん》と血臭を総身に纏《まと》い、無惨に焼け爛《ただ》れた面相は、まさに今この地獄を闊歩するに相応《ふさわ》しい悪鬼のそれに違いなかった。にも拘《かか》わらずスタンは、彼女の〝美しさ〟に打たれ、震撼《しんかん》した。――そう、ただ美しいとしか言いようがなかった。絶望を、極限の恐怖を、敢然とはね除けて突き進む鋼《はがね》の意志の具現が彼女だった。人間《ヒト》がどこまで強靭《きょうじん》になれるのかという、神なき地獄の直中《ただなか》でのみ見出《みい》だされる聖性。それを彼女は証明していた。

「――待たせたな。同志伍長」

苛烈《かれつ》で頼もしいその声が、幻惑を否定する。今まぎれもなく〝彼女〟はここに居るのだと。

「パブロヴァ中尉……」

何故あなたがここに？

あなたはもう充分に戦った。難民を庇《かば》って捕虜《ほりょ》となり、全身の膚《はだ》を寸刻みで焼き潰される拷問に一か月耐え抜いて、それであなたの戦いは終わったはずだ。救出されたときの無惨な姿を見た後では、あなたが本国へと戻り、遊撃隊《ヴィソトニキ》が解散されると聞かされても、無念より安堵《あんど》が勝った。あなたが生きてこの地獄から解放されることに祝杯すら上げたい心境だった。なのに……

「なぜ……なぜ戻ったのです？　中尉」

「何故かといえば――今の私は大尉だからだろうな。同志伍長」

そんな問いには冗談で応じるのが相応だ、とでも言いたげに、ソーフィヤ・パブロヴァは不敵に笑う。そして集結した部下たちに、過日と同じ勇壮さで、声高らかに号令を下す。

「総員、突撃！　要衛確保、残敵掃討にかかれ！」

——かくして遊撃隊《ヴイソトニキ》は、不死鳥の如く蘇《よみがえ》った。彼らを統《す》べる英雄の帰還とともに。


新たにパブロヴナ〝大尉〟となってアフガンに舞い戻った彼女は、傍目《はため》にもそれと判るほど、内面的な何かが変わっていた。

その漂白されたように淡々とした眼差しは、何か大きなものを諦観《ていかん》で洗い流したかのような、ある種の空虚さを伺わせた。その目が希望や歓喜といった感情を宿すことは、もう二度とないのではないかとさえ思えた。

「……なぜ、戻ったのです？」

戦いの後、夕陽とともに吹き渡る風を浴びながら、負傷者の救護と撤退の準備を見守っていたソーフィヤに、改めてスタンは問うた。

「貴女《あなた》は、ソウルオリンピックの射撃選手団に編入されるという噂《うわさ》を聞いていました。あれは……」

「この右目で国威を背負った競技が務まると思うか？　あいにくと視力はもう以前の半分程度もない」

自嘲《じちょう》と呼ぶにはあまりにも辛辣《しんらつ》すぎる微笑を見せて、ソーフィヤは焼け爛れた右の顔を示《ただ》す。

「私にはソウルの歓声よりも、このアフガンでの地獄こそが似つかわしいと――それが上層部の決定だ。私としても異論はなかった。奴らの偽善と甘言に振り回される人生には、もう……疲れたのでな」

彼女の口調から垣間見える枯れきった達観は、まるで死に場所を探し始めた老獣を連想させて、そんな不吉な予感がスタンの面持ちを強張《こわば》らせる。

だがソーフィヤはスタンの懸念をいなすかのように、一年前と変わらぬ精悍《せいかん》な笑みを見せた。

「全てを失った私だが、この場所でなら、まだ、拾い上げられるモノがある」

「大尉……」

「既に表明されていたアフガニスタン撤退が、ようやく実行に移される。ようやくだ。もうこれ以上誰一人として、この地で命を落とす理由はない。ありもしない勝利の在処《ありか》を探す戦いは終わった。これから始まるのは、ただ純粋に、兵士たちが生き延びることだけを賭《か》けた戦いだ」

自らの運命を語るときとは一転して、これより臨む戦場について話すソーフィヤの語調は、不屈の意志と覇気に満ちていた。

「もう名誉も栄光もいらない。その代わりに私は一人でも多く、仲間たちの命を拾い集めて持ち帰ろう。……ことによると私は、今ようやく、真に意義のある戦場を得たのかもしれないな」

毅然《きぜん》として宣言するその横顔に、スタンは、英雄というものの何たるかを見出《みい》だした。

きっと彼女の魂《たましい》の拠《よ》り所《どころ》は、戦いの中にこそ在るのだろう。生きながらにして焼かれるという地獄を味わってなお、パブロヴナ大尉はさらなる戦いの道を求めた。彼女の苛烈《かれつ》なる決意、貴すぎる勇気を前にして、スタンは自らを省《かえり》みずにはいられなかった。――麻薬に溺《おぼ》れ、目の前の現実から目を逸《そ》らし続けてきた男の胸に、英雄の言葉が突き刺さる。その痛みは、銃弾に肉を抉《えぐ》られるよりなお痛烈で耐え難いものだった。

むしろ驚きですらあった――こんな自分に、まだ〝恥〟という意識が残っていたことが。

そんなスタンに向けて、ソーフィヤが、彼女らしからぬ静かな哀れみを秘めた一瞥《いちべつ》を投げかける。

「スタニスラフ伍長、貴官は今日までよく戦った。祖国で身体を癒《い》やせ。今ならば、まだ間に合うだろう」

そう――一目瞭然だったのだろう。スタンの窶《やつ》れ果てた顔と虚《うつ》ろな目は、どう繕《つくろ》っても誤《ご》魔化《まか》しようのない薬物中毒者のそれだったのだから。

熔《と》けていく時間の中で、脈絡の失せた記憶の中で、すべての想いが蘇《よみがえ》る。

怒りと痛み。誇りと喜び。絶望と恥辱……ヘロインの酩酊《めいてい》の中で見失ってきたすべて。

かつて『悪魔の風《シェイターネ・バーディ》』と呼ばれたころ、スタニスラフ・カンディンスキーもまた、あのソーフィヤ・パブロヴナと共に戦ったのだ。イデオロギーでなく、憎悪でなく、ただ〝其処《そこ》にいる仲間〟のために武器を執《と》る――それこそが疑う余地も、惑う余地もない動機だった。決して揺るがぬ戦意の礎《いしずえ》だった。

その崇高さに憧《あこが》れた。その勇気に心を照らされた。

だがそんな輝かしき日々の栄光に、彼は自ら泥を塗ったのだ。

ソーフィヤが不在の一年間、この自分がしてきたことは何だったか。身動きできぬ老人を殺し、赤子を庇《かば》う母親を殺し、その重さに抗《あらが》うことすらせず、白い粉の慰めに身を委《ゆだ》ねた。人間として是非もない弱さだなどと、そんな言い訳が通用するものか。彼は致死すれすれの火傷痕《やけどあと》を総身に刻まれてなお戦い続けた女性を知っていた。彼女こそは栄光のスペツナズ。不屈を旨《むね》とする軍人の鑑《かがみ》。かたや自分は——虫けら以下のクズだ。

やがてきたる撤兵の日に、ソヴィエトの兵士たちが凱歌《がいか》を謳《うた》うことはないだろう。だが故郷の地は彼らの苦難を讃《たた》え、その勇気を誇りとして迎え入れるに違いない。かくも極限の状況を人間《ヒト》として生き抜いた彼らが、英雄でなくて何なのか。その偉業が誉れでなくて何なのか。

だが——否、だからこそ、スタンには帰る場所などなかった。彼のような負け犬が、誇り高き兵士たちの末席に身を連ねるなど、それこそ冒瀆《ぼうとく》でしかない。

彼は自らを砂に貶《おとし》めた。無価値に吹き散らされて消えるものと諦《あきら》めていた。今さら英雄として故郷の土を踏むことが、どうしてできようか。

だから逃げた。自らを恥じて、英雄たちを直視できなくて、せめて異国の砂漠に果てることだけが、残された赦免の道だと期して。

なのに逃げきれず、死にきれず、かつての敵の犬となり、殺し続けた。砂の心で、砂の如くに、彷徨《さまよ》い歩き、静脈を探り、ヘロインに熔《と》け崩れていく記憶の中を、ただ延々《えんえん》と循環し……


──俺たちは今でも、決して仲間の窮状を見過ごしたりしません──


懐かしい声。遠い記憶に埋もれていたはずの、戦友の労《いたわ》りと激励。

耳の中に生々しく反響する、聞いたばかりの真新しい肉声。

そんな筈《はず》はない。彼らがこの掃き溜めに居るわけがない。栄《は》えある勇者たちの道に背を向けて、どこまでも転がり落ちてきたその先で──そんな声が聞こえていい筈がない。


──頭目のバラライカって女はな、別名『火傷顔《フライフェイス》』って渾名《あだな》で知られる、この街で最凶最悪の──


焼かれた顔の女。かつて誰よりも輝かしく胸に懐《いだ》いた面影の記憶。

有り得ない。断じてあってはならない。

かの英雄は祖国に錦を飾ったはずだ。今なおその名誉はロシアの大地に語り継がれているはずだ。

泥にまみれてなお、空には輝く星があるのだと――今はただそれだけが、スタンに残された唯一の魂《たましい》の救済なのだから。

だから『バラライカ』などという女は居ない。断じて、この世に居ていい筈がない……

時間が熔ける。記憶の前後が辻褄《つじつま》をなくす。

終わらない悪夢の中で、スタンはただ、否定の言葉を呟《つぶや》き続けた。

◇

ザルツマン号襲撃犯の潜伏場所を、先に三合会《トライアド》に把握されてしまった時点で、ラグーン商会の面目は丸潰れもいいところだったが、ここで張《チャン》の再度の計らいが、ダッチたちにもう一度チャンスを与えることになった。

つまり、潜伏場所への攻撃を三合会《トライアド》の人員で行わず、フリーランスの手に委《ゆだ》ね、その混成チームにラグーンもまた参加すればいい、という提案だ。もちろんラグーンとしては否も応もない。自らが率先して事の始末をつけるという約定を果たすためには、既に張《チャン》が声をかけてある面子《メンツ》に、さらにレヴィを合流させる以外になかった。

　そんな次第で、今レヴィはタレコミにより伝えられたロアナプラ郊外の廃工場へ向かうべく、六人の乗員が鮨《すし》詰めになったチェロキーチーフの後部座席で揺られている。張が選んだ他の五人がいったい誰なのか、レヴィは車に乗り込むまで報《しら》されていなかったのだが、今にして思えば、その時点で少しは怪しいと思うべきだった。

「ハア〜、詩人の坊やは戦争に行ったあ〜、アヒャヒャ〜、親父の剣とギターを背負ってえ〜」

　ハンドルを握るアイリッシュは、あきらかにコカインの決まりまくった上機嫌で民謡をがなり立てている。以前一緒に修羅場をくぐったときよりも、なおいっそう飛び具合が甚《はなは》だしい。

「またコイツの運転に付き合うぐらいなら、トゥクトゥクにでも乗ってきた方がマシだったぜ……」

　レヴィの泣き言を、助手席で手慰みにコンパクトで化粧を直してる美女がせせら笑う。

「心配無用よアバズレ。今夜のレガーチは一段ひどいけど、運転ミスるだけはないね」

　流れるように腰まで伸びた艶《つや》やかな黒髪と、際《きわ》どすぎる深さのスリットのシルクの旗袍《チャイナドレス》という出で立ちは、高級クラブのホステスかと見紛《みまが》うところだが、こんな格好をしていながらも彼女はロアナプラでも名うての人狩り師《マンハンター》である。

「……よりにもよって、なんでテメェらなんぞがしゃしゃり出てくるんだ？　ああ？　『ですだよ』」

「口が悪いは相変わらずですみたいねアバズレ。おまえ英語より先に礼儀教わるが正しいでしたよ」

ドライバー・レガーチの相棒シェンホアは、レヴィと同じ中国系だが、本人曰《いわ》く〝本省人〟ということで、未だに英会話の文法が危なっかしい。とはいえ殺しの腕前は確かなもので、二本の柳葉刀《りゅうようとう》を自在に操る刀術は超一流だ。レヴィは以前に一度だけ、これまた張絡みの仕事で合流したシェンホアと共闘したことがあるが、銃を持った複数の男たちが、銃爪《ひきがね》を引く遑《いとま》すら与えられずに膾斬《なますぎ》りにされる光景を目の当たりにしている。

「まあテメェらが旦那《だんな》の肝入《きもい》りだってのは判るとしても、なんであとの三人が『タンゴ三兄弟』なんだよ？」

ぼやきながらもレヴィが三列目の後席を睨《にら》み付けると、そこに並んだ座っていたヒスパニックの三人組が、無暗に陽気なリズムで口々に喋《しゃべ》り出す。

「♪張に呼ばれて殺し」

「殺しっ」

「♪ジープに乗って仕事」

「仕事っ」

「……判った、判ったから黙ってろお前ら」

まるで場の空気を読むことを知らない彼らは、アルボンディガ三兄弟として知られる殺し屋トリオだ。もとはタンゴバンドとして旗揚げしようとしたものの人気が振るわず、仕方なくロアナプラに流れてきてからは殺し屋稼業に転向したのだという。今でも話すときにやたらと三拍のスタッカートを強調するせいで、同業者の間でも非常に鬱陶《うっとう》しがられている。

「ったく、張《チャン》の旦那《だんな》も人が悪いぜ……場所だけ教えてくれりゃあ、あんなボンクラどもを片付けるのはあたし一人で充分だってのに」

レヴィが鼻を鳴らして呟《つぶや》くと、シェンホアがさも小馬鹿にした風に言い返す。

「それつまり、お前たちラグーンの信用されてないだけよ。やっぱりタンカー襲った馬鹿どもとグルでしたのオチを用心しますから」

「……大層ナメた台詞《せりふ》に聞こえたぜ。何か言い間違えたんじゃねェのか？『ですだよ』」

殺意すれすれの三白眼で凄《すご》むレヴィに対し、だがシェンホアもまた切れ長の眼差しに刃《やいば》の剣呑《けんのん》さを含ませて応じる。

「バシランで書類の在処《ありか》のウソついたやつ信用する無理当然よ。それともオオカミ少年て話知ってないですか？」

「……あの程度のこと根に持つかあ？　男に逃げられるタイプだろ、お前」

「とても大きなお世話ですだよ」

どんどん険悪になっていく女二人の会話に、嬉々《きき》として茶々を入れるアルボンディガ三兄弟。

「♪ある日チームで喧嘩《けんか》」

「喧嘩っ」

「♪昔のことで喧嘩」

「――だから黙ってろテメェらは！」

タンゴのリズムについ毒気を抜かれてしまったシェンホアが、嘆息しつつ念を押す。

「ともかく、張大哥《だんな》襲ったバカども、私の見てる前で殺すこと。それしかお前信用される道理ない。判るですか？」

「けっ、当然デスダヨ」

嘲《あざけ》りをこめてシェンホアの口真似をするレヴィ。

「むしろテメェらに邪魔されるのが迷惑なんだ。……いいか、銀ピカの銃持ったラッパーみてえなチャラい馬鹿がいたら、そいつはあたしの獲物だ。横取りしようとする奴は殺す。間違ってもあたしより先を歩くんじゃねえぞ」

いくらシェンホアに絡んでみたところで、その程度でジェイクに対する怒りが収まるはずもない。こんなところで益体《やくたい》もない漫談なんぞやっている暇すら惜しかった。一分一秒でも早く、あの巫山戯《ふざけ》たクソ野郎に鉛弾を叩き込んでやりたい。

「ほー、何やら遺恨あるですか。面白いね。見物させてもらうですよ」

「♪隙間の空いたチーム」

「チームっ」

「♪でも、すぐに仲直り」

「うるせえよ！」

そんな後席の馬鹿騒ぎなど、ドライバーのレガーチはまったく意に介せず、彼一人のアイルランド民謡ワールドに浸りきっていた。

「汝《なんじ》のピュアでロックな歌はあ〜ッ！　服従の元では響かねえのさあ〜ッ、イェア！」


ロアナプラという街の実態は、意外なほどに外の世界には知られていない。あらゆる犯罪の温床たるこの環境を末永く温存していきたいと願う犯罪組織たちの連携によって、情報の流出が必要最低限に抑制されているのが理由である。

そのため、時として致命的なまでに不用心な海外の企業が、ロアナプラの正体を現代のソドムの市とは露知らず、地価と労働力の安さを当て込んで支社工場を建てようなどと目論《もくろ》むことが往々《おうおう》にしてあるのである。

もちろん、そういった愚かな企ては、ロアナプラを統《す》べる者たちによる間接的な恫喝《どうかつ》や妨害、あるいはささやかながら直接的な警告によって、未然に阻止されるのが殆《ほとん》どだが、希《まれ》に経営者が極めつけに愚かな場合、全ての『メッセージ』をはねのけて施設の操業にまで漕ぎ着けるケースというのも皆無ではない。

そういう場合の悲劇の顛末《てんまつ》について、多くを語るのは無粋というものだ。ともかくロアナプラとその近郊には、操業開始からわずか数日で倒産ないし閉鎖に追い込まれた外資系の支社や工場跡が、さして珍しくもなく散見される。

ジェイクたちに当面の拠点としてあてがわれたのも、そういった廃墟《はいきょ》のひとつだった。四方を森に囲まれた地所で、市街地まで往復しようにも車なしでは相当困難な距離があるため、無宿人や浮浪者が居着く恐れもない。

もし仮に携帯電話の圏外ならば、そんな隠れ家などジェイクは断固として拒否しただろうが、幸いにして電波の状況は良好で、彼は心おきなく第二の人生たるインターネットライフを満喫することができた。

自ら運営するサイト『Deadly Biz』の掲示板で、読者の反応をにこやかに堪能《たんのう》するジェイク。だがそんな至福のひとときが、傍らに置いてあったトランシーバーに破られる。外の見張りをしていたアロンゾからの通信だ。

「……何だよ、どうした？」

『妙な車がこっちに来る。やばいぜ。追っ手じゃないのか？』

アロンゾはかなり神経質になっているが、ジェイクの読みとしては、この隠れ家が露見するにはあまりにも早すぎる。彼らは今日の午後ここに着いたばかりで、まだ何の行動も起こしていないのだ。

「そりゃーねえだろ。たぶんカーセックス目当てのカップルか何かだ。まァ好きなようにあしらっていいぜ。覗《のぞ》いても良し、割り込んで3Pと洒落《しゃれ》込むのも――」

『馬鹿言ってんじゃ……おい、中から五人ばかり降りてきた。奴ら……畜生！　ラグーン号にいた二挺拳銃の女だ！』

「――何だと？」

思わず問い返したジェイクの耳に、高らかな銃声の一喝《いっかつ》が飛び込む。工場の外から微《かす》かに、そしてトランシーバーのスピーカーから大音量で。

「……アロンゾ、おい？」

呼びかけても、トランシーバーは沈黙しか返さない。

ジェイクは納得しかねる面持ちのまま、ノートパソコンを待機状態に落として立ち上がる。

「どうした、何事だ？」

隣室で仮眠していたはずのペドロが、耳ざとく銃声を聞きつけたと見えて飛び込んできた。

「アロンゾの奴、やられたらしい。外にラグーンの女ガンマンが来てるとさ」

「何だと？　馬鹿な、もう嗅《か》ぎつけられたってのか⁉」

「ああ、妙だな。思いっきし妙だよなあ。こんなにも早く俺らの居場所が掴《つか》まれるなんてのは

――」

謳《うた》うように呟《つぶや》いてから、ジェイクはおもむろに抜き放ったUCカスタムの銃口をペドロの鼻《はな》面《づら》に突きつけた。

「――ぶっちゃけ、内通ぐらいしか考えられねえわな。なあペドロちゃんよ、もしかして俺らのこと三合会《トライアド》に売った？」

静かに糺《ただ》すジェイクに対し、ペドロは血相を変えて口角から泡を飛ばす。

「ば、馬鹿言ってんじゃねェ！　俺にいつそんな暇があったってんだ？　大体、俺はテメェに連れられてこの街に来たばっかりなんだぞ！　いきなり中国人《チャイニーズ》と渡りをつけられる方法なんて判るわけねえだろ！」

「うん、それもまた正論」

ペドロの言い分にあっさりと納得し、ジェイクは銃口を退ける。

「じゃあ何なんだろな一体。まさかスタンの野郎とも思えねえし……そうだ、スタンは？　あいつ何やってる？」

「あっちの廊下で、壁に向かって何かブツブツ言ってたぜ」

二人が様子を見に行くと、はたして張維新《チャンウアイサン》暗殺チームのリーダーは、完全に麻薬のトリップに陥ったまま床に座り込んで譫言《うわごと》を呟いていた。

「……大尉……違う……俺は……」

「スタン、おい、スタアアアアン、もしもーし!?」

ジェイクがさんざん肩を揺すり、頬《ほお》に数発の平手をかました末に、ようやくスタンはどんよりと濁った目でジェイクを見上げてきた。

「敵だ。敵襲だ。おい、判ってんのか?」

「……」

駄目だこりゃあ、とジェイクは無言でペドロに肩を竦《すく》めて見せた。貴重な戦力がまた一人無《む》為《い》になったと知って、忌々《いまいま》しげにかぶりを振るペドロ。

「おいスタン、あんた、もういいから。一人で裏口から逃げろ。んでもってクライアントに連絡だ。おい、判るか?」

「……」

人事不省《じんじふせい》のまま、それでもともかくスタンは何やら唸《うな》って頷《うなず》いた――かのように見えた。

ジェイクとしても、それ以上は面倒を見ていられない。後はもう好きな場所で死んでくれとばかり、スタンの襟首を摑《つか》んでいた手を放して解放する。

「おいジェイク、そいつのライフル、俺が使わせてもらうぜ」

ペドロは腰のベルトに挿《はさ》んであったS&Wオートだけでは心許《こころもと》ないのか、テーブルの上に放置されていたスタンの暗視スコープ付きドラグノフを手に取った。

「ああ、使っとけよ。もう持ち主に断るまでもないだろ」

「――間違いねえ。昨夜《ゆうべ》の祭りで見た顔だ。当たりだな。ここで」

射殺したアロンゾの死相を蹴り起こして検分し、レヴィは静かに断言した。

「诶呦《あらまあ》、あっさり決めてくれたですこと」

むしろ違う展開を期待していたのではないかと勘繰《かんぐ》りたくなるほど、つまらなそうにシェンホアが鼻を鳴らす。少なくともこれで、ラグーンの狂言を疑う理由は早くもなくなったことになる。

チェロキーを降りた五人の殺し屋は、夜の森を背景に鬱蒼《うっそう》と聳《そび》え立つ廃工場の外観を見上げた。レガーチ一人は車に居残り、白い粉のハッピータイムである。この後、死に損なった標的が車で逃走するような展開にでもならない限り、彼の出番はない。

「さて、段取りはどうするです？」

「ンなもの一つしかねえ。さっき言っただろ」

ジェイクの居場所が確定した時点で、レヴィの中の〝撃鉄〟は完全に引き起こされていた。もはやここから先の彼女は人間《ヒト》の形をした巡航ミサイルも同然だ。

「ルールは一つ――あたしの前に立つな。それだけさ」

二挺のソード・カトラスに必滅の殺意を滾《たぎ》らせて、レヴィは躊躇《ちゅうちょ》なく工場の中へと踏み込んでいく。

「♪今日は怖いぞレヴィ」

「レヴィっ」

「♪俺らどうする姐御？」

ややビビったのか心持ち声を潜めてアルボンディガ兄弟がシェンホアに訊《き》く。シェンホアとしても、ここは思案のしどころだった。

張《チャン》から受けた説明では、タンカーから逃げた殺し屋が四人。その救出に来た船に乗っていたであろう一人か二人。それが敵の総勢だった。まずさっそくレヴィが見張りを殺してマイナス一人。しかし残る四〜五人が籠城《ろうじょう》するには、この廃工場の建物は広すぎる。むしろ一方向からばかり攻めたのでは何人か取り逃がしかねない。

シェンホアが考え込んでいるうちに、早くも工場の中からは罵声《ばせい》と銃声が轟《とどろ》き始めた。入り口から覗《のぞ》き込み、状況を観察すると——天井の辺りからライフルを撃っているのが一人、レヴィ相手に何やら大声で囃《はや》し立てているのが、もう一人。

「ん〜、アバズレの出迎えが二人ですだけ？　計算これ変ね。……タンゴ兄弟、私たち裏手に回り込むですよ。ここアバズレ一人だけで無問題ね」

「♪裏に回って殺し」

「殺しっ」

「♪逃げる奴らを始末」

「……あんたたち本当ウザイです。黙ってる宜《よろ》しい」

四人は互いに罵《ののし》り合いながらも、廃墟《はいきょ》の外を迂回《うかい》して反対側へと移動を始めた。


単身で工場内に踏み込んだレヴィを出迎えたのは、頭上から轟いたドラグノフの銃声だった。

命中弾を喰らわずに済んだのは、なにも悪運ばかりではない。当然のように待ち伏せを警戒していたレヴィが、突入と同時に全力疾走で間近な遮蔽物《しゃへいぶつ》の陰へと飛び込んだとき、狙撃手はレヴィの姿を見咎《みとが》めるや否や即座に撃ってきた。

そもそも移動目標の狙い撃ちというのは曲芸も同然の離れ業《わざ》であり、当てられるだけの手練《てだれ》はそうそういない。はたしてレヴィを狙った初弾はあっさり無駄弾になったわけだが、その時点でレヴィは、いまライフルで撃ってきたのがザルツマン号での狙撃手とは別人だと看破した。

優れたスナイパーというのは、ただ巧みに弾を当てるのではなく、外れるような弾を撃たないのが鉄則だ。自らの技術を正確に把握し、それを状況と秤《はかり》にかけて、命中を確信した時点ではじめて銃爪《ひきがね》を引く。その見極めができないのなら二流だ。おそらく今ドラグノフを構えているのは、ライフルの達人ではない。ただレヴィが姿を見せたのに釣られて無分別に撃ってきただけの馬鹿だ。

「ヘイ、レヴィ！　夜這《よば》いに来てくれたとは嬉しいね！」

工場内に立ちこめる闇のどこかから、ジェイクが嘲笑《ちょうしょう》混じりに呼びかけてくる。廃墟《はいきょ》には工作装置の殆《ほとん》どが撤去されず放置されており、さながら機械の迷路の様相を呈していた。つまりは、ここで要求されるのは隠れん坊の挙げ句の遭遇戦――レヴィ好みのシチュエーションではない。

「ほざいてんじゃねえぞジェイク！　たわけた妄想はパソコンの中だけにしとけってんだ！」

怒鳴り返したレヴィの目の前で、二発目のドラグノフが跳弾の火花を散らす。相変わらず杜撰《ずさん》な狙撃――だが楽観できるほど甘くもない。ライフルの腕前は無様なものだが、そのくせレヴィがいる位置については正確に把握している。おそらくはザルツマン号のときと同様に、暗視装置の類《たぐ》いを使っているのだろう。下手な鉄砲も数撃てば何とやら。迂闊《うかつ》に顔を出せば今度こそジャックポットを喰らうかもしれない。

「ホォ……どうやら俺のサイトを見てくれたみてえだな。光栄の極みだぜ」

ジェイクは、ドラグノフの銃口がレヴィを押さえているのをいいことに、余裕の構えで声を立て、位置を晒《さら》してくる。

「どうだい？　ネットデビューした感想は。世界中からのアクセスがお前に釘付けなんだぜ。エクスタシーを感じたか？」

ジェイクの得意げな声を聞くうちに、改めてレヴィの胸の内に、あのネット上の公開侮辱を目の当たりにさせられたときの激憤が蘇《よみがえ》ってくる。

「テメェみてえな変態と一緒にするんじゃねえよ、糞《くそ》ポエム野郎！」

「なあレヴィ、あんた、こんな地の果てで潮風浴びてて満足か？　銃だけが取り柄のチンピラのままで墓穴まで行く気でいるのか？」

レヴィが沸騰するのとは裏腹に、ジェイクはまるで頑固者に理屈を説くかのように、さも真《しん》摯《し》そうな親しみを込めて語りはじめた。

「あんたには極上の輝きがある。ただの海賊稼業なんかで蟹《かに》の餌になっちまうには勿体《もったい》ねえ、もっと違うステージに打って出られるだけの素質があるんだよ」

その口調が、なおいっそうレヴィの癇《かん》に障る。憚《はばか》りもない説法のせいで、今やジェイクの位置はほぼ歴然だ。だが弾丸を叩き込んでやれる位置にまで移動しようとする度に、頭上でドラグノフが吼《ほ》え、危なっかしい至近弾を撃ち込んできてレヴィの足を止めさせる。畜生！

「何を得意げにペラペラと……テメェいったい何様のつもりだ!?　ああッ!?」

「俺と組めよ、レヴィ。アルティメイト〝R〟にクール〝J〟だ。二人でスターダムにのし上がるのさ！」

「……ああ?」

「なにもハリウッドの銀幕ばかりが登竜門じゃねえんだよ。時代は変わった。誰もが自分を表現し、新しいスターとしてプロデュースできるんだ。それがインターネット革命の真価なんだよ」

あまりに馬鹿げた提案に、爆発臨界の怒りに滾《たぎ》っていた思考に冷却棒が突っ込まれる。

「……テメェ阿呆か? クリンゴン星からの電波でも受信してるのか?」

予想の遥《はる》かに斜め上を行く妄言《ぼうげん》で、ある意味、怒りのメーターが一巡してリセットに戻ってしまったレヴィは、ここでようやく、知恵を働かせた戦術に気を回すようになった。

ともかくジェイクの尻の穴に9パラのピアスを埋めてやるのは必須としても、そのための段取りはきちんと順を追っていこう。

まずは上にいるヘボ狙撃手の始末だ。

「どんな才能だってカリスマになれる。法律や常識に遠慮する必要はねェんだ。顔も身元も見せないままに、ただキャラクターと情報だけでオーディエンスを魅せられる。この俺が証明したようにな!」

調子に乗って弁舌を振るうジェイクをよそに、レヴィは敢《あ》えて遮蔽《しやへい》物の外へと身を躍らせ、間近な所にある別の物陰へと転がり込んだ。すかさず馬鹿正直に応射してくるドラグノフ。だが今回、敢えて誘うつもりで撃たせたレヴィは、相手の射撃位置を目敏《めざと》く見て取った。——

屋根の上だ。天窓から身を乗り出して、眼下のレヴィを狙っている。

「もう殺し屋だからって日陰者でいる道理なんかねえのさ。そいつが最高にクールな腕前であれば、それだけで訴求点《ウリ》になるんだよ。知ってるか？　日本《ジャパン》じゃ才能《タレント》って言葉は偶像《アイドル》と同義なんだぜ。それが情報先進国の常識なのさ」

ジェイクの痛々しい演説はますます波に乗っている。構うことなくレヴィは再度、不用意な動きでドラグノフの発砲を誘った。――やはり天窓。思った通りのボ、ン、ク、ラだ。暗視スコープの優位性で調子に乗るあまり、射撃位置を変えるという当然の用心さえ怠っている。

それにしても、ジェイクはレヴィを懐柔《かいじゅう》する心算でさっきから喚《わめ》き散らしているのだろうに、屋根の上のボンクラがレヴィを殺す気満々で撃ってくるというのは何なのか。まあ大方そいつもジェイクの唐突な説法に辟易《へきえき》しているのだろう。さっさとレヴィを始末して終わらせたいと思っているに違いない。

「なあレヴィ、俺には判るんだ。未来のお前のファンたちが首を長くして待ってるってな！　二一世紀には間違いなくネットアイドルの時代が来る！　俺とお前のユニットなら、一日一万アクセスだって夢じゃねえ！」

実のところ、昨夜のタンカーの船上で狙撃手に煮え湯を飲まされたレヴィは、それ専用の対策装備を用意してきた。腰のガンベルトに挿《はさ》んであった〝切り札〟を手に取りつつ、レヴィはふと、ジェイクの熱弁に対してコメントを与えてやろうという気になる。

「ジェイク――あたしはてっきり、あんたがただのイカレた馬鹿でしかねえと思ってた」

「違うって判ってくれたかい？」

「おうよ」

レヴィは笑う――死を運ぶ御使《みつか》いの凶相で。

「テメェはな、糞《くそ》の詰まりすぎた便所で見つかった、糞虫より臭え新種の何かだ。何て呼べばいいのか見当もつかねえ。こんど便所に詳しい糞博士に、ありがたい学名をつけてもらいなよ」

一気にそう捲《まく》し立ててから、ピンを抜いた閃光手榴弾《フラッシュバン》を頭上へと投げ放つ。

アルミニウムと過塩素酸カリウムの炸裂《さくれつ》が、轟音《ごうおん》とともに強烈な光で闇を反転させた。もちろん暗視スコープなどに頼り切っていた射手はたまったものではない。

頭上の狙撃手が完全に視力を奪われて悶絶《もんぜつ》している隙に、レヴィは片方のソードカトラスを両手で構え、ゆっくり慎重に狙いをつけた。暗視スコープのない彼女でも、天窓にいる男の姿は、ほの明るい月明かりの夜空を背にしてはっきりと視認できる。きっと素人考えで、一番高くて見通しの良い場所が狙撃に好都合と思ったのだろう。その判断ミスは死を以て贖《あがな》うしかない。

ただ一発。それで事足りた。カトラスの咆吼《ほうこう》とともに断末魔の悲鳴が上がり、まず取り落とされたドラグノフが、続いて死体になったその射手が、ピサの斜塔での実験のように仲良く等速度で落下する。

「――おう、当たった当たった」

ウィーバースタンスなんて射的屋でしか縁のない構え方、久しぶりすぎて勘を摑《つか》みづらかったが、案外やれば出来るものである。ともかくこれで余計な邪魔が入らなくなった今、レヴィはようやくメインディッシュにありつく算段がついた。すかさず両手に二挺を構え直し、血に飢えた獣のように通路を疾駆して獲物を目指す。

相方を殺《や》られたジェイクは早くも撤退する気でいたのか、ちょうど工場の奥に向かって走りだそうとしていたところだった。その鼻先にレヴィはカトラス二挺の斉射を浴びせ、先んじて動きを封じ込める。

「よオ、次はテメェの番だぜ。……さあ、ご高説の続きを聞かせてみろや」

「……ッ」

ついにようやく、待ちわびた一対一での対決。溜《た》まりに溜まった鬱憤《うっぷん》を叩きつける時の到来に、レヴィは肉食獣の微笑《ほほえ》みで舌舐《したな》めずりをした。

◇

現実の危機と幻覚の錯乱との狭間《はざま》を行き来しながら、スタンは闇の中を這《は》っていた。敵がいる。すぐ側《そば》にまで迫っている。ジェイクは言った——裏口から逃げろ、と。

だが敵というのはそもそも誰だ？　ムジャヒディンか、それとも官憲かタリバンなのか、いま誰と戦って、誰を殺して、誰に追われているのか。ここはパンシジールの渓谷なのか、トルコなのか、ギリシアなのか……

違う、タイだ。ロアナプラとかいう港町だ。過去とは何の関わりもない。

なのに——なら何故、『大尉《カピターン》』の面影が追いかけてくる？　彼女は栄光とともにロシアに還った。そしてこの自分だけが泥沼を這っている。思い出すな。過ぎ去った夢だ。いや、じゃあ一体『バラライカ』とは誰だ？

そうだコズロフ……俺は死んだ。スタニスラフなどという軍人は死んだ。その抜け殻だけが這っている。ヘロインを求めて這っている。やめろ、俺を見るな、頼むから放っておいてくれ……

震える手で、虚空《こくう》を摑《つか》む。どうにかして意識を現実に繋《つな》ぎ止めようとして。

ライフル——この手にライフルが要る。俺のＳＤＶ《ドラグノフ》、ただひとつ寄り添った相棒。あの銃床の手触りだけで、悪夢から醒《さ》められる。なのに——ない。どこだ？　俺のライフルは何処《どこ》だ!?

心細さに啜《すす》り泣く。裏口というのが何処なのか、逃げる方角さえ解らないまま、迫り来る敵の足音だけを聞く。動けない。いま動いて見つかれば殺される――

ふいに、誰かに助け起こされた。力強い大きな手が肩に置かれる。

――スタン殿、安心めされよ。気を確かに――

味方だ。救援が来てくれた。遊撃隊《ヴィソトニキ》、いや違う、これは、誰だったか……

――このまま通路を真っ直《ます》ぐ。突き当たりを右へ。それで外に出られる。焦らずとも良し――

パニックを押しのけ、どうにかして頷《うなず》いて理解したことを示しながら、はたと気になる。

今ここでスタンが逃げた後、この〝味方〟はどうなるのか？

「あんたは……」

――心配ご無用。さあ、行かれよ――

励ましの声とともに背中を押される。そこでようやく、まともな思慮《しりょ》が戻りはじめる。

今の自分は足手まといでしかない。一刻も早くこの場を離れろ。〝味方〟に余計な面倒をかけてはならない。

「……」

深く息を吸って吐き、それからスタンは、指示された通りの退路をよろめきながら進み始めた。


奇妙な違和感に、シェンホアは足を止めた。

明確な何かを察知したわけではない。実際、こうして針のように意識を研ぎ澄ましていなければ、見過ごしてしまっていただろう。

廃工場の中に立ちこめる闇。その奥に潜む気配の、微妙な変質。

そう――つい今し方まで、シェンホアのハンターとしての直感は、闇に紛れて逃げまどう獲物の〝焦り〟と〝怯《おび》え〟を感じ取っていた。それが唐突に消えたのだ。ここまで追い詰めてきたはずの相手が、ふいに居なくなったかのように。さては心臓麻痺《しんぞうまひ》でも起こして声もなく絶命したのだろうか?

否、違う――積み重ねてきた〝剣客〟としての勘で、シェンホアは警戒を募らせる。逃げている奴も確かにいる、が、その気配がもっと別の気配によって〝上塗り〟されたのだ。静かで透明な、だが限りなく危険な〝刃〟の気配。

「——そろそろ追い詰めるですよ、アルボンディガ皆さん、良いですか？」

シェンホアは敢《あ》えて声に出して仲間に呼びかけた。レヴィが一人を射殺し、さらにもう二人と工場の反対側区画で撃ち合いをしている現在、彼女と三兄弟が追い詰めている敵は、せいぜい一人か二人のはずだ。それだけ頭数で相手を圧倒しているなら、まずいったんこちらの位置を露見させて誘いをかけるのも、手としては有効だ。

だが——返事がない。陽気なタンゴのリズムで応答してくるはずの声が、いつまで待っても届かない。

「这个王八蛋《くそったれが》……」

我知らず母国語の罵声《ばせい》が、口を衝《つ》いて出た。

三兄弟の末弟、トレス・アルボンディガには、シェンホアからの呼びかけがちゃんと聞こえていた。

だが、真っ先に返答をするはずの長兄が沈黙を守っている。末っ子の彼は兄たちの声に間《あい》の手《て》を入れる分担だ。兄がまず返事をしてくれない限り、迂闊《うかつ》に声を出すわけにはいかない。

途方に暮れたまま歩を進めるトレスの靴底が、ふいにヌルリと異様な感触を踏みしめる。

血溜《ちだ》まりだ。——そう悟るや否や、ドスは咄嗟《とっさ》に周囲を見渡し、そして物陰に転がっている長兄、ウノ・アルボンデイガの変わり果てた姿を目に留めた。

「あ、兄貴……」

ウノは何かに驚愕《きょうがく》したかのような引き攣《つ》った表情のまま、喉笛《のどぶえ》を鉤《かぎ》状の刃物で無惨に切り裂かれている。声を立てる暇すらなく不意打ちで仕留められたのだ。

トレスの脳裏を、生前の長兄との記憶が駆け巡る。いつも弟想いだったウノ。日焼けのことで喧嘩《けんか》をしたり、花見や月見をした記憶……

「おおおおッ！　兄貴いいッ！」

ウノに負けず劣らず兄想いであったトレスが、慟哭《どうこく》の声を張り上げる。

「くそッ、許さねえ！　よくも兄貴を——」

怒りに燃えて吠《ほ》えながら、見えざる敵の姿を求めて手にしたモスバーグを構えたトレスの脳天に——次の瞬間、唸《うな》りを上げて飛来した十字手裏剣《じゅうじしゅりけん》が突き刺さり、その鋭利な刃が頭蓋《ずがい》を貫いて脳にまで到達した。


キャットウォークの上に立って工場内を見渡していた次男ドス・アルボンデイガは、弟のトレスの怒声が途中で断絶したことの意味を、過《あやま》たず理解した。

兄弟二人の死に際しても、だが彼は弟のように激情に駆られることなく、きわめて冷静に状況を推《お》し量《はか》り、戦略を模索した。兄よりも弟よりも、あくまで自分が一番大事、というのが次男ドスの信条だったのだ。

　ウノもトレスも、一切の音を立てることなく殺された。たとえサイレンサーを使ったとしてもここまで無音ということは有り得ない。つまり敵は銃を使わず、ナイフか何かで背後から忍び寄り、一撃で仕留める戦術をとっている、ということだ。

　それならば、今の自分が不覚を取る気遣いはない。そうドスはほくそ笑む。

　彼がいるキャットウォークは完全な一本道だ。ドスに近寄るためには左右どちらかの端にある階段を上がってこなければならない。つまりドスは二方向を警戒するだけで、完全に敵の不意打ちに備えることができた。

　そして相手がどんな俊足で突進してこようとも、ドスの構えたストライカー自動ショットガンが火を噴く方が早い。怯《おび》える道理はどこにもなかった。ただここで待ち構えていれば勝負は決まる……

　そう早合点してしまったのは、ドスが真に〝東洋の神秘〟の恐ろしさを理解していなかった以上、無理からぬことだっただろう。音もなく移動する影の如き暗殺者が、まさか壁を這《は》い登り、天井に貼り付いて直上からの奇襲を狙っていたなどとは、想像できるはずもなかった。

　人生の最後の直感で、はたと真上を見上げたドスは、漆黒《しっこく》のキモノに身を包んだ大男が軽々と宙を舞うその姿を見て取った。まるで餌食《えじき》に飛びかかる蜘蛛《くも》のようにドスを背中から羽交《はが》い締《じ》めにした巨漢は、そのままさらにキャットウォークを蹴って再度身を浮かせ、空中で身を捻《ねじ》り、今度はドスもろとも眼下の地階へと真《ま》っ逆様《さかさま》に飛び降りた。

「ひッ——」

わずか数ミリ秒の落下時間に、ドスの脳裏を何が去来しただろうか。

コンクリートに脳天を叩きつけられたのは、なのにドス一人だけだった。落下の衝撃はすべてドスの骸《しかばね》に吸収され、彼を捕まえて飛び降りた張本人には及ばない。二人分の体重を重力加速度に載せて、すべて相手の頸椎《けいつい》を粉砕する威力へと転化する超絶体術——これぞ忍法『飯《い》綱落《づなお》とし』の極意である。

立て続けに三人を屠《ほふ》った黒装束の暗殺者には、だがその戦果で悦《えつ》に入る猶予など与えられなかった。立ち上がるや否や、彼は既に察知していた新手の攻撃に対処するべく身を躱《かわ》す。間一髪、彼の鼻先を擦過《さつか》して飛び去ったシェンホアの柳葉刀《りゅうようとう》は、背後にあったドラム缶を真っ二つに両断していた。

シェンホアが愛用する二刀一対の柳葉刀は、長く強靭《きょうじん》な綱によって連結されている。この綱を手繰《たぐ》りながら刀を投げ、あるいは振り回すことで、彼女は格闘器械として常識外れの間合いから残虐無比な死の旋風を巻き起こすことができた。

今度もまた得意の投擲《とうてき》で相手の首を刈り落とそうとしたものの、刃は見切られていたかのように回避され、のみならず引き戻そうとした綱の先から、投げた刀の重みまでもが消え失せる。なんと黒装束の男はシェンホアの刀を躱しざまに、左の掌《てのひら》に仕込んでいた暗器で刀の柄の綱を切断していたのだ。バグナクと呼ばれるそれはウノ・アルボンデイガの喉《のど》を裂いた凶器であり、また壁登りの際にも威力を発揮する忍者ウェポンの一種であった。

シェンホアは手元に残ったもう一刀を〝裏脳刀《りのうとう》〟で構え直し、相手の次の出方を窺《うかが》った。黒のキモノに覆面という、もうどう転んでも映画に出てくるアレとしか呼びようのない格好について、一言いいたい気持ちは当然あったが、その凄《すさ》まじい手練《てだれ》の程を目の当たりにした後では、服装の奇抜さなど問題ではなかった。シェンホアの手から一刀を奪い取ったというだけで、この男が超一流の達人であるのは歴然なのだ。

黒衣の男は、まるで相手の力量を見計るかのようにシェンホアをしばし凝視《ぎょうし》し、それからおもむろに背中に背負っていた細身の直刀を引き抜いた。そして次の瞬間、今度こそ本当の驚愕《きょうがく》がシェンホアを震撼《しんかん》させたのだった。

〝な――何だ？　あの構えは!?〟

それは、彼女の知る限りにおいて見たことも聞いたこともない、それどころか想像の範囲においてもまったくの出鱈目《でたらめ》としか思えない、あまりにも不可解な剣の構えだった。見るからに隙だらけであり、実戦刀術の鉄則において絶対に有り得ない重心と、姿勢と、握刀の混成物だ。

なのに――その構えには一切の〝迷い〟がない。いったいどういう術理なのか皆目見当もつかないというのに、それが〝極められた〟型であることだけは、まざまざと見て取れる。黒装束はあの刀法に命を託すことに、疑いも躊躇《ちゅうちょ》も一切ない。明らかに、熟練の〝功〟を積み重ねた達人の風格がそこにあった。

故にシェンホアにとっては、その構えの不可解さがそのままに脅威であった。何せ手の内が、まったく読めないのだ。攻めるにせよ防ぐにせよ、あの構えが次に一体どういう型に転化するのか全く予測できない。あの露骨なまでにがら空きの急所めがけて斬りつけるにしても、その後に一体何が起こるのか、まるで想像が及ばない。

睨《にら》み合う一秒ごとに、驚きと畏怖《いふ》が募っていく。永らく武の道を精進《しょうじん》してきたシェンホアではあったが、こんな奇怪な立ち会いをしたことは一度もない。

工場の天窓から差し込む月明かりが、黒い覆面の隙間の双眸《そうぼう》をほのかに照らし出す。青い。深い水の底のように静かな、吸い込まれるような碧眼《へきがん》。見つめているうちにシェンホアは、まるでその瞳《ひとみ》に気迫も集中力も吸い取られていくかのような錯覚に陥り、戦慄《せんりつ》に身を震わせる。

〝こ、これほどのものか!?　まるで『剣気』が読めない……〟

ぴたりと静止した黒装束の男の剣先からは、焦りや不安はもちろんのこと、自信も、殺意も、闘志すらも一切伝わってこない。そういった諸々《もろもろ》を超越した次元に彼はいる。まさに一切の煩悩を超越した達磨《だるま》の如き悟りの剣……まるで天然の巨岩を相手にしているかのような、圧倒的な質量と存在感に、シェンホアは直面していた。

先に動いた方が殺《や》られる――そう直感は告げていた。だがただ身構えているだけでも、シエンホアを苛《さいな》むプレッシャーは次第に嵩《かさ》を増していく。いっそ無策に斬りつけてすべてを終わ

らせてしまいたいというタナトスの囁《ささや》きが、シェンホアの背筋に冷たい汗を滲《にじ》ませる。

「……ッ！」

軋《きし》みを上げる己の心にシェンホアが歯噛《はが》みしたそのとき、黒装束の男が動作を見せた。刀でなく暗器を握っていた左手がするりと懐《ふところ》に滑り込む。何か新たな武器を取り出そうとするかのように。

その瞬間、シェンホアは柳葉刀《りゅうようとう》を奔《はし》らせていた。勝機を見出《みい》だしていたわけではない。それでも今この刹那《せつな》を逃したら、間違いなく相手に呑まれてしまうという恐怖の前に、彼女はもはや動くしかなかった。

半ば自棄《ヤケ》にも等しいその一刀に、黒装束の男は、しかし刀で応じることなく後ろへと身を退く。

〝――何ッ⁉〟

戸惑うシェンホアの眼前に、やおら猛烈な白煙が噴き上がった。男の左手が床に叩きつけたのは、目眩《めくら》ましの煙玉だった。

相手の意図にますます戸惑いつつも、視界を封じられてはたまらじと、シェンホアは大きく後ろに飛び退《の》いて煙幕の圏外へと脱し、いったん鉄柱の陰に身を隠す。

視線の束縛から逃れたところで、シェンホアは遅蒔きながら、工場の反対側で鳴り響いていた銃声の変化に気がついた。それまで散発的にライフルの銃声が鳴っていただけだったのが、今は拳銃同士の撃ち合いとおぼしき連射音が激しく交錯している。さては黒装束は戦況の変化を察し、あちら側の助勢に向かおうというのか。

「おのれ……ッ」

そうはさせまじと追おうとしたシェンホアの眼前を、鋭く飛来した手裏剣《しゅりけん》が掠《かす》め、傍らの鉄柱に突き刺さる。今なおシェンホアの挙動は見張っているのだという、まさに戒めも同然の一撃だった。

「くっ……」

たまらず鉄柱の裏側へと再度身を退くシェンホア。だがいくら気配を探ろうと、相手がどこから手裏剣を投じてきたのか摑《つか》めない。闇を完全に味方につけた見事な隠形《おんぎょう》であった。こちらの居場所は把握されたまま、相手の位置だけが判らない――シェンホアとしては打つ手がなかった。敵は立ち去ったのか、それともまだ見張られているのか、それを確かめる術《すべ》さえない。

完封された怒りと、その手並みに対する畏怖《いふ》に身を震わせながら、シェンホアは姿なき敵に向けて糾《ただ》した。

「你是谁《何者だ》!?　有种的说出你的名字《せめて名を名乗れ》！」

声は虚《むな》しく廃墟《はいきょ》に谺《こだま》し、そして返答は、戻らなかった。

闇に生き闇に忍ぶ影は、名乗るべき名など持ち合わせない、とばかりに――。

実はただ中国語が解らなかっただけなのだが、それはシェンホアが知る由もなかった。

◇

まさかの早すぎるペドロの退場は、ジェイクにとって想定外のピンチだった。

実のところジェイクは最初から、レヴィとの一対一の決闘など望んですらいなかった。それが架空のキャラクターである『アルティメイトクールJ』と、その演者であるジェイクU．Cとの違いである。ジェイクは殺し屋稼業においては、いつも多数の手勢を雇って標的を追い詰め消耗させ、最後のとどめの一撃にだけUCカスタムを使って〝収録〟を行うのが常だった。もちろん『Deadly Biz』の記述とは多いに異なる。が、彼はあくまで良きエンターテインメントの提供者であって、決してドキュメンタリーの制作者ではないのだ。

ともかくレヴィへの対処については再度の仕切り直しを計るしかなく、今はひたすら防戦に徹して退却し続けているジェイクなのだが、レヴィの苛烈《かれつ》極まりない攻勢はどこまでもジェイクを追い詰め、あくまで射程内の距離に食らいついたまま放さない。その執念深さと凶暴さはピラニアのそれさえ彷彿《ほうふつ》とさせる。

レヴィの素養に惚《ほ》れ込んでいたジェイクではあったが、正直なところ今となっては手に余るものさえ感じはじめていた。――アレはたしかに客を惹《ひ》きつける呼び物にはなるかもしれないが、魅惑のアイドルというよりも、檻《おり》の中の猛獣か何かの類《たぐ》いではあるまいか。撃ち合う程に相手が尋常な人間とは思えなくなってくる。まるで二挺拳銃を持ったティラノサウルスに追いかけられているような心地だった。あの女、はたして本当に哺乳《ほにゅう》類の進化の樹形図に収まっているのだろうか？

そんなレヴィへの応戦ばかりに気を取られていたせいで、ジェイクは音もなく背後に現れた黒装束の男に気付きもせず、〝彼〟にそっと肩を叩かれたときには心臓が止まるほどに驚いた。

「ファ、ファルコン!?　あんた――」

「スタン殿は無事に離脱した。ジェイク殿も急がれよ」

静かに告げる黒装束に、ジェイクは猛然と迫ってくるレヴィを指差す。

「あいつを止めなきゃ逃げきれねえ！　ファルコン、あんたのニンポーで何とかしてくれ！」

「――承知した」

頷《うなず》く〝彼〟を一人残して、一目散に遁走《とんそう》するジェイク。一方でレヴィは、どこからともなく現れた見覚えのあるコスチュームについて、たしかダッチは仕留めたと言ってた筈《はず》なのにと混乱しつつも、それでも彼女の脳の鮫《さめ》と同じ部分はジェイク抹殺の一念に凝り固まっていたため、一見したところ刀一本しか持っていないコスプレ男の存在など路傍《ろぼう》の石も同然としか認識しなかった。

「退《ひ》け退け退けえッ！　さもなきゃ死ねえッ！」

カトラス二挺を振りかざしながら突進してくるレヴィの足下に、〝彼〟は、既に手の中に用意してあった一摑《ひとつか》みのボールベアリングを撒《ま》き散らす。

まあ普通、いきなりそんな奇妙奇天烈な手段で走行妨害をされるとは予想できる筈《はず》もなく、レヴィは床を埋め尽くした無数の金属球をブーツのソールでもろに踏んでしまい、全力疾走の勢いもあって盛大に転倒してしまった。

「ぎゃッ——うわ痛え痛え痛えええええッ⁉」

たまらず尻餅《しりもち》をついたレヴィが、さらに悲鳴を張り上げる。〝彼〟が投じた無数のボールベアリングの中には、なお悪辣《あくらつ》なことに撒菱《まきびし》も混入されており、その鋭い棘《とげ》がレヴィのヒップに容赦なく突き刺さったのである。

「テメェこの野郎ナニしやがんだ糞《くそ》があッ！」

転んだ拍子に左手のカトラスを取り落としていたレヴィは、右手に残るもう一挺で、今度こそ殺意を込めて黒装束の邪魔者に狙いをつけた。

だがそんなレヴィに先んじて、〝彼〟はいち早く口元に構えていた吹き矢を発射する。手の中の銃に〝何か〟が当たった感触を敏感に察知したレヴィは、咄嗟《とっさ》の直感で銃爪《ひきがね》から指を放した。その隙に黒装束は身を翻《ひるがえ》し、まるで旋風のように闇を駆け抜けて、姿を消した。

レヴィは、手にしたカトラスの銃口に食い込んでいる吹き矢のダーツを、薄気味悪い思いで凝視《ぎょうし》した。摘《つま》み出してみると、何やら揮発臭のする薬品に濡れ光っている。——ニトロセルロースだ。あのまま銃爪を引いていたらレヴィの右手はとんでもないことになっていただろう。

「……マジかよ？」

度肝《どぎも》を抜かれたあまり怒りすら忘れて、レヴィは黒装束が消えていった闇の彼方《かなた》を呆然《ぼうぜん》と見遣《みや》った。

とりあえず今度エダあたりと飲むときのために、とっておきの話題ができたことは間違いない。

——『ニンジャ』は、本当に実在したのだ。

◇

街灯などあるはずもない夜道を、月明かりだけを頼りにしてスタンは歩いた。

ヘロインの酩酊感《めいていかん》はまだ完全に醒《さ》めたわけではないが、さっきまでの錯乱状態からはひとまず脱している。少なくとも場所と時間の感覚については明確だ。今歩いている方角も間違っていない。夜通し歩き続ければ、夜が明ける前にはロアナプラの市街まで着くだろう。

廃工場にいた他の仲間たちが無事に逃げ延びたかどうかは定かでない。もし無事であればまた合流できるようクライアントが計らってくれるだろうし、たとえ誰も残っていなかったとしても、スタンは単独で依頼を続行する気でいた。

べつだん張維新《チャンウァイサン》という男に遺恨があるわけでも、依頼主に格別の義理を感じているわけでもない。ただ、途中で仕事を断念したことは今までにまだ一度もないというだけの話だ。思えばそれだけが、今の自分にとって唯一確かな事柄なのかもしれない。プライドと呼ぶのも烏滸《おこ》がましい最後の一線。だが、過去も、名誉も、すべて壊れて失ってしまったスタンにとっては、他によすががとするものなど何一つありはしないのだ。

代わり映えのしない景色の中、もうどれだけの距離を歩いたかも判然としなくなってきたころ――ふいに何か不穏《ふおん》な気配めいたものを感じて、スタンは足を止める。

次の瞬間、強烈なライトの光芒がいきなり彼の目を眩《くら》ませた。

道を挟んだ左右の茂みに、夜目ではにわかに判別できないほど巧妙に、二台のベンツが車体を潜めていたのだ。それがアッパーライトを点灯し、無警戒に近づいてきたスタンを路上に射《い》竦《すく》めたのである。

たまらず両腕で顔を庇《かば》いながらも、ホワイトアウトした視野の中、スタンはベンツから機敏に降り立つ複数の人影を見た。その動きは、よくいるヤクザ者のように無意味な示威を込めた鷹揚《おうよう》なものではなく、苛烈《かれつ》な訓練の反復で叩き込まれた素早く精悍《せいかん》な動作だった。たとえば着陸直後のハインドのサイドドアから展開する戦友たちも、こんな動きをしたものだ。そんな郷愁にも似た場違いな感慨が――すぐさま、感慨よりはるかに重く確かなものになる。

ヘッドライトの光に目が慣れるにつれ、まず男たちの着ている装束が、空挺部隊の野戦服だと見て取れた。そして胸元に覗《のぞ》く水兵シャツの縞模様まで判別できるようになるころには、彼ら全員の顔が、すべて見覚えのあるものだと気付いていた。

コズロフ。ダヴィド。ザチャーミン。共に地獄を駆け抜けたスペツナズの精鋭たち。忘れられる筈《はず》もない遊撃隊《ヴィソトニキ》の面々……

「あ……」

膝が震え、声が喉《のど》に詰まる。

このロアナプラという最果ての街で、現実と悪夢の境界線を錯綜《さくそう》させる亡霊たちの顔。過去の記憶からのみ追いかけてくるばかりだった彼らが、なぜ今、スタンの進む行く手に立ちはだかっているのか。

「――生きて再び巡り合うことになるとは思わなかったな。同志伍長」

そして最後の一人が、ベンツの後部座席から悠然と姿を現す。青く冷たい氷河の瞳《ひとみ》。焼け爛《ただ》れた右の顔半面。

彼女は妖艶《ようえん》なスーツの上に将校コートを羽織り、悠然と煙草《たばこ》をくゆらしながら、今またスタンの眼前に立った。

「パブロヴナ大尉……貴女《あなた》は……」

「それは墓碑銘に刻まれるべき名前だな。こうして墓地の外を歩いている者に、相応《ふさわ》しい呼び名ではない」

「なら……」

冷厳に応じるその声に、スタンの喉《のど》が悔恨で擦《かす》れる。

「なら『バラライカ』と呼ぶべきなのか？　この町のマフィアの頭目だと……それが貴女の現在《いま》なのか!?」

激して叫ぶかつての部下を、〝火傷顔《フライフエイス》〟バラライカは冷ややかに見据えながら微笑した。

「ああ、どうやら状況についての説明は不要か。それならば話は早い」

「……」

それは悪徳と背信が結晶した笑顔、光の射さぬ夜の底で、〝犯罪〟という名の腐肉を漁《あさ》るハイエナのみが浮かべる笑みだった。

もはや立っているだけの力さえ失ったスタンの膝が、地に落ちる。

「何故、あなたが……」

「君と昔話について語り合うのもいいが、今夜の私の用向きは他にある」

スタンの落涙など一顧だにせず、バラライカは淡々と続けた。

HOTEL
XSHOP
HOUS

「君が為さんとしている行為、その意味と価値について確認するために来た。――ロアナプラ《この街》の力関係について不案内であれば知る由もなかろうが、君の行動は、我々にとって大きな不利益をもたらそうとしている。君がそれを不本意に思ってくれるなら、我々としても、かつての同志をただ害虫のように駆除するのは忍びない」

バラライカの言葉が聞こえているのか否か、スタンはただ顔を伏せたまま身じろぎもしない。そして、そんな彼の背中を見下ろすバラライカの眼差しにも、温情や憐憫《れんびん》の兆しは一切ない。

「スタニスラフ・カンディンスキー。もし君が現在の任務を断念し、我々に身柄を預けるのであれば、任務中断に伴うペナルティ、及びそこから派生する数々の懸案については、我々が責任を持って対処する。君の身の安全を確保するために最大限の手を尽くそう。――だが、この提案が受け入れられないようならば、我々は実力行使によって君を排除することになる」

あくまで淡泊な、だが断固たるその語調に、スタンは往年の遊撃隊指揮官《ヴイソトニキ》の、苛烈《かれつ》にして不屈の意志を聞き取った。その声に抗《あらが》いきれず、拒みきれず、スタンはゆっくりと面《おもて》を上げ、バラライカと名乗る女の顔を直視する。月明かりを背にして屹然《きつぜん》と立つ彼女の姿に、彼は決して見違えようのない美しさを、崇高さを見て取った。

もはやスタンも、認めるしかなかった。彼女は偽者でも何でもなく、かつての上官、パブロヴナ大尉自身に外《ほか》ならないのだと。

「大尉……」

「スタニスラフ。かつて私と君は戦場で絆《きずな》を結んだ。共に命を託した同胞だ。君が示した勇気と功績は、充分、敬意に値するものだった。故に私は、決して君に強要はしない。ただ君自身の意志を問うのみだ。熟考のための時間も与えよう。——明日の午後六時、路南浦《ロアナプラ》停泊場の桟橋で待つ。それが、君が我々に接触する最後のチャンスと理解したまえ」

告げるべき事は全て告げたとばかりに、バラライカは踵《きびす》を返す。だがその背中に向けて、スタンは声の限りに糾《ただ》さずにはいられなかった。

「何故だ!?　何故貴女《あなた》が……貴女ほどの英雄が！　マフィアなどに身を窶《やつ》す!?」

血を吐くかの如きその泣訴に、ベンツへ戻ろうとしていたバラライカの足が止まる。

「答えてくれ大尉！　アフガニスタンで貴女が示した誇りは、名誉は、いったい何処《どこ》に行ったんだ!?」

肩越しに振り向いたバラライカの口元が、笑みの形に吊り上がる。——否、それは果たして笑みと呼んでいいものだったかどうか。およそ人間の浮かべうる表情として、あまりにも歪《いびつ》で危険に過ぎるソレは、まるで彼女の口元に生じた地割れ、すべてを崩落へと呑《の》み込む底なしの穴のようだった。

「——そうか、そうだったな。お前は故国に戻ることなく今日に至ったわけだ。ならば理解できんのも仕方ない」

そして、地割れから溶岩の灼熱地獄が噴き上げた。強いてヒトの感情表現になぞらえるなら、それは〝哄笑《こうしょう》〟とでも呼ぶべきだったのか。限りなく邪悪な、破滅的な、触れた者すべてを焼き殺さずにはおかない暴虐の表象……それがバラライカの〝笑い声〟だった。

「いいだろう。教えてやるとも。――スタニスラフ。お前が誇りを見失ったように、我々は誇りから見捨てられたのさ」

　恐懼《きょうく》に身を強張《こわば》らせ、スタンは目の前で笑い猛《たけ》る女を見つめた。そして悲しみになお勝る戦慄《せんりつ》で、ひとつの真相を理解した。

　――違う。この女はソーフィヤではない。大尉は決してこんな笑い方をしない。

　つまりは、この女こそが『バラライカ』――

　スタンは今ようやく、〝火傷顔《フライフェイス》〟の異名で畏怖《いふ》される悪の女王と初めて対峙《たいじ》したのだった。

「新生ロシアの国体において、アフガニスタンという戦場は、ただの過ぎ去った悪夢でしかなかった。かつてソヴィエトと名乗っていたころに苛《さいな》まれた、無価値で、おぞましいだけの夢の記憶だ。故に――かの地から還った我々は、新たなる国家にとって、過ぎた悪夢から這《は》い出てきた影でしかなかったんだ。それが我々、〝アフガン還り《アフガンツィ》〟と蔑まれた亡者たちの真実だ。我々は死に場所を見誤ったが故に、生きる場所を得られなかったのさ」

　きっとこの狂笑の奥底に、『パブロヴナ大尉』を『バラライカ』へと変貌させた何かがある。それこそが、戦地より帰還した彼女たちを故郷で待ち受けていた出来事、スタンがついぞ知ることのなかった英雄たちの遍歴なのだ。

「だから我々は、今も〝夢の続き〟を見ているのだよ。もう血と硝煙《しょうえん》の匂いが絶えざる場所ならばどこでもいい。ここにいる皆が気付いたのさ。大儀や名誉なんていう戯言《ざれごと》さえ抜きにすれば、我々は何処《どこ》でも、いつまでも夢を見ていられるのだと」

「大尉……」

えもいわれぬ喪失感に、喉《のど》が詰まり、それ以上の声が出なかった。凱旋《がいせん》した彼女たちを一体何が出迎えたのか――それはスタンにとって、想像すら及ばぬものだった。

再び背を向ける間際に、バラライカはもう一度スタンを見遣《みや》り、どこか蠱惑《こわく》的なものすら孕《はら》んだ囁《ささや》きを投げかけた。

「同志伍長、お前もまた今なお夢の中にいるのだろう?　あの砂の乾きを感じるか?　風の唸《うな》りが聞こえるか?」

「……」

「だとしたら、お前は幸福な男だ。羨望すら覚えるよ」

最後にそう言い残すと、バラライカはコートの裾《すそ》を翻《ひるがえ》し、ベンツの後部座席へと乗り込んだ。散開していた遊撃隊《ヴィソトニキ》の隊員たちが、次々とその後に続く。

そして二台のベンツは、夜のしじまに傲然《ごうぜん》とエンジンを響かせて、ロアナプラの方角へと反転し走り去っていった。

後には、もはや立ち上がる気力すら奪われたスタンが、ただ一人だけ残された。

#4

未明、サータナム・ストリートのブーゲンビリア貿易に戻ったバラライカは、執務室に踏み込んだ途端に怒りで表情を凍らせた。彼女のデスクに我が物顔で腰掛け、彼女の高級ハバナ葉巻を着服して悠然と煙を吹かしているタチアナ・ヤコブレワの姿を目の当たりにしたからだ。

「――この椅子に自分以外の者が座っている光景はお嫌いかしら？　同志バラライカ」

タチアナは挑発的に微笑《ほほえ》みながら、それでも襟首を掴《つか》まれた際の恐怖は真新しいのか、素早く席を立って距離を取る。

「それとも、私物に手をつけられたことでお怒り？　この葉巻もまた組織の収益で購《あがな》われたものでしょうに」

「何よりもまず腹立たしいのは、貴様の顔を見ることだ。チェーカー、今すぐに選べ。――歩いてこの部屋を出て行くか、歩けない身体になってから放り出されるか」

恫喝《どうかつ》と呼ぶには冷えすぎたバラライカの声音《こわね》は、むしろ後者の選択肢を強要同然に薦めているかのようだったが、それでもタチアナは、拳《こぶし》が届く範囲にさえ近寄らなければ安泰、とばかりに、陰湿な笑みを絶やさない。

「なぜ貴女《あなた》はいつもそう喧嘩腰《けんかごし》なのかしら。貴女が必要とする助力を私が与えられることだってあるでしょうに」

「本気でそう思っているならば妄想も甚《はなは》だしいぞ、穢《けが》らわしい覗《のぞ》き屋風情が」

「窮地にあるときぐらいは、もっと素直に振る舞って結構ですのよ。同志」

危険なほどに張り詰めた空気が、両者の間に立ち込めた。沈黙の視線で威圧してくるバラライカに対し、タチアナはあくまで平然と先を続ける。

「覗き屋などと蔑まれるのは甚だ遺憾ですが、仕方ありませんわ。昔から私の職務は、他の同志が抱え込むであろう窮状を事前から警戒して、手遅れになる前に救いの手を差し伸べることなのですから」

「年頃になった娘を手込めにしたがる父親の如き言い分だな。そんな戯言《ざれごと》が言い訳にでもなると思うのか？」

「――では伺いますが。スタニスラフ・カンディンスキーの一件、貴女はどう対処なさるおつもり？」

ついにタチアナは、とっておきの切り札をテーブルに晒《さら》した。バラライカの目がいつになく鋭く光る。

「チェーカー、貴様は……」

「貴女《あなた》がた軍属は、結局のところ銃弾でしか事態に対処できない。かつての部下を撃つか、それとも彼以外のすべてに銃口を向けるか。二つに一つの選択肢しか選べないのが実情。そうでしょう？　――でも私なら、事態により柔軟に対応できますわ」

鼈甲《べっこう》眼鏡の奥の蛇《へび》のような眼差しでバラライカの表情を覗《うかが》いながら、さらにタチアナは得意げに続ける。

「私たちＫＧＢ残党の武器は、かつて冷戦時代に構築した諜報網のコネクションを今なお温存していることですの。そして虚と実の綾目を自在に紡ぎ上げることこそが我々の本領。ヒト一人の行方や身元など如何様《いかよう》にも操作できます。彼をロアナプラの外に連れ出すのも、あるいはザルツマン号襲撃犯とは別人に仕立て上げるのも容易《たやす》い話。――如何《いかが》です？　私に助力を乞う価値を、ご理解いただけたのではなくて？」

「――笑止だな」

タチアナの提案に、だがバラライカは嘲弄《ちょうろう》をもって応じた。

「まったくもって笑止だチェーカー。見え透いた手口だぞ。貴様らが言う〝助力〟とは常に、より悪辣《あくらつ》な罠《わな》を仕掛けるための餌でしかない。そこまで易々《やすやす》と私を釣れるものと思われたなら噴飯《ふんぱん》ものだ」

「……」

バラライカの返答に、タチアナは感情を殺した陰気な面持ちで沈黙する。だが続けてバラライカが懐《ふところ》から銃を引き抜くに至るや、元KGBの女は額に汗を滲《にじ》ませた。

「むしろ私の興味は他にあるぞ、雌狗《めすいぬ》。——スタニスラフの名をどこで嗅《か》ぎつけた？　それについてはどうあっても喋《しゃべ》ってもらわねばならん」

「……撃つ気ですの？　モスクワから派遣されている私を？」

「情報漏洩《ろうえい》に対処する上での、やむを得ぬ措置だ——ああ勿論、『喋らなければ撃つ』などと陳腐は言わんよ」

ごついスチェッキンの銃口をタチアナに向けながら、バラライカは嗜虐《しぎゃく》に酔いしれた悪魔の笑みを浮かべる。

「私は『喋らせてください』と言うまで撃つ。まずは両膝、それから手の指を一本ずつ……さてその後はどうするかね。弾倉にあと八発残ってしまうが」

並のチンピラなら失禁しかねない恫喝《どうかつ》だったが、タチアナの頭脳と胆力《たんりょく》はなおも屈服には至らなかった。擦《かす》れた声で、それでも決して虚勢ではない笑みを浮かべながら、バラライカに告げる。

「勿論、スタニスラフ伍長について教えてくれたのは、貴女がその秘密を共有している人物ですわよ」

「……遊撃隊《ヴィソトニキ》のメンバーだと？」

「あら意外でしたか？　彼らの中にだって物事の道理を弁《わきま》えている方はおりますの。組織において我々《KGB》の派閥と繋《つな》がる利を理解してくれる程にね」

内通、密告——まさにそれこそ、かつてソヴィエトという巨大な国家を保守するにあたってKGBが最も依拠したものだ。全体主義のシステムを維持する上で極めつけに効果的な手段であり、内通者を募る手管《てくだ》の巧みさにおいては今なお旧KGBに勝る組織などないだろう。

まさか鉄の結束を誇る遊撃隊《ヴィソトニキ》の一員までもが籠絡《ろうらく》されるなど、俄《にわか》には信じがたい話だったが、スタニスラフ・カンディンスキーがロアナプラに現れた件については、遊撃隊《ヴィソトニキ》のメンバー以外には徹底して漏洩《ろうえい》しないよう守秘を徹底させていたのもまた事実だ。

「そいつの名前は」

「もちろん、お教えしかねます。この私の保身のためにもね」

タチアナが言外に含めた意味は、むろんバラライカにとっても明らかだった。

「撃ちますか？　ここで撃てば泥沼ですわよ。私が拷問されたと知った時点で、〝彼〟は私との関係が露見したものと判断するでしょう。もちろん栄《は》えある遊撃隊《ヴィソトニキ》の一員ですもの。〝座して死を待つ〟ような軟弱者ではありません。〝彼〟ならばきっと、貴女から裏切りの対価を支払わされるより先に行動を起こす筈《はず》——そして貴女は、誰とも知れぬ獅子身中の虫を抱え込むことになりますわ」

「……よく廻る舌だ。喋れとは言ったが、謳《うた》えとまでは言ってない。それとも命乞いのつもりか？」

「いいえ、ただ御注進差し上げているだけですわ。私を撃ちたければ、まずは独力で内通者を見つけてからになさい。それまでは内通に気付いた素振りさえ見せてはならない」

「雌狗《めすいぬ》めが。往生際が悪いにも程がある」

バラライカは鼻を鳴らして、スチェッキンの銃口を下ろした。彼女とて百戦錬磨の軍人である以上、計略を差し置いて感情で銃爪《ひきがね》を引くことはない。――が、むしろ怒りの炎はここで〝圧搾《あっさく》〟されたことにより、後々より壊滅的な熾烈《しれつ》さで〝炸裂《さくれつ》〟することになるだろう。一切の表情を殺したその面持ちは、格段の不吉さでもってタチアナを威圧した。

「命拾いしたと思うな。貴様は今度こそ明確に私の敵となったのだ。必ず、今夜すんなりと死ねなかったことを後悔させてやる」

「……私を脅すより先に、まず取り組まねばならない課題をお忘れなく」

銃口の縛《いまし》めから逃れたことで僅《わず》かながらも余裕を取り戻し、タチアナは持ち前の陰湿な笑みを見せる。

「言われるまでもない。スタニラスフの件は、今日一杯でケリをつける。明日の正午には『金《カン》詠夜総会《ウインイエツオンウイ》』で張《チヤン》と内密の会合があるからな。その前に解決しておかねば、私の面子《メンツ》が立たん」

「……成る程」

ふと――タチアナの眼差しに宿った昏《くら》い光に、バラライカは気付いたかどうか。

「さあ、とっとと出て失せろ。これ以上貴様の顔を見ていると、私とて前後を忘れて絞め殺してしまいかねん」

「そうさせて戴《いただ》きますわ。今日もまた忙しい一日になりそうですし」

慇懃《いんぎん》に一礼し、タチアナは執務室を出て行った。後に残されたバラライカは、独り、窓を覆うカーテンの隙間から、白みゆく空の下でロアナプラの街に新たな一日が始まる様を見守った。

その眼差しは、さながら睨《にら》まれただけで毒に蝕《むしば》まれるという伝説のバジリスクの如くであった。

◇

『熱河電影公司《イッホウデインインゴンシ》』社長室、張《チャン》のデスクの上には、昨夜の死闘の現場から回収された遺留品の数々が並べられていた。

三種類の拳銃とライフルからなる無数の空薬莢《からやっきょう》は、それぞれに誰が何を撃ったのかについてもレヴィの話から裏が取れており、別段これといった検証を要するものではない。問題は、それら銃撃戦の残滓《ざんし》とは一線を画す異様な品々の存在である。

十字手裏剣《じゅうじしゅりけん》、二個。

撒菱《まきびし》、一一個。

それらを眺める張の表情は、まるで鼻孔の掃除の最中に鼻糞《はなくそ》以外のものを見つけてしまったかのような、何とも名状しがたいものだった。

「……しかし、俄《にわか》には解《げ》せん話だな。お前とレヴィを組ませておきながら、死体の数は敵より味方の方が多いってのは」

溜息《ためいき》混《ま》じりにそう言われて、デスクの前で神妙に佇《たたず》むシェンホアは、恥じ入るように面《おもて》を伏せた。

「申し訳御座いません。敵勢を侮り、兵力を分散させた私の失策です」

張との会見の席ならば、互いの広東語《カントン》で会話は成り立つ。苦手な英語さえ使わずにいれば、シェンホアは持ち前の容姿そのままに玲瓏妖艶《れいろうようえん》な美女としての居住まいを保っていられる。

「それほどのもんだったのか？　そのニンジャってのは」

重ねて問う張に、シェンホアは双眸《そうぼう》に静かな闘志を漲《みなぎ》らせて応じた。

「もし再びあの男と見《まみ》えるならば、私は踵を外します」

「……ふむ」

激しい体術を要求される双刀使いでありながら、シェンホアはどんな鉄火場にも必ず高さ五センチ以上のピンヒールを履いて臨む。ただの伊達《だて》や酔狂《すいきょう》ではないその真意を、張は知っていた。

まともに〝功〟の成った敵手と巡り合う機会に乏しいロアナプラで、腕を鈍らせてはなるまじと、彼女は敢《あ》えて不自由な靴を履くことで自らを縛《いまし》めているのだ。そのシェンホアが〝踵《ヒール》を外す〟というのなら、それは掛け値無しの本気——喩《たと》えるならばデフコン1。核ミサイルのサイロが開くのと同義だ。

「……疑ってるわけじゃない。俺はお前がどれだけ沽券《こけん》を重んじる女か知っている。そのお前が、減らず口ひとつ叩かず真顔でそこまで言うとなると、こいつは生半可《なまはんか》な怪談より肝《きも》が冷えるな」

張《チャン》だけでなく、三合会《トライアド》タイ支部におけるシェンホアの信任は、極めて大きいものだった。そのシェンホアが郎党三人を連れていてなお手も足も出なかったという時点で、ザルツマン号襲撃犯の脅威度は見直されつつある。むしろレヴィが昨夜も単身で二人を仕留めたという事実の方が、ラグーン商会に対する不信論を氷解へと向かわせることになった。シェンホアすら手こずる難敵にも果敢に挑みかかる二挺拳銃《トゥーハンド》の蛮勇は、黒社会の男たちですら〝女傑なり〟と認めるしかなかったのだ。

「しかし……忍者ねえ」

そういえば一昨日の夜も、ダッチがさも言いにくそうに〝ニンジャのような何か〟に襲われたと語っていた。ここまで何人もの証言がある以上、その存在を無視するわけにはいかない。

だが——

デスクの上の手裏剣《しゅりけん》を手にとって、しげしげと眺めながら、張はひとつの疑念を口にする。

「なあシェンホア。伝説の忍者ってやつは、イニシャル入りの武器を捨てていったりするもんか？」

「……そこは、私も気がかりでした」

手裏剣の中央に刻み込まれた、『O．M．C．』という文字。何とも安っぽくもおどろおどろしいレタリングで図案化されたそれは、イニシャルというよりむしろ商標ロゴか何かのようだ。

「あくまで仮説ですが……こういった武器についてはマニア向けの玩具《がんぐ》が出回っていたはずです、それを購入し、焼きを入れて研ぎ直して使っていたのかもしれません」

「雑誌広告の通販グッズを？　本物の忍者様が使うってか？」

「……いえ、たしかに有り得ませんね。失言でした。忘れてください」

「いや、そうなんだが、う～ん……」

張は口に出すべきか否か悩むかのように何度も小首を傾げてから、最後に小さい声で呟《つぶや》いた。

「このロゴなんだが……どうしても俺は、以前どっかで見た覚えがある気がしてなあ」


ロックが雑用品の買い出しから戻ってみると、事務所に居残って何やら作業していたのは、妙に上機嫌なレヴィとベニーだった。

「……何やってんだ？　二人とも」

ここ最近の張り詰めた空気を鑑《かんが》みれば意外すぎる雰囲気に、思わず声をかけるロック。

「へへっ、ベニーがな、あのジェイクのクソ野郎に一泡吹かす名案を思いついたのさ」

久々に見た気がするレヴィの笑顔は、むしろ陽気すぎて一抹の不安を懐《いだ》かせるほどだ。妙に鼻をつく有機溶剤の臭気に、何をしているのかとよく見れば、何やら銃のようなものに油性塗料で色を塗っている。

「レヴィが新しいモニタの購入費を手伝ってくれるっていうんでね、僕も一肌脱ごうって気になったわけさ」

何を企んでいるのか知らないが、ベニーの笑顔もまた普段と変わらず爽《さわ》やかで邪気がない。尤《もっと》も彼は、こういう笑顔のまま平気で軍や公安のサーバーにハッキングをしでかすような男なので、これまた全く油断ならないのだが。現に顔こそ笑っているが、猛然とコマンドラインを打ち込みながら代用品の15インチモニタを見据える眼差しだけは、どこか狩猟動物めいた危険な光を宿している。

何となく不穏《ふおん》な予感に駆られながらもロックが荷物をテーブルに置いたとき、電話が鳴った。もちろん作業に没頭している二人は出ようとする素振りすら見せないので、唯一手の空いているロックが受話器を取る。

「はい、ラグーン商会――」

『いよォォォォう、ローワンだ。その声はロックか？　最近どうよ、イイ穴と嵌《は》めてっかァ？』

「ああ、いや……ハハ」

えらくハイテンションで甲高《かんだか》い男の声は、ラチャダ・ストリートでこの街一番のストリップ劇場を経営するローワン〝ジャックポット〟ピジョンズのものだった。ラグーンでも時折、彼の店の荷運びを請け負うことがあるが、ロックが聞いている限りでは、いま預かってる荷物はないはずだ。

『相変わらず冴《さ》えねえなあロック、溜《た》まってんならウチに来いっての。先週から新しくスウェーデン産のボインが二人も――』

「いや、いいから。それより用向きは？　ダッチはあいにく留守なんだけど」

『いいや、お宅の自慢のミス・パイレーツ、レヴェッカ嬢に話があんだ。代わってくれねえか』

「え？　ああ……」

ローワンはレヴィと顔を合わす度、ＳＭショーに出演しないかとしつこく勧誘をしかけては、毎度、邪険きわまりない肘鉄《ひじてつ》を食らわされてきた。そんな彼ではあったが、レヴィ宛てに電話までかけてきたことはまだ一度もない。

「……なあレヴィ、ローワンから電話なんだけど、どうする？」

「ん？　おー待ちかねたぜ。今ちょっと手が放せねえ。そこの子機、ハンズフリーにしてくれ」

意外なことに、レヴィは快く応じた。ますます不穏《ふおん》なものを感じつつ、ロックは電話の子機をスピーカーモードに切り替えてレヴィの前に置く。

「よお〝ジャックポット〟、そっちの首尾はどうよ？」

『もちろん万事オーケイ。今夜の演目はぜんぶ組み替えて、あんたのための枠をメインイベントに用意した！　席代は三倍増しだってのに、もう予約が殺到して捌《さば》ききれねえ！』

スピーカーの向こうではしゃぎまくるローワンが、ふいに涙声になる。

『……ぐすっ、レヴィ……俺ァ嬉しいぜ。今日この日をどれだけ待ったことか……やっっっとあんたがステージに立つ気になってくれるなんてよォ！』

端で聞いていたロックは驚きのあまり思わず声を上げそうになったが、同様に聞こえている筈《はず》のベニーは顔色一つ変えない。既に知っていたのだろうか。

「何度も言うが、今回限りだ。二度目は絶対にねえ。あと録画しようとか考えたら殺すぜ。撮影はうちのスタッフ限定。判ってンな？」

『おうよ、俺だって命が惜しいさ。ただ一度限りのライヴだ。かぶりつきで有り難く目に焼きつけさせてもらうぜ！』

「で、共演者の方はどうなった？」

『ヘッヘッ、ご注文通り最高に醜い豚を用意した！　〝汗かき鯨《くじら》〟って渾名《あだな》の変態なんだが、こいつがまたイイ声で啼《な》くって〝その筋〟じゃ有名な売れっ子でな』

「へえ、そいつァ楽しみだ。大いにショーを盛り上げてくれそうじゃねえか」

『当然だ！　美術も照明も最高の面子《メンツ》を用意してるぜ！　今日の舞台は俺にとっても一世一代の晴れ舞台だからな！』

「ハン、そりゃ結構なこった。……じゃあ今夜一〇時に」

『ああ、待ってるからな！』

レヴィが通話を切った後も、ロックは一体何と声をかけていいのやら判らず、しばらく口ごもっていた。

「……レヴィ、お前、ローワンの誘いはあんなに嫌がってたのに」

「ん？　ああ、まあちょっとした心境の変化、ってやつさ」

そうは言うもののレヴィは明らかに楽しみで仕方ないらしく、笑いを隠しきれずにいる。

――というか、必死で笑いを噛《か》み殺している風にすら見える。ここまでレヴィの興が乗る事態となると、大抵それは血の雨が降る類《たぐ》いの大惨事と相場が決まっているのだが……

「ロック、せっかくだからお前も見に来いよ。特等席で拝ませてやっから。……まあ、それがもとで特別な趣味に目覚めちまったとしても知らねえがな」

「ば……馬鹿言うな」

レヴィ演じるＳＭ嬢――もはや想像力を巡らせるまでもなくありありと目に浮かんでくる。

というか普段からもう〝そのまんま〟みたいなもんじゃないか。いやだが化粧も含めて蠱惑《こわく》的な演技など加わったらまた違ったりもするのだろうか……

独り思索の迷路へと迷い込んでいくロックを余所《よそ》に、レヴィは手掛けていた工作の成果をベニーに見せた。

「なあベニー、こんなもんでどうだ？」

どうやらスタイロフォームか何かの塊《かたまり》を銃の形に削り出し、銀色に塗ったらしい〝それ〟は、どこかロックが既視感をもよおす形をしていた。しばし考え込んでから、それがジェイクの愛用する『UCカスタム』のイミテーションだと思い至る。

「ああ、いいんじゃないかな。どうせ写真はレタッチするから細部まで作り込む必要はないよ」

「へへへっ、良し良し。仕込みは上々、と」

レヴィは仕上げたばかりの偽銃をくるくると指先で廻して弄《もてあそ》びながら、紙パッケージから咥《くわ》え抜いたラッキーストライクに火を点《とも》す。

「レヴィ、おいおい。シンナー使ったんだから煙草《たばこ》の前に換気しなきゃ」

「平気平気。引火っつったって爆発するわけじゃねえだろ。火薬庫じゃあるまいし」

「……」

ロックは話についていけない疎外感を感じつつも、さりとて二人の企み事について仔細を聞くのも何となく空恐ろしい気がして、次第にこの場にいるのが落ち着かなくなってきた。

「えーと……じゃあ俺、残りの買い物は船の備品だし、ちょっと届けてくるよ」

「あん？　何だよ、慌てる用でもないだろ。晩飯ぐらい食ってから行けよ。ピザまだ残ってるぞ」

「んん、いや、脂っこいものは気分じゃないから。途中の屋台で済ませるよ」

そう適当に言い繕い、ロックはそそくさと事務所を出て、路上駐車してあったプリマス・ロードランナーに乗り込んだ。

イグニッションキーを挿《さ》す前に、しばしハンドルに凭《もた》れかかり、今夜のレヴィについて想いを馳せた。

「ＳＭショー、ねえ……」

レヴィは見に来いと言っていたが、どうしたものか。

気になるといえば気になるものの、見れば見たで何となく、後々やばい夢に魘《うな》されそうな気がしてならないのは何故だろう？

幸い、夜の一〇時まではまだ時間がある。用を済ませる道すがら、ゆっくり考えることにしよう。

◇

熱く茹《ゆ》だった一日を終えて、西の空が落日の緋色に燃えている。

人払いを済ませて誰もいない路南浦《ロアナプラ》停泊場。黄金に染まる海原を一望する桟橋で、バラライカは海風を浴びていた。

スタニスラフ・カンディンスキーに指定した午後六時は、既に大幅に過ぎている。それでもアイスブルーの眼差しで沈む夕陽を見送りながら、彼女はその場を動かない。

ゆっくりと桟橋の床を踏み鳴らして近づく靴音にも、振り向こうとはしなかった。

「――待ち人来たらず、ってところか？」

コートの裾《すそ》を海風に煽《あお》られるがままに任せながら、張維新《チャンウァイサン》がバラライカの隣に立った。

「そういうあなたは？　散歩に出歩ける程、気楽な身の上でもないでしょうに」

「その通りだが、たまには気晴らしも必要さ。時には仕事を離れて、妙齢の美女と語らうひときがあってもいい。美しい夕陽の景観でもあれば、なおいいね」

いつもながらの気障《きざ》な軽口に苦笑して、バラライカは懐《ふところ》から出したパーラメントに火を点《とも》す。

「取り敢《あ》えず眺望については合格ではなくて？　でも残り二つについては、どうかしら。――そもそも私とあなたで、仕事を離れた話題があるのかどうか疑問だわ」

「それもそうだ」

張もまた愛飲のジタンを咥《くわ》えて、桟橋の手すりに凭《よ》りかかる。

「――まあそれなら、俺にとっては仕事でも、あんたにとって無関係、そういう話題でどうだい？　あんたは俺の仕事上の愚痴を、ただ聞き流していてくれればいい」

「承るわ」

張は前置きの代わりにジタンに火を点《とも》し、ゆっくりと紫煙の一服を味わってから、おもむろに語り始めた。

「近ごろ、俺が妙な害虫に悩まされるのは聞いているだろう。ゆうべも『巣を見つけた』という報《しら》せがあって、駆除しに出向いたわけなんだが……そいつらの居た巣穴が、これまた妙な場所だった。人っ子一人立ち寄るはずもねえ廃墟《はいきょ》なのに、床板を剥《は》がしてみたら、とんでもない量の武器弾薬と食料が隠してあった。一個中隊が戦争に行けるだけのカラシニコフの山だ」

「……」

無言のまま、先を促すバラライカ。

「ベトコンだったら田んぼの泥に埋めて隠してたような銃だってのに、馬鹿丁寧に一挺ずつ油を差して、大鋸屑《おがくず》と一緒に木箱に詰めてあったとさ。この街で、そこまでカラシニコフを後生大事に取り扱う奴らとなれば……誰の持ち物かなんて、訊《き》くだけ野暮な話だな」

バラライカもまた、敢《あ》えて返答する手間を省いた。張の察し通り、あの廃工場に銃を隠していたのはホテル・モスクワである。

万が一、遊撃隊《ヴイツトニキ》がロアナプラ市内における拠点を失うような局面に至った場合、各隊員はいったん市外に脱出してから、あらかじめ決めてある所定の位置で再集結し態勢を立て直す。そのための拠点として秘密裏に準備された兵站《へいたん》保管庫が、街の近郊には何か所かあった。ジェイクたちが潜んでいた廃工場は、まさにその一つだったのだ。

「出鱈目《でたらめ》な人選、杜撰《ずさん》な計画。出来過ぎたタイミングのタレコミに、行く先々でぶち当たるホテル・モスクワとの接点……まったくもって、ここまで筋書きが陳腐だと、付き合わされてるこっちは馬鹿にされてる気分になるぜ」

「ふうん。劇作家には手厳しいのね」

張《チャン》は肩を竦《すく》めて、どこか遠い景色でも眺めるかのように埠頭《ふとう》の景色を見渡した。

「俺はあんたの手並みを知ってる。この街で誰よりもよくそれを知った上で、なおまだ墓穴の外を歩いてるのは俺だけだ。……だから断言できる。こんなヘボい企てがあんたの仕業《しわざ》のワケがねえ。こいつは、あんたを嵌《は》めて釣ろうとしてる誰かの茶番だ」

その指摘は、バラライカにとって意外でも何でもなかったのだろう。未だ美貌としての顔を留めている左半面にも、何ら表情の動きはなかった。

「あんたの船を盗み、あんたの秘密の倉庫を殺し屋どもに提供した奴——そいつが釣り竿を握って座ってるのは、ひょっとするとあんたの庭先じゃあないのか?」

「そうかもね。情けない話だけれど」

あっさり認めたバラライカに、張は、さらにもう一歩踏み込むかどうか悩んだかのように間をおいてから、続けた。

「俺にはむしろ、その釣り師が、垂らした針の先に引っかけてる餌が気にかかる。――なあ火傷顔《フライフエイス》、あんた、ここで誰を待っていた？」

バラライカは夕陽《ゆうひ》から目を逸《そ》らしもせず、小さく失笑した。

「さっきから質問ばかりよ張。私はあなたの愚痴を聞き流すだけだった筈《はず》。それとも何？　結局は〝仕事の話〟がしたいのかしら？」

「違うね。野暮な男が、よせばいいのに女の過去を掘り返そうとしてるだけの話さ」

「……」

しばし二人は無言のまま、互いの吐き出す紫煙の渦を目で追っていた。

「ダッチがスペツナズと睨《にら》んだスナイパー……あいつは、あんたの身内か？」

先に沈黙を破った張に、バラライカが小さく頷《うなず》く。

「彼とは、かつて同じ時間《とき》を生きた。そして共に死に場所を誤った」

「会って、話をしたのか？」

「彼に投降の意志があったなら、夕暮れまでに此処《ここ》に現れるはずだった。そして私は待ちぼうけを食って、ここにいる」

互いの核心に踏み込まぬよう回り道を巡った末に、ようやく出揃った問いと答え。だがそれでもまだ、張《チャン》は会話を切り上げようとしなかった。

「——それで、あんたはどうする気だ？」

「警告を実行しないとね」

投降を蹴った場合の警告——それがどういう内容なのかは、お互い語るまでもなく、問うまでもない。

「ロアナプラの勢力図において、いま張維新《ウァイサン》を失うのは我々にとっても望ましくない。まして我々の関与が疑われたのでは尚更《なおさら》ね」

「そりゃどうも」

かつてホテル・モスクワと三合会《トライアド》が覇を競ったときとは異なり、現在では、コロンビア系とイタリア系の組織が漁夫の利を狙って手ぐすね引いている。もし全面戦争ともなれば勝者とて大きな損耗を被るだろうし、そのときは態勢を立て直す暇もなく他の組織に食い潰されることだろう。二大巨頭の双方にとって、抗争に至りかねない火種は禁物だった。

「だがな、背景がどうであれ、三合会《ウチ》は関係者を四人喰われた。それだけで俺たちが報復に出る理由は事足りる。何もあんたがみすみす釣り針に食らいつくまでもなく、このふざけた茶番を仕組んだ奴には泰山府君の裁きが下る」

張の意外な提案に、バラライカはわずかに眉《まゆ》を上げた。

陰謀の実態がホテル・モスクワの内輪揉《うちわも》めなら、張たちは巻き込まれた犠牲者も同然だ。むしろバラライカに苦言を呈するのが当然である。

「……掃除を私たちに押し付ければ、手間も省けて、疑惑も消える。一石二鳥ではないの？」

「仕事の話なら、それが道理だ。だが俺は野暮な話をしてるのさ」

語調ばかりは剽《ひょう》げていながら、サングラスの奥に潜む張の眼差しは、どこまでも鋭く、そして真摯《しんし》だった。

「──なあ、バラライカ。俺たちは極道、天下の腐肉漁《ふにくあさ》りだ。臭え肉など食えねえなんて泣き言を言ってたら務まらない。だがな、喰わなくてもいい腐肉まで喜んで喰らうほど悪食《あくじき》にならなくたっていいはずだ」

「……」

「むかし情で繋《つな》がった相手を殺《や》る……最悪に臭う最低の腐肉だ。喰わずにおけないときなら喰うさ。だが吐いていいときなら吐けばいい。狗《いぬ》だってその程度の選り好みはするもんだ」

「何が言いたいの？　張」

「静観しろ、バラライカ。三合会《ウチ》の手勢だけで片付く問題だ。あんたは弔花の用意だけしておけばいい」

　堪《こら》えかねたかのように、バラライカは吹き出した。

「甘いのね、張。そんな甘さを見せるから、あなた、〝ベイヴ〟なんて渾名《あだな》が付きまとうのよ」

「火傷顔《フライフェイス》──」

張《チャン》が言いさした言葉を、途中で呑《の》み込む。笑うバラライカの面持ちに潜む何かが、彼にそうさせた。

「張、なぜ私がまだ此処《ここ》にいたと思う？　約束の刻限を過ぎ、もはや用の無くなったこの場所に、それでも独りで居続けたのは何故だと？」

「……」

「こんな私が柄にもなく、あの素晴らしい夕陽をもう少し眺めていようと思ったのさ。それほどに嬉しかった。心に祝杯を掲げたよ。何せ彼は来なかったのだから」

その眼差しは、或いは南国の海でなく、遠い異国の砂塵《さじん》の大地を見つめていたのかもしれない。夕陽よりなお赤く血に染まった大地――彼女たちの狂気が育まれた故郷を。

「彼は屈服による安寧よりも、闘争の継続を選んだ。地獄の底の袋小路で、なおも不屈という在り方を貫いた。彼は紛れもなく我が同胞だ。今なお我々と同じ魂《たましい》で、血染めの夢を見続けている……

ああ、今ようやく私は再会の喜びを噛《か》み締めているんだよ。彼とはしばし道を違えて、互いの立場に齟齬《そご》が出た。ただそれだけのことでしかない。我々は今また同じ夢を見て、同じ道に殉じようとしている」

もはやバラライカの笑顔は見違える余地なく、地獄の眷属《けんぞく》のものだった。血の池を快なりと愉《たの》しみ、煉獄《れんごく》の炎を涼しと悦《よろこ》ぶ、そういう魔性の笑顔だった。

「だから、譲らん。彼の望みも、彼の渇きも、私が満たす。私が彼を祝福し、彼の夢を埋葬する。――なあ張、最低の腐肉と貴様は言うがな、我らにとってはこれが極上の晩餐だ。彼も、私も、今ここに理想を遂げんとしている。戦い抜いて果てるという意地を」

身じろぎもせずに聞いていた張は、いつの間にか長くなりすぎたジタンの先の灰を見つめて、呟《つぶや》いた。

「――狂気の沙汰だな。つまり、お前らは」

「そう、極道ですらない。お前の物差しで測られては困る」

いつしか夕陽は水平線の彼方《かなた》に消え、海は夜闇《ゆやみ》の色へと転じ始めていた。冷え始めた海風に煽《あお》られるようにして張は桟橋の手摺りから背中を離し、ジタンの吸い殻を海へと弾いた。

「邪魔したな。本当にただの野暮でしかなかった」

「なに、構わんさ。たまには仕事を離れて語らうのもいい」

別れの挨拶《あいさつ》のつもりか軽く片手を掲げて、張は桟橋を去っていった。その背中を見送るバラライカの眼差しは、何故か、ことのほか静かに凪《な》いでいたが、もうそれを見咎《みとが》める者はいなかった。

◇

ドックの倉庫とロードランナーのトランクを何度も往復しながら、ロックは依然、抑えきれない想像力に苛《さいな》まれていた。

レヴィの舞台——レヴェッカ女王様、下僕を折檻《せっかん》するの図——やはり鞭《むち》なのか。それとも蠟燭《ろうそく》とかまで使うのか。そもそも〝汗かき鯨《くじら》〟って渾名《あだな》はあんまりじゃないのか。いったいどういう容姿なんだろうか？

やっぱり舞台衣装は凄《すご》いんだろうか？　だが普段からあんな水着の一歩手前みたいな格好している女が、これ以上どうすれば更に過激な格好になるというのか？

尽きせぬ想像の諸々《もろもろ》を脳裏でぐるぐると循環させながら、エンジンオイルとタングステン溶接棒と、それに酸素ボンベをドックの倉庫に運び込み、気がつけばもう仕事はすべて終わっていた。

腕時計の針を見ると、時刻は八時一五分過ぎ。そろそろローワンの店に行くかどうか、腹を決めなければならない。

「うーん……」

まあともかく、ドックの戸締まりをして外に——そう考えてポケットをまさぐったロックは、そこでようやくキーホルダーを持ってないことに気が付いた。

落としたか、それとも何処《どこ》かに置き忘れたか……慌てて記憶を遡《さかのぼ》り、すぐに思い至る。事務所だ。ローワンの電話に出る前に荷物をテーブルに置いたとき、持っていたキーホルダーも一緒に置き去りにしてしまったのだ。

「あちゃあ、参ったな……あ……？」

我が身の迂闊《うかつ》さに呆《あき》れかかったところで、さらに別の疑問に行き当たり、ロックはその場で硬直する。

ドックの鍵を事務所に置いてきたのなら、自分は一体どうやって此処に入ってきたのだ？

余計な考え事に囚《とら》われていたせいで、何も不思議に感じなかったが、そもそも荷運びの際にドアを解錠した憶《おぼ》えがない。

つまり——最初からドックの扉は施錠されていなかった、ということか。

薄暗いドックの中を押し包む静寂。それがなぜか途方もなく不気味で危険なものに思えてくる。ロックは一歩も動けずに立ち尽くしたまま、ドックの出口を見つめた。僅《わず》か五メートルと離れていないドアが、どう足掻《あが》いても届かないほど遠くにあるような気がしてきた。

誰かが先に侵入していたのだろうか。まさか、今もどこかに隠れ潜んでロックを見張っているのではないか。

右を見て、それから左を見て、それから嫌々ながら背後を見て——ロックはすぐ眼前に立ちはだかる黒装束の巨体を目の当たりにした。

「ひッ……」

ロックが悲鳴を上げようとしたその刹那《せつな》、覆面の隙間の碧眼《へきがん》がくわと見開かれ——

「トマレーッ！」

鋭い一喝《いっかつ》がロックの鼓膜を一撃し、頭の芯まで痺《しび》れさせる。

「……あ……」

驚きのあまり声が出ない。身体が動かせない。ギラギラと光る相手の双眸《そうぼう》から、視線を外すことさえできない。

硬直したロックの耳に、覆面の下から漏れ出てくる不気味な呪文が這《は》い込んでくる。

「トマレーコノカタナアゲルカラトマレー、オネガイーオネガイートッテクレー、スワレーカタナアゲルカラスワレー……」

その奇怪きわまりない声は、まるでロックの頭の中で直に響いているかのように幾重《いくえ》にも反響し、徐々に彼の思考力を奪って麻痺《まひ》させていく。もはやロックには何も見えず、何も聞こえなかった。ただ自分を凝視《ぎょうし》する碧《あお》い目と、不可思議な呪文のリズムだけが、彼の認識できる世界の全てだった。

まさか——催眠術？

そう気付いたときには既に遅く、ロックの意識は、深い闇の中へと呑《の》み込まれていった。

◇

荒涼たる不毛の大地を、凍《い》てつく風が吹き抜ける。

東アフガニスタン、サラン峠。冬——

一九八六年の年明けを、第三二八後方撹乱《かくらん》旅団第一一支隊、通称『遊撃隊《ヴイソトニキ》』のメンバーは野営で迎える羽目になっていた。

暖房の効いた兵舎でのつつましい新年祝賀、というささやかな望みすら叶《かな》わなかったのは、彼らを空輸するはずだったハインドがゲリラの手により撃墜されたからだ。熱線誘導の地対空ミサイル『スティンガー』がムジャヒディンの手に渡ったことで、ソ連軍の攻撃ヘリが得ていた圧倒的優位は失われた。高価なハイテク兵器は、忌《い》まわしきアメリカの陰謀によりパキスタン経由でゲリラに供与されているという。ソ連軍の最新武装に対し、地の利と不屈の戦意ばかりを武器として抵抗を続けてきたムジャヒディンだが、ＣＩＡの暗躍《あんやく》によって彼我《ひが》の戦力はいよいよ拮抗《きっこう》し、戦況はますます泥沼の一途を辿《たど》っていた。

いつもは剽悍《ひょうかん》な遊撃隊《ヴイソトニキ》のメンバーも、こんな夜ばかりは、忘れていたはずの里心が蘇《よみがえ》る。遠い空の彼方《かなた》で、彼らを抜きにして新しい年の始まりを祝っている家族たちに想いを馳せてしまう。

「あったけえペニエリで新年を祝ったのが、もう三年も昔かあ……」

焚き火の心癒《い》やすオレンジ色に凝《じ》っと見入りながら、そうぼやいたサハロフ上等兵に、チガーノフ曹長が相槌を打つ。

「ここじゃ聖誕祭のツリーを探すだけでも一苦労だ。岩と砂の他には何もありゃしねえ。こんな土地に人間が住んでるってだけでも驚きだってのに、そいつらは銃とミサイルで俺たちのケツを炙《あぶ》ろうとしてやがる。……泣けるぜ」

ロシアでは、どんなに貧しい家庭でも正月料理にだけは出来るだけ贅《ぜい》を凝《こ》らす。その年に食べられる料理の種類は新年のテーブルに並んだ料理で決まる、という言い習わしがあるからだ。それを思うと、焚き火で暖を取りながら軍用携行食《レーション》を掻《か》き込んでいる兵士たちは暗鬱《あんうつ》な気分になるしかない。

「アフガンに来てから、ヤンキーどもが月に行ったってのは大法螺《おおぼら》だって解りましたよ。連中はここでロケして帰っただけです。間違いない」

「ああ。さっさと地球に帰りてェもんだよ。そうは思わないか？　カンディンスキー」

チガーノフから水を向けられたスタニスラフは、生まれ育った故郷の景色――見渡す限りのツンドラの氷原を思い起こして、かぶりを振る。

「俺の故郷《くに》も、そう大した違いはないですよ。むしろ氷がないだけ、こっちの方がまだ過ごしやすいでしょうね」

そんな返答に毒気を抜かれたか、チガーノフは眉《まゆ》を顰《しか》めて嘆息した。

「……恐れ入ったぜ。我らが〝サーミ〟ときたら、こんな地の果てが愛《いと》しの我が家よりマシだと抜かしやがる」

都会ッ子揃いの戦友たちの中で、ヤマロ＝ネネツ自治管区出身のカンディンスキーは一番の〝田舎者〟である。もし仮に民間人のままサハロフやチガーノフと出会っていたならば、彼らは互いの価値観や生活様式の乖離《かいり》によって、決して解り合うことなど叶《かな》わなかっただろう。だが同じ軍服を着て、同じ任務に携わる戦場にあっては、彼らを隔てるものなど何もない。

スタニスラフ・カンディンスキーにとって、戦場で迎える正月は二度目であり、そしてこれが最後になるという保証もない。伍長に昇進したことで、二年で終わるはずだった任期も延長される可能性が濃厚だ。だがそんな過酷な展望を、彼は必ずしも悲観してはいなかった。

望郷の想いがないわけではない。この過酷に過ぎる軍役が苦痛であるのもまた事実だ。が、それでもここにはスタニスラフの〝居場所〟がある。ここに集《つど》った戦友たちと苦楽を共にし、互いの命を預け合うことは、それ以外のどんな生き方よりも――そして死に方よりも――意味があることのように思えてならない。

おそらくは、そんな想いを彼に懐《いだ》かせる元凶なのであろう人物に、スタニスラフはそっと視線を遣《や》る。〝彼女〟は皆と共に焚き火を囲みながら、その会話に参加することなく、黙々と一挺のライフルの整備に勤《いそ》しんでいた。

ソーフィヤ・イリーノスカヤ・パブロヴナ。中尉という階級にありながら遊撃隊《ヴィソトニキ》の指揮を任されているのは、彼女より上位の士官がすべて遺体搬送機《黒いチューリップ》で故国に送られてしまったからだ。化粧の代わりに煤《すす》汚れを頬《ほお》に乗せ、明るい金髪を無惨なほどに短く刈り揃えてベレー帽の下に封じてしまった彼女だが、それでもなお持ち前の美貌は輝きを失わない。共に弾丸の雨の中を突き進むときはいつも、スタニスラフは自らの命を惜しむより、彼女の美しい顔に傷を付けてくれるなと、敵弾の群れに希《こいねが》う。

遊撃隊《ヴィソトニキ》には、他の中隊であればトップを張れるだけの敏腕スナイパーが十指《じっし》に余るほど揃っているが、その中にあってもパブロヴナ中尉の狙撃術はさらに群を抜いている。本人は決して多くを語らないものの、ルドミラ・パブリチェンコの再来とまで言われる彼女は、クレムリンがロス五輪への参加をボイコットしなければ、選手団の一員としてメダルを狙うはずの人物だったと噂《うわさ》されている。

そんな彼女がいま黙々と点検しているのは、外《ほか》でもないスタニスラフのSVD《ドラグノフ》だ。照準器に生じた不具合をどうしても解消できなくなった彼に、見かねたパブロヴナ中尉が助け船を出したのだ。ライフルを無二の伴侶《はんりょ》とすべき狙撃手にとって、己の愛銃を他人に託すというのは恥ずべきことである筈《はず》なのだが、それが中尉の手とあっては屈辱どころか恐れ多さに萎縮してしまう。

彼女は遊撃隊《ヴイソトニキ》の全隊員にとって、母親であり、姉であり、守護天使たる存在だった。たとえ無言であろうとも、今こうして彼女が側《そば》に座っているというだけで、この絶望的な戦況を——疲れ果て、砂埃《すなぼこり》にまみれ、異国の夜の寒さに震えながら元旦を迎える惨《みじ》めさを、誰もが忘れることができる。そしてサハロフやチガーノフのようなお調子者に至っては、笑って軽口を叩き合う程の上機嫌になる有様だ。

「カンディンスキー伍長の地元では、誰でも強風の中でライフルを扱えるのですか?」

サハロフ上等兵にそう訊《き》かれ、スタニスラフの意識は仲間たちとの会話に引き戻された。

「いや——親父はそうでもなかったが、叔父貴は俺より凄《すご》かった。風の匂いだけで、近寄ってくる狼《おおかみ》の群れを頭数まで言い当てたこともある」

「……成る程ねえ。噂《うわさ》の『悪魔の風《シエイターネ・バーディ》』とやらは、〝サーミ〟仕込みの曲芸ってわけかい」

チガーノフ曹長が剽《ひょう》げた仕草で肩を竦《すく》めたそのとき、パブロヴナ中尉が静かに腰を上げた。すぐさま皆の視線が自然と彼女に向けられる。

「いくら技術が神がかっていても、ライフルの取り扱いが杜撰《ずさん》では優れた狙撃手とは呼べんぞ」

口を挿《はさ》まずとも、話の中身には耳を傾けていたのだろう。皮肉を交えた口調でそう言いながら、彼女はSVD《ドラグノフ》をスタニスラフに手渡した。

「中尉、俺のライフルは……」

「ああ、駄目だ。この場では手の施しようがないな」

スタニスラフのドラグノフに装着されたPSO‐1スコープは、狙点調整用のエレベーションダイヤルががたついてしまい、照準器としての機能を果たさなくなっていた。パブロヴナ中尉の手にかかっても修繕不能とあっては、もう隊の誰にもこの照準器を直すことは叶《かな》うまい。

「まったくお前という奴は……相変わらずスコープを雑に扱う癖が抜けんな。こいつは精密機器なんだと何度言ったら解るのだ?」

「申し訳ありません……」

叱責《しっせき》にしょげかえるスタニスラフの様子をニヤニヤと眺めるチガーノフ曹長に対し、続けてパブロヴナ中尉は鋭い眼差しを向けた。

「それと、曹長には以前も警告した筈《はず》だ。人の故郷を笑いものにするような冗談には感心できん、とな。言い聞かせても解らないのなら私にも考えがあるぞ」

「ええと、その——申し訳ありません。以後気をつけます」

チガーノフはすぐさま表情を神妙に改め、中尉とスタニスラフに向けて謝罪する。

スタニスラフは、祖父にネネツ人を持つクウォーターだった。彼としては、その程度の悪意ない発言など慣れたもので、今さら目くじらを立てる程《ほど》のこともなかったが、そんな細やかなところまで中尉が気を払ってくれることについては、こそばゆいような嬉しさを感じなくもなかった。

「ともかく、伍長。その役立たずのスコープは外してしまえ。ドラグノフに金属照準器《アイアンサイト》を残してくれた開発者に感謝するがいい。お前の腕前なら肉眼でも三〇〇メートルはいけるだろう」

「ええ中尉。任せてください」

非常に婉曲《えんきょく》ながら賛辞と受け取れなくもない言葉に、内心で口笛を吹きながら、スタニスラフはさっそく銃からスコープを取り外しにかかった。ごく普通に考えるなら、光学照準器を失ったことは極めて憂慮すべき事態なのだから、今の彼の心境はひどく異常ということになるのだろうが、そんな自分の感情の滑稽《こっけい》さまでも含めて笑いがこみ上げてくる。


——冷たい夜の闇の中、いつ訪れるとも知れぬ死を身近に感じる、そこは寒くて残酷な場所だった。だが一方で、そこは暖炉のぬくもりとも、愛情のこもった手料理とも違う、また別種の温かさに包まれた場所でもあった。

全ては、遠い遠い記憶の彼方《かなた》……まだチガーノフ曹長が迫撃砲の直撃で八つ裂きにされる前。パブロヴナ中尉が捕虜になり拷問される前。独りはぐれたスタニスラフが麻薬の誘惑に屈する前の、もう前世にも等しい隔絶した光景だ。

安らぎの思い出が、霧に紛れるかのように遠ざかっていく。代わりに誰かが、彼の左腕の静脈をまさぐっている。これから刺さる注射針のために。

「……ぁ……？」

追憶から立ち戻ってみれば、スタンの身体は見知らぬ場所にあった。

背中には、スプリングの効いたマットレスの感触。糊《のり》の利いたシーツ。きっとホテルのベッドだろう。

何故こんな場所にいるのか思い出そうとしたところで——静脈に差し入れられた冷たい針に、思考が陶然と熔《と》けていく。ヘロインの恩寵《おんちょう》。頭を煩わす諸々《もろもろ》が、すべてどうでも良くなっていく。

たしか——闇の中を夜通し歩き続けていた筈《はず》だ。だが何処《どこ》を歩いていたんだろうか。月の照る砂漠か。イスタンブールの裏路地か。それとも——

そう、誰かと会った気がする。そして激しく、苦い涙を流した。あんな風に心から泣いたのは何年ぶりだったろうか。久しく味わうことのなかった、禁断症状とはまた別の痛み。身体ではなく、心を締め上げる苦痛だった。

「——スタン——ねえ聞こえてる？　スタニスラフ・カンディンスキー」

呼びかけに目を遣《や》ると、そこに長い赤毛の女がいた。福音のシンボルである注射器を手にしたその姿は、まるで麗しき天使のようだ。

「——なぜ波止場に行かなかったの？　ソーフィヤに誘われていたんでしょう？」

問いかけられて、ぼやけきった思考が、ほんの僅《わず》かに焦点を取り戻す。

桟橋——午後六時——最後のチャンス——

だがそれは、はたして誰の言葉だったか。

「……違う。俺は呼ばれてなどいない……」

かぶりを振ると、赤毛の天使は呆《あき》れたかのように溜息《ためいき》をつく。

「ソーフィヤは貴方《あなた》を助けようとしたのよ。そんな彼女の好意を無にするの？」

あの人を馴れ馴れしく呼ぶな――そう怒声を上げたくなって身を起こそうとしたところを、たおやかな手に押し返される。そして耳元に囁《ささや》きかける優しげな声。

「ねえ、どうして？　スタン」

「あれはバラライカだ。大尉ではない」

自らそう口にすることで、彼はその忌《い》まわしい名を思い出す。

バラライカ。その邪悪なる哄笑《こうしょう》。

かの〝英雄〟と同じ顔をした――悪魔。

そうだ――思い出した――昨夜、悪魔に誑《たぶら》かされた。救済を引き換えに、最後の誇りを差し出せ、と。

スタンは力なく笑った。そうだ、俺は屈しなかった。当然だ。何故なら――

「大尉は……大尉なら、きっと、戦い続ける。決して降伏などしない」

夕陽に燃える渓谷を思い出す。吹き渡る風の中、戦場を見渡していた半面の戦乙女《ヴァルキュリア》。その貴《たっと》い横顔を。

「だから、俺は……」

すべて言い終えるより先に、赤く濡れ光るルージュが迫り、スタンの口を柔らかい感触で封印する。

唇を吸われる。口腔を舌でまさぐられる。ヘロインの天使の蠱惑《こわく》。ますます思考に靄《もや》がかかる。

それでもスタンは最後の意地で、たったひとつの決意に縋《すが》りつく。

「……俺は、任務を放棄しない。必ず最後までやり遂げる」

「そう、そこまで言うなら仕方ないわね」

淫《みだ》らな囁《ささや》き声が耳朶《じだ》をくすぐる。噎《む》せ返るほどの牝《めす》の臭気。両の掌《てのひら》が滑らかな肌肉に導かれる。

「ならば必ずやり遂げなさい。『悪魔の風《シエイターネ・バーディ》』……張維新《チャンウアイサン》を殺すのよ。確実に仕留めなさい。それが貴方の――最後の、任務」

「任務――」

彷徨《さまよ》い歩いていた。白い肌の上を。

時間が熔《と》ける。思考が辻褄《つじつま》を見失っていく。

快楽と錯乱の海に沈んでいきながら、だがスタンは、最後に残った意識の欠片《かけら》を、その手に固く握りしめた。

任務――

そうだ。今度こそ逃げたりはしない。

立ち向かえ。全《まっと》うしろ。そして誇り高き死に至れ。

この手の指の隙間から砂のように零《こぼ》れ落ちていったもの——その全てを贖《あがな》うために。


ホテル『ラペェト・ロアナプラ』の五階九号室——電話で呼び出されたその部屋をノックしたジェイクは、すぐさまドアを開けて迎え入れられた。

クライアントの『赤毛女』はバスローブ姿で寛《くつろ》ぎきっている。ジェイクが直に顔を合わせるのは——依頼のとき、タンカーまで船で迎えに来たとき、廃工場まで車で送られたときに続いて、これがようやく四度目だった。

もちろん、その本名も真意もジェイクは知りたいとは思わない。決して多くを知りすぎずにおくことは、この業界における不文律だ。まあ確かに結構そそる美人ではあるし、もう少しバストが大きかったなら本気でお近づきになりたいと思ったかもしれないが。

「スタンは？」

「奥で休んでるわ。ファルコンはまだ——」

女が途中まで言いさしたとき、バルコニーに通じるフランス窓が外からノックされた。カーテンを捲《めく》ってみると、夜の闇を背景に、黒いキモノ姿が佇《たたず》んでいる。

「……あんたさあ、その服がクールなのは認めるが、普通のナリしてロビーから入ってくるっていう選択肢はないのか？」

呆《あき》れ顔《がお》で質《ただ》しながらジェイクが窓を開けると、黒装束の男は無言で部屋に踏み込み、全てのドアと窓を見渡せる一画を選んで壁に凭《よ》りかかった。

「生き残ったのは、これで全部？」

わずか三人の生還者、という由々《ゆゆ》しき事態にも拘《かか》わらず、赤毛の女は涼しい顔である。

「まあ結局、キャロライン・モーガンの『トルチュ一味』が全滅して、当初のメンバーで振り出しに戻った、ってだけの話ね」

「そう思うかい？」

女の気安い口調に、ジェイクは険を露わにした。

「三合会《トライアド》はとっくに警戒態勢でもう奇襲は通用しない。おまけにあの魚雷艇の連中まで血眼になって俺らを捜してる。はっきり言うが、今となっちゃあ張《チャン》を狙うのはローマ法王を仕留めるより難儀だぜ」

「あら、怖じ気づいたの？『アルティメイトクールJ』さん」

女が婀娜《あだ》っぽい微笑で挑発してきたが、ジェイクはそれに担がれることなく不敵に歯を剝《む》いて笑った。

「付き合いきれねェって行ってンのさ。もう」

「……」

「あのラグーンとかいう魚雷艇の連中が張と顔馴染《かおなじ》みだったのも、新しい隠れ家が半日もしないでバレたのも偶然か？　俺もな、この手のヤマは何度も踏んできたが、ここまで妙なケチがついた仕事は初めてだぜ」

剣呑《けんのん》な気配を漂わせながら、ジェイクはゆっくりと女に詰め寄る。

「——大体、なんでわざわざスタンみたいなヤク中《ジャンキー》をリーダーにした？　あんた本当に張維新《ウァイサン》を殺したいのか？　いっそ一切合切が、ハナから失敗させるつもりで仕組まれた茶番だったんじゃねえかとさえ思えてくるね」

「どうやら妙な疑いを被っているようね、私」

ジェイクの威圧に、だが赤毛の女は動じることなく、ソファにかけたまま足を組んでピアニッシモに火を点《とも》す。

「素直に〝手に余る〟って言うのなら、中抜けしたって構わないのよ」

「ああ、そうさせてもらう」

駆け引きも何もなく結論に至ったジェイクに、むしろ女の方が怪訝《けげん》そうに眉《まゆ》を顰《しか》めた。彼女は彼女で、話が報酬の増額に流れるものとばかり予想していたのだ。

「……驚いたわね。L.A.からこんな地の果てまで出向いておいて、無駄足で終わらせちゃうんだ」

「いやいや無駄足なんてとんでもない。連れてきてもらった甲斐は充分にあったぜ」

〝二挺拳銃《トゥーハンド》〟レヴィを山車《だし》にして目論《もくろ》んでいる新たな計画について、もちろんジェイクはこの赤毛女に何一つ語る気もなかった。もはや張《チャン》暗殺の報酬額が幾らであろうと興味はない。目下のジェイクの関心事は、あのキッチュで危険な雌山猫《めすやまねこ》にすべて集約されている。

「じゃあな。スタンにもよろしく伝えといてくれ。あとヤクも程々にしとけってな」

そう言って部屋を立ち去る間際、ジェイクは、はたともう一人の同室者についても思い出した。

「ファルコン、あんたはどうする？」

ジェイクに問われて、それまで沈黙を守っていた黒装束が、重い口を開く。

「張維新《ウァイサン》はこの魔都を統《す》べる悪の巨魁《きょかい》と聞く。我が一刀は誅《ちゅう》を為すが天命。今回の務めもまた最後まで全《まっと》うするのみ」

「あーそう。ふーん。まあ頑張れば？」

呆《あき》れ果てたジェイクがそう吐き捨てて部屋から出て行った後、黒い男は「されど」と言葉を接《つ》いで赤毛の女を見据えた。

「ジェイク殿の語った通り、どうにも解《げ》せぬ成り行きによって任務が阻まれていることも、また事実。加えてスタン殿がなお采配を揮《ふる》える様態とも思えぬ……よって貴殿らとは袂《たもと》を分かたせていただく」

「……どういうこと？」

「拙者《せっしゃ》単身にて張を討つ。手出しは無用」

そう断言して再びフランス窓から出て行こうとする黒装束を、慌てて赤毛の女が呼び止める。

「ちょっと待ちなさい！　勝手なことしたって、後金はあげないわよ！」

「――我はただ天命に従うのみ」

最後にそう言い残し、男はバルコニーの外の闇へと消えた。

残された赤毛の女は忌々《いまいま》しげに嘆息し、メンソールの芳香を深々と吸って吐く。

あの二人の反応はそれぞれに予想外だったが、そもそも両者とも攪乱《かくらん》の目的で雇った駒だ。今しばらくロアナプラに留まって場を掻《か》き乱してくれるなら、それで充分に陽動の役には立つ。

一息ついてから、女は時刻を確かめた。壁の時計の針は、ほどなく午後一〇時を指そうとしている。

隣室のスタンが熟睡しているのを確認してから、部屋に備え付けの電話を洗面所まで持っていき、スピーカーモードで国際通話の番号をプッシュする。かけ先は日本。四五〇〇キロ離れた東京は時差を考慮すると午前零時だが、用件を鑑《かんが》みれば相手を怒らせることはあるまい。

通話が繋《つな》がるまでの間に、女はまず頭のヘアピンを抜いて赤毛の鬘《かつら》を脱ぎ捨て、ネットに包まれていた自前の金髪を露わにした。

『――私だ』

ほどなくスピーカーから、ロシア語で低く抑えた男の声が響く。

「夜分恐れ入ります、同士ラプチェフ。ロアナプラより状況報告です」

女もまた会話をロシア語に切り替えつつ、入念に化粧を施していた顔に洗顔クリームを塗っていく。

『ああ、待ちかねた。首尾はどうだ？　アフガンツィの雌犬《スーカ》を追い詰める算段はついたのか？』

「はい、二、三の突発的トラブルは生じましたが、いずれの誤差も修正範囲内です。活動資金についても現状で問題ありません」

『うむ』

電話越しにも、ヴァシリー・ラプチェフの声音《こわね》からは笑いを嚙《か》み殺している様がありありと窺《うかが》えた。東京、新宿の縄張りを取り仕切る彼はホテル・モスクワの頭目の一人であり、また旧KGB組の重鎮でもある。

女は機械じみた指先の精度で顔のマッサージを進めつつ、やや得意げに声を弾ませて続けた。

「いよいよ最終段階を控えて、プランの絞り込みについて裁可を仰ぎたく……プランA《アー》とB《ヴエー》

については実現の目処《めど》が断たれました。残るБ《ベー》案にて決行、という形で宜《よろ》しいでしょうか？」

『ふむ……次善策か。まあ仕方あるまい』

溜息《ためいき》混じりながらも、ラプチェフの声はあくまで満足げである。

プランА《アー》――バラライカをして、スタニラスフ保護を旧ＫＧＢコネクションに嘆願するよう誘導。その〝恩義〟を後々に利子で膨らませ、組織内におけるバラライカの権益を少しずつ蚕食《さんしょく》していく――

プランВ《ヴエー》――バラライカが独力でスタニスラフを保護した場合。頃合いを見計らって情報をリークし三合会《トライアド》との摩擦を誘導。結果はどうあれ、〝情に流されて判断を誤ったバラライカ〟は組織内での威信を喪失――

だがもう一つのプランの内容に比べれば、それらの陰謀はまだ穏便《おんびん》な方だった。

「恐縮です。おそらく決行は明日の正午になるかと」

最終決定、プランБ《ベー》……即ちスタニスラフによる張 維 新《チャンウァイサン》暗殺。その黒幕としての嫌疑をバラライカに負わせ、火種を全面抗争にまで煽《あお》る。

『結果的にホテル・モスクワがロアナプラにおける足場を失おうとも、それであのアフガンツィの権力をリセットできるなら良《い》しだ。奴はあまりにも目障りに過ぎる。過去どれだけＫＧＢやＧＲＵの同胞が奴の顎《あぎと》にかけられたことか』

「同感です。亡き同士たちの無念を晴らす大役を担えたこと、私は誇りに思っております」

全てのメイクが毛穴から浮き出たところで、女は化粧水を含ませたコットンで顔を拭《ぬぐ》いはじめた。次第にジェイクたちが知るのとは別人のような素顔が露わになっていく。ごく基本的な化粧品だけで顔の印象を決定的に変化させる技術は、彼女の得意とするところだった。

『バラライカが失脚すれば組織の人材配置は大きく変動する。当然、幹部の椅子にも空きが生じるはずだ。そのときには大頭目《スレヴィニン》に、ぜひとも君の登用を薦めさせてもらうとしよう』

「光栄の至りですわ。——それでは明日、成果を報告させていただきます」

『ああ、朗報を待っているぞ』

通話が切れたところで、女は洗顔で作業を締めくくり、タオルで拭った顔に鼈甲縁《べっこうふち》の眼鏡を嵌《は》めた。

「素晴らしい《ウデイヴィーチリヌイ》。私にも運が向いてきたわね」

鏡の中の自分に向かって、タチアナ・ヤコブレワは嫣然《えんぜん》と微笑《ほほえ》みかけた。

◇

どこか遠くから、祈りのような声が聞こえる。

さながら暗い水底からゆっくりと浮かび上がるようにして、ロックの意識は覚醒しはじめた。

「――シャー、トー、ヘイ、リン――ザイ、レツ、ジン、カイ――ゼン」

意味の取れない不可解な声は、すぐ間近から聞こえてくる。

目を開けると、まず最初に見えたのは安モーテルの天井だった。

固く閉ざされたカーテン越しにも、窓の外が室内よりも仄《ほの》かに明るいのは見て取れる。明け方か、それとも夕暮れ時なのか。時間の経過が判らない以上は判別がつかない。

ロックが寝ていたのはベッドではなく、床に直に敷かれた毛布の上だった。どのくらい横になっていたのか、強張《こわば》った背中がやけに痛む。

薄暗い室内では、陰影が微《かす》かに揺れている。電気ではなく、火の点《とも》された蠟燭《ろうそく》が唯一の照明だった。

そしてあの黒装束の大男は、蠟燭のすぐ側《そば》にいた。

「――シャー、トー、ヘイ、リン――ザイ、レツ、ジン、カイ――ゼン」

壁には大きく筆字で『忍』の一文字が書かれた掛け軸。その前に刀掛で安置された日本刀。左右には極太の蠟燭が煌々《こうこう》と火を点している。

男はロックに背を向け、掛け軸に向かって座禅を組んだまま、両手で印《いん》を結び、奇妙な文言《もんごん》を唱えていた。

「者《シャー》、闘《トー》、兵《ヘイ》、臨《リン》——在《ザイ》、烈《レッ》、陣《ジン》、皆《カイ》——前《ゼン》」

「……」

繰り返し聞いたことで、ようやくロックにも、何となく男が何を唱えているのか察しがついた。——指摘してやるべきなんだろうか。「それ、順番間違ってます」と。

ロックのわずかな身じろぎの気配で、男は捕虜が意識を取り戻したことに気付いたらしい。呪文の反復をやめて、掛け軸に向かって一礼してから、今度はロックに向き直って正座をする。

紛れもなくそれは、最初の晩にラグーン号の船上でダッチを襲い、海の藻屑《もくず》と消えたはずの人物だった。といっても覆面のせいで顔は目元しか見えないのだが、この格好と体格に合致する人間が二人いるということはあるまい。

一体どういう目的でロックを捕らえたのだろうか。不安に身を強張《こわば》らせるロックの前で、男は無言のまま、傍らに用意してあった陶製の碗を手に取り、何やら緑色の粉を入れてから鉄瓶の湯を注いで、それから茶筅《ちゃせん》を突っ込んで猛然と掻《か》き混ぜはじめた。

「……あのー……？」

それ、もしかして茶道？　——と、訊《き》いてしまっていいのかどうか微妙な問いをロックが喉元《のど》で呑《の》み込んでいるうちに、男は茶をたて終えた碗を掌《てのひら》の上でくるくると廻し、恭《うやうや》しく両手でロックの前に置く。

「……」

飲むのはもちろん嫌だったが、飲まないと何をされるか判らないという恐怖感が先に立ち、ロックはおっかなびっくり碗を手にとって、その中身に口をつけた。

「……あ？　おいしい」

意外さのあまり思わず声が出た。あんな出鱈目《でたらめ》な作法だったのに、その奥深くマイルドな芳香は妙に心を落ち着かせ、意識をすっきり鮮明にしてくれた。そんなロックに、男は三つ指を揃えて深々と土下座する。――とりあえずのところ、すぐに危害を加える意図はないらしい。

「えーと、その……あんた、名前は？」

ロックの問いに、男は面《おもて》を上げ、深く静かな声で応じた。

「我は姿無き影ゆえに、名乗るべき名もまた無し」

内容はさておき、ごく普通な英語で返事が返ってきたことに、わけもなくロックは安堵《あんど》した。ただ名乗りたくない、というだけにしては妙に持って回った言い分に、やや思案してから問い直す。

「じゃあ、〝人呼んで〟何？」

「シャドーファルコン」

即答であった。

「あ――そ、そう。……その、ファルコンさんは、俺を一体どうするつもりなんだ？」

「抵抗せず指示に従っていただけるようなら、貴殿を客として遇《ぐう》したい」

抑揚を押さえた静かな声は、とりあえず真摯《しんし》に聞こえたが、その意図するところが全然判らないことに変わりはない。

「まあ、どんな指示をされるのかにもよるけど……それにしても、なぜ俺を？」

「貴殿は忍術発祥の地、日本の出身とお見受けした。我が〝水遁《すいとん》〟を見破ったことに敬服している」

何のことか首を傾げたくなったロックだが、すぐに、ダッチが水中に手榴弾《しゅりゅうだん》を投げ込んだ後の会話を思い出した。彼はあの内容について、どこかで聞き耳を立てていたのだろうか。

ロックは意を決し、もはや避けては通れない質問を口にした。

「ところで、ファルコンさんは、その、あれかい？　……忍者、なのかな？」

訊《き》く方がむしろ恥ずかしい問いだったが、シャドーファルコンは深く重々しく頷《うなず》いた。

「不肖ながら、甲賀デスシャドー流、三〇段を身に修めている」

「で、ですしゃどー、なんだ。……はは」

帰りたいなー、と、心底思うロックであった。

「いや、その、何ていうかな……もうすぐ二一世紀だっていうこのご時世にさ、いきなり忍者って言われても……俺も確かに日本人だけど、ちょっとそれは」

歯切れ悪く疑問を呈するロックに、シャドーファルコンは無言でいったん腰を上げると、掛け軸の裏に隠してあった一冊の小冊子を手に取ってから戻ってきた。

差し出されたそれを、恐る恐る受け取るロック。色褪《いろあ》せ、端々がぼろぼろに傷み、湿気と手脂でよれよれになったその本は、どうやら安っぽいオフセット印刷の成れの果てと思われた。擦《す》り切れて色落ちした単色刷の表紙には、たぶん版権無視であろうショー・コスギのシルエットとともに、『KOUGA＝DEATH＝SHADOW☆NINJUTU＝SHINAN＝SHO』と綴《つづ》られているのが辛《かろ》うじて読み取れる。

裏表紙の奥付には住所も何もなく、ただ『O.M.C.』とだけ書かれていた。

「……何？　このOMCってのは」

「『オリエンタル・ミスティック・コレクション』の略称だ。数々の忍者アイテムを拙者《せっしゃ》に提供してくれた」

「……あの掛け軸とか、刀も？」

頷くシャドーファルコン。次第にロックの脳裏を、嫌な予感が占拠しはじめる。

「ひとつ、訊《き》いていいかな。――あんた、このOMCってのを何処《どこ》で知ったんだ？」

「『ブラックベルト』と『インサイド・カンフー』の広告に載っていた」

「……」

脱力のあまり、二の句が継げなくなる。

要するにこの男、ただのインチキ通信販売の犠牲者なのだ。一体どうしてここまで深みに嵌《はま》ってしまったのかは知らないが、それが昂《こう》じて殺し屋にまでなり、結局ロアナプラに流れ着いたのだとしたら、涙を誘わずにはいられない。人生を踏み外すにも程があろうというものだ。

ボロボロの小冊子を捲《めく》ってみると、明らかに組版ではなくワープロのプリントアウトそのまま判る書体で、やれ胸に笠を当てて落ちないように走れだの、目隠しをして木綿針が落ちた音を聞き分けろだの、内容は巷《ちまた》で語られる胡散臭《うさんくさ》い伝承そのままのトピックが列挙されているだけの代物《しろもの》だ。いちおう教本の体裁のつもりか、頁毎《ページごと》に初段から三〇段までの段位がおざなりに設定されている。

――そこでふと、ロックはさっきのファルコンの発言が頭に引っかかった。

「……なあ、あんたはさっき、『三〇段を修めた』って言ってたよな?」

「然《しか》り」

平然と頷くシャドーファルコン。

「いやでも、修めた、って……まさかここに書いてあること、ぜんぶ実践したわけじゃないだろ?」

「実践した」

ファルコンはべつだん言い繕っている風もなく、あくまで平然と肯定を重ねる。

「……この、麻を植えてその上を毎日跳び越える、とか?」

ロックがとある項目のひとつを指差すと、覆面の奥の碧眼《へきがん》が、しんみりと郷愁に和《なご》む。

「初めのうちは容易《たやす》いと思っていたが、二か月目を越えてからが本当の試練であった」

ロックの知る限り、たしかヘンプ麻なら一〇〇日余りで三メートル以上にまで成長すると聞いたことがある。ちなみに近年に立てられた走り高跳びの世界新記録は二メートル四五センチだったか。

「……濡らした和紙の上を破らないように歩く、とか？」

「一歩一歩が己との戦いであった。未熟なころは五メートル進むのに三日かかってしまった」

言い換えるなら、彼は三日間ぶっ通しで精神集中を維持しながら飲まず食わずで立ち続けていたことになる。

ロックは改めて、シャドーファルコンと名乗る男の巨軀《きょく》をしげしげと眺めた。

黒い忍者服の上からもはっきりと見て取れる胸板の厚さ、肩から首にかけての屈強さと、上腕や腿《もも》の丸太のような太さ。それに引き換え、帯を巻いた腹は異常なほどに引き締まり、ただ一片の贅肉《ぜいにく》もありそうにない。彼の体格は、ただ図体《ずうたい》がでかいというだけの男のものではなかった。紛れもなくそれは、あらゆるスポーツ選手とボディビルダーが羨望《せんぼう》して止《や》まないであろう極限まで鍛え上げられた肉体だ。

もし彼が本当に、この通販で買ったウソ教本の内容を馬鹿正直に信じ込み、試行錯誤と血の滲《にじ》むような鍛錬の果て、出鱈目《でたらめ》も甚《はなは》だしいノルマの数々をすべて本当に達成してしまったのだとしたら——それは確かに、空前絶後の超人的肉体を手に入れる結果にもなるだろう。そこまで苛烈《かれつ》な修行を可能とする目的意識とは何なのか。もはや願望とか思い込みとかいう次元を遥《はる》かに逸脱した強迫観念ではあるまいか。

「……あんた、そこまでして忍者になりたかったのかい？　もしかしてピザ喰う亀《かめ》に憧《あこが》れたとか――」

ロックがそう言いさした途端、ファルコンはやおら目を剝《む》いて怒号した。

「亀の話はするなッ!!」

それまでの物静かな居住まいからは打って変わった剣幕に、思わず竦《すく》み上がるロック。だがファルコンは即座に落ち着きを取り戻し、恐縮した風に俯《うつむ》いた。

「――すまない。未だ修身が至らぬ故、つい取り乱してしまった」

「あ、いやいやいやッ、こっちこそごめん。失言だった」

とりあえず〝亀〟の話題は禁句――そうロックは胸にしっかりと刻み込んだ。一方でシャドーファルコンは、改めて相手の問いに答えるべく、過去を顧みるかのように遠い眼差しで語り始めた。

「拙者《せっしゃ》は――そう、ただ、強くなりたかっただけだ。毎日、学校でいじめられてばかりだった自分を変えたかった。だが……」

一旦《いったん》言葉を切って、碧《あお》い目の忍者は、壁に飾られた掛け軸に万感の想いを込めた視線を送る。

「あのタペストリーを前にして日々瞑想《めいそう》を重ねるうちに、気が付いた。真に鍛えるべきは『刃《YAIBA》』ではなく、その下を支える『心《KOKORO》』なのだと」

「そ、そうなんだ……ふうん……」

　果たしてOMCなる忍者グッズの悪徳商法を企画した人物は、ここまで一人の少年の運命をくるわせてしまったことについて責任が持てるのだろうか。それともいっそ詐欺師《さぎし》冥利《みようり》に尽きるのだろうか。

「……それにしても、刀まで通信販売だなんて……いやでも、まさか」

　どうにも確かめずにはいられない疑念に駆られて、ロックは遠慮しいしい、シャドーファルコンに伺いを立てた。

「いいかな？　その、もし構わないようなら、あの刀を見てみたいんだけど」

　忍者はしばし考え込んだ後、ロックを信用に値すると見なしたか、頷《うなず》いて刀掛に預けてあった忍者刀を手に取った。

「極めて危険な刀ゆえ、扱いには充分ご注意召されよ」

　念を押されたロックは、生唾《なまつば》を飲み込みながら、差し出された刀の鯉口《こいくち》を切る。

　──刀身は、確かに念入りに手入れされているのだろうが、いかに曇り一つなく磨き上げようと、幾多の命を奪ってきた刃には、拭《ぬぐ》っただけでは消しきれない血臭の残滓《ざんし》が残る。まさにその刀がそうだった。思った通りの真相に、しばしロックは言葉を失う。

「……あんた、いつも人を殺すのに、この刀を？」

「左様。『イザヨイ・エッジNo．108』──刀匠《とうしよう》タナカ＝サンの怨霊《おんりよう》が込められた、恐ろしい魔剣だ」

本当に、つくづく恐ろしいとロックは痛感した。こんな刀で何人も殺人をこなしてきたなんて。――ただのジュラルミンの模造刀なのに。

「刃に宿る怨霊のパワーで、ただ斬っただけで傷口が無惨に破裂する。まだ未熟なころはパワーを使いこなせず、一〇七本も折ってしまった」

どう考えても彼は相手を斬ったのではなく力任せに撲殺していただけの話なのだが、流石《さすが》にもうツッコむ気にもなれなかった。一〇八本もの刀に怨霊を込めまくった刀匠についても、お疲れ様でしたと言う外《ほか》ない。

「じゃあ、あんたはその刀で張《チャン》さんを殴――斬る気でいるのか？」

ロックが訊《き》くと、シャドーファルコンはかぶりを振って『イザヨイエッジ』を刀掛に戻す。

「張の牙城《がじょう》は極めて堅牢。刀を持ち込むのは不可能だ。故に幻惑の術をもって忍び込む」

「げ、幻惑？」

「貴殿、ロックと呼ばれていたが、本名は？」

改まってそう問われ、ロックは答えていいのかどうか熟考する間もなく返答してしまった。

「緑郎《ろくろう》……岡島《おかじま》緑郎だけど、何で？」

「ロクロー殿、張 維 新《チャンウァイサン》を討つにあたって、貴殿の顔と名前を拝借したい」

「ええっ⁉」

慌てるロックを、シャドーファルコンが手で制する。

「あくまでひとときの話。事後に貴殿が濡れ衣を着せられるようなことはないと約束する。船での会話から察するに、貴殿は張維新と懇意な間柄であると見た。故に貴殿の変装を以て張に接近すれば、見張りの目も欺《あざむ》ける。……その間、貴殿にはここで大人しくしていてもらう」

「……」

始めにファルコンが言っていた〝指示に従え〟というのは、つまりこのことだったのか。だが仮にも囚《とら》われの身である以上、拒否できる立場でもない。

このシャドーファルコンと名乗る危険人物なんだか面白変態なんだか判別しようもない男が、はたして張と三合会《トライアド》にとってどれほどの脅威になるのか、ロックにはもう見当もつかなかったが、あとはもう張が油断せずに対処してくれることに望みを託すしかない。

「でも、俺に成り済ますなんて……できるのか？　そんなこと」

「虚と実の変幻を自在とするのがニンジャの極意。忍法『映《うつ》し身《み》の術』を以てすれば造作なきこと」

そう不敵に嘯《うそぶ》きながら、シャドーファルコンはせっせと衣装やメイク道具の準備を始めた。

——一時間後。

鏡の中の己の姿を検証し、忍者は満足げに頷《うなず》いた。

「完璧だ」

「……」

もはやロックには返す言葉もなかった。

休
枝

#5

チャルクワン通り、トカイーナ・ホテル。薄い壁越しに朝市の賑《にぎ》わいを耳にして、ジェイクは爽快《そうかい》な目覚めを迎えた。

『赤毛女』の招待で宿泊できたサンカン・パレス・ホテルと比べてしまうには酷に過ぎる木賃宿である。固く黴《かび》臭いマットレスも、生温《なまぬる》いシャワーも、普段のジェイクなら我慢ならない代《しろ》物《もの》だったが、今朝に限ってはそう気に障るものでもない。

たとえ報酬が高額でも、裏の事情が臭う契約というやつはストレスを伴うものだ。その縛りから解かれた解放感はひとしおだった。得体《えたい》の知れない棋士によって盤上を右に左に翻弄《ほんろう》される毎日は終わった。今日からはジェイク自身の判断とプランに基づいて、道を切り開いていくことになる。

とりあえず、まずはこのロアナプラという街の実情をもっとよく把握するところから始めるべきだ。ジェイクの人相を完全に把握しているのはまだラグーン商会の連中だけだし、たとえ三合会《トライアド》の殺し屋に手配が及んでいるとしても、人相書き程度が関の山だろう。ちょっと変装に気を遣えば、外を出歩いても支障はあるまい。

　これだけ命の安い街なら、命知らずの鉄砲玉も二束三文で雇えるはずだ。そうやって手駒を揃える算段がついたら、再びあの小生意気な〝二挺拳銃《トゥーハンド》〟に満を持して挑めるというわけだ。今度はもっと周到な段取りであの雌猫《めすねこ》を狩り立て、選択の余地がなくなるまで追い詰めよう。

ただしコンビ結成についてはもう楽観はするまい。最悪の場合はいつも通りに死体写真の方向で。だがあそこまで煽《あお》ってしまったサイト閲覧者たちを満足させるには、いっそ金で雇える変態を捜して屍姦《しかん》イベントでも収録するべきだろうか。

　はてさて、ＢＢＳを席巻した『トゥーハンドＲ萌え』の旋風は、一夜明けてどうなっていることか。ジェイクは朝食の算段もそこそこに、自らのサイトをチェックしはじめた。

トップページを開いた途端、予想を大幅に超えて鰻登《うなぎのぼ》りを示しているアクセスカウンターにやや驚く。更新直後の伸びがさらに加速度的に増している。今までにはなかった現象だ。口コミの連鎖が爆発的に拡がったのだろうか。

「……ん？」

　そこではたと、違和感に気付く。

　更新履歴の日付が今日になっていた。前回の更新で誤記でもしたのかと思ったが、その一行下の項目にはちゃんと正しい更新日時が載っている。

　今朝の午前二時――サイト運営者であるジェイクにすら身に憶《おぼ》えのない〝新着日記〟の記

述がある。

「こりゃ一体……あああッ!?」

リンク先をクリックしたジェイクは、そこで驚愕《きょうがく》のあまりに悲鳴を上げた。

まず真っ先に目に入ったのは、扇情《せんじょう》的なポルノ画像——とんでもなく妖艶《ようえん》なレザーのボンテージに身を包んだ美女が、蕩《とろ》けるほどに嗜虐《しぎゃく》的な笑みで、鞭《むち》を振りかざしながら舌なめずりをしている。彼女のブーツのピンヒールで無惨に踏みにじられているのは、まるで全身が弛《たる》んだ脂肪の塊《かたまり》のような、見苦しいにも程がある巨漢の中年男だった。

女は——レヴィだ。間違いない。持ち前の強気な美貌が、蠱惑《こわく》的な化粧のせいでさらにサディスティックな華を咲かせている。ポージングといい表情といい、本職のSM嬢も顔負けの貫禄《かんろく》だ。これはもはや天性の素質ではあるまいか。

だが、踏まれているM男は?

画像はスクロールすればするほど続々と現れる。バラ鞭、乗馬鞭、スパンキングに蠟燭《ろうそく》と次々に得物を持ち替えながら、水を得た魚のように嬉々《きき》として折檻《せっかん》の限りを尽くす女王レヴィ。ロープで、シャックルで、クリップで痛めつけられ、ボールギャグを嵌《は》められた口から悶《もん》絶《ぜつ》の呻《うめ》きを漏《も》らしつつ、滝のような汗を滴《したた》らせている肥満男。そして、手錠を嵌められたその両手が固く握りしめているのは——クロームメッキの銀に輝く自動拳銃。いまジェイクの懐《ふところ》に収まっている『UCカスタム』と、寸分違《すんぶんたが》わぬ代物《しろもの》だった。

そしてようやく、ジェイクは画像の合間合間に挿入された、日記のテキストに気がついた。

――コンニチワ、ボク、アルティメイトクールＪです。今日はみんなにとても重大なお知らせがあります。

究極のクールって何だろう？　って探してきたボクですが、今夜、ようやくその答えが見つかりました。

それは自分を偽《いつわ》らないこと。醜い豚のようなボクの真実の姿を、世界中のみんなにさらけ出すことだったんです。ボクの新しいご主人様、トゥーハンドクイーンがそれを教えてくれたんです。彼女に詰《なじ》られ、踏まれ、鞭《むち》打たれるたびに、偽りの自分の殻が剝《は》がれ落ち、本当のボクが露わになっていったのです。ああ、なんていう、カ・イ・カ・ン……

もう究極とかクールとかどうでも良くなっちゃいました。だからＵＣＪは生まれ変わります。今日からはＵｇｌｙ《醜悪》でＣｏｗａｒｄ《臆病》な『Ｊ』なのです。さよならＵＣＪ。こんにちはＵＣＪ。これから毎晩、ボクは痛みと恥辱のエクスタシーに啼《な》いて悦びながら最高に素敵な日々を送るのです。

ボクの新しい誕生日を記念して、これまで秘密にしてきたボクの姿をぜんぶここに載せちゃいます。これでまた、新しいお友達が増えるといいな。これからもみんなのネットアイドル、ＵＣＪをよろしくネ☆

そして日記の最後は、レヴィが満面の笑顔をカメラに向けながら、UCカスタムの銃身を肥満男の尻の穴に深々と挿《さ》し込んでいる画像で締めくくられていた。

「――あ、あ……」

しばらくジェイクは茫然自失のまま、ただひたすらブラウザのリロードを繰り返し、彼のサイトが正常に戻るのを期待した。だがいくら繰り返そうと、『Deadly Biz』のコンテンツは無惨に変容したままだ。やがてようやく思考力の欠片《かけら》を取り戻したジェイクは、サーバのデータが改竄《かいざん》されているのだと正しく理解した。

「な、なんてことを……」

恐怖と怒りが、錯乱したジェイクの頭をさらに散々に掻《か》き乱す。これは悪質なサイバーテロだ。スーパーハッカーの仕業《しわざ》だ。ジェイクの人気を妬《ねた》む何者かが、卑劣きわまりない罠《わな》を仕掛けてきたのだ。

慌ててFTPソフトを起動させ、改竄されたページを削除しようとする。だがサーバーがアクセスを受け付けない。立て続けに出現するエラーメッセージ。――『パスワードが違います』

「くそッ……くそッ!!」

アクセス権まで書き替えられている。既にジェイクは彼自身のサイトに手を触れることさえできない。このままではジェイクの名声は、悪意の第三者の為すがままだ。

常連のファンたちに警告しなければならない。騙《だま》されるなと。真実に目を向けろと。まずは

ＢＢＳに管理者本人として書き込み、事態の真相を説明しなければ。

——果たして、掲示板の書き込みは既にログを追うことすら不可能なほど膨れ上がっていた。

＞Techichi：何ぁのキモいデブ？　あれが本当に『J』なの？
＞Savage-X：間違いねェだろ。だってUCカスタム持ってるし。正直、幻滅した。こんなクソ変態に騙されてたと思うと虫酸《むしず》が走る
＞Zastava：あのビジュアルで今までクールとか何とかほざいてたのかと思うと、怒るの通り越して笑えてくるよな。殺された奴らが不憫《ふびん》で仕方ない
＞Sgt.Frog：ここの紹介でパーツ揃えたカスタムガンは捨てるよ。もうシューティングレンジにも行くのもやめる。あーあ、最悪

まずい。完全にサイト訪問者たちは乗せられている。もはやジェイクがＵＣＪ本人として降臨できる空気ではない。

焦りに爪《つめ》を噛《か》みながら、仕方なくジェイクは次善策として、他人を装っての書き込みを決意した。かくなる上は自作自演もやむを得ない。

＞IloveJ：オマエら踊らされすぎだ。こんなのインチキに決まってる。きっとJを陥れようとしてる誰かの罠《わな》だ。こんなときにJを信じてやれなくて、それでもファンか？

取り敢《あ》えず流れを変えようと、まずは無難な記述をしてから書き込みボタンをクリック。だが記入が掲示板に反映された直後、怒濤《どとう》のようなレスが後に続く。

＞Madidi：何これ？　新手の釣り？

＞bigdoop：ファンて、ちょ、おまｗｗ痛すぎるぞコイツ

＞Electric-Com：きっとUCカスタムのレプリカ作って自慢しまくってた連中の一人だろ。後に退《ひ》けないいんだよ。可哀相に

「くッ……」

負けられない。ここで挫《くじ》けたら後がない。額に脂汗を滲《にじ》ませつつ、ジェイクはさらにレスを返す。

＞IloveJ：こんなの陰謀に決まってる。だって日記の文体なんか明らかに別人じゃないか。騙《だま》されるなんて馬鹿すぎる。ぜんぜんクールじゃねえぞオマエら

＞Wzombie：あーはいはい陰謀ね。たしかにルーズベルトは真珠湾攻撃のこと知ってたし、アポロも月なんか行ってないもんね。オーケイ。よく解ったからもう帰れ
＞FKKmaster：俺はむしろJに惚《ほ》れ直したね。このサイトの今後に大期待。どんな変態ぶりを見せてくれるのか楽しみだ
＞Jason13：これはこれで、いやむしろイイ！
＞spookydog：俺とプレイしようUCJ。今夜ティファナの『ナイスガイ・クラブ』で待っている。真に醜い豚が誰か教えてあげる
＞Swaggar：むしろトゥーハンドクイーンが最高すぎる件について
＞masamichi：早速だがアップローダーにアイコラを上げたぜ兄弟
＞xXsteelCommanderXx：神　降　臨　！

「……」

ジェイクの必死の訴えなど完全に眼中にないまま、話題は白熱し、書き込みは続々と増えてウィンドウを埋め尽くしていく。もはやサイトがまだ正常だったころの声援や賛辞のコメントは怒濤の新着に押し流されて、過去ログですら遡《さかのぼ》れない。

キーボードの上で指を硬直させたきり、もうジェイクは身じろぎひとつできずにいた。世界中からの見えざるアクセスで、次から次へと書き連ねられていく侮蔑と罵倒《ばとう》のテキスト。その

すべてがアルティメイトクール『J』を嘲《あざけ》り、嫌悪し、冗談のネタにしてさらなる失笑を連鎖させている。彼らにとって『J』とはもう、あの肥満した汗まみれのマゾ男でしかない。ジェイクが今日まで培《つちか》ってきた自らのキャラクターイメージは、僅《わず》か一夜で再起不能なまでに破壊されてしまったのだ。

「俺は……」

虚《うつ》ろに呟《つぶや》きながら、ジェイクはただひたすらサイトのリロードを繰り返す。それ以外に何をすればいいのか解《わか》らない。

何度目かのリロードで、トップページがマゾ男優画像のＧＩＦアニメーション版に変更された。カタカタと尻を振りながら豚の鳴き声を上げている。アクセス権を奪取した何者かによる更新は今なお続いているのだ。そして新たな話題を投下されたＢＢＳがまた熱狂の度を増していく。アクセスカウンターは天井知らずの勢いで増えていく。

「……俺は……」

よろめきながらも立ち上がり、ジェイクはふらふらと洗面台の前に立って、鏡の中に映る像を凝視《ぎょうし》した。

ヴォンジッパー・ブルックリンとニューエラのＢＢキャップ、耳を飾る極太のシルバーアクセ。常に流行の最先端を自負して拘《こだわ》ってきた装身具。究極にクールな『J』を演じ続ける上でのテンションとして、それらは必要不可欠だった。だが彼が創作した『J』はもういない。

その存在は、見えざる悪意によって捏造《ねつぞう》された醜《U》く臆《C》病な『J』によって上書きされてしまった。彼のサイトを乗っ取って行われた行為は、紛れもない殺人だったのだ。フィクションを肉とし、名声を魂《たましい》として存在していた人物を、別のフィクションが殺したのだ。

　ジェイクは、もはや死者のものでしかないサングラスと帽子をむしり取り、改めて鏡に見入った。そこに映る顔は誰なのか――もはやジェイク自身にも自信がない。世界中にいたアルティメイトクール『J』のファンたちも、こんな顔をした男は知らない。彼らが知っているのは醜く臆病な『J』の肥満体だ。そしてその齟齬《そご》を今から埋めようと思うなら……ジェイクは口にボールギャグを嵌《は》め、目隠しをして床に這《は》い蹲《つくば》るしかない。

　窓の外のチャルクワン通りの喧噪《けんそう》が、どこか果てしなく遠い世界の音のように聞こえた。洗面台の鏡も、テーブルの上のラップトップも、そして四方を囲む壁紙さえも、すべてが遠い。ジェイクは今さらのように、そこに自分という存在の居場所がないことに気がついた。

「そんな……俺は……嘘《うそ》だろ……？」

　ぶつぶつと譫言《うわごと》を呟《つぶや》きながら、ジェイクはもつれる足でモーテルの部屋を出た。こんな虚ろな場所にはいられない。もっと賑《にぎ》やかな場所に出なければ。音が欲しい。景色が欲しい。この自分を包み込んでくれる何かが、その感触が必要だ。

蒸しきった日差しに炙《あぶ》られながら、あてどなく市場の中を歩く。

擦《す》れ違う無数の顔。顔。顔——誰もジェイクを見ていない。誰一人としてジェイクのことを知らない。みな自らの人生に没頭するあまり、すぐ目の前にいるジェイクを見もしない。ただ通り道を塞《ふさ》ぐ邪魔者として、目も合わせずに避けて通るだけ。ただの野良犬のように、嫌それ以下の、路傍《ろぼう》の石と同然に。

この俺が『ＵＣＪ』なんだと、声を大にしてそう叫べば、彼らとて振り向いてくれるかもしれない。そして蔑みと嘲《あざけ》りの眼差しでジェイクを見るだろう。あいつが噂の醜くて臆病なマゾ豚だ、と——

いったい今日まで、何をしてきたのか——

今こんな場所で何をしているのか——

あと一歩進めばそれを思い出せるのではないかと、そんな儚《はかな》い望みさえ懐《いだ》きながら、ジェイクはただ歩き続けた。前も見ずに、ただ足下だけを見つめて、ありもしない答えを探し求めながら。

じりじりと照りつける日差し。滴《したた》り落ちる汗の不快感。それすらも今では他人事のようだ。いま自分は本当に此処《ここ》に居るのか？　どうすればそれを確かめられるのか？　誰も彼を彼だと請け合ってくれない。奪われた居場所の在処《ありか》を、誰も彼に教えてくれない。

ただ闇雲に歩くうちに、やがて周囲の状況に意識を払うことさえ忘れていた。いつしか人いきれも何もない、完全な静寂の中に佇《たたず》んでいる自分に気がついて、はたとジェイクは顔を上げる。

とうに繁華街を抜け、そのままスラムすら素通りしてしまっていたらしい。彼が立っていたのは完全な街外れの、誰も立ち寄ることのない忘却の場所だった。

辺り一面に、彼を取り囲んで散在する十字架と石の墓碑。

もはや墓守の姿さえないそこは、遠い昔に見捨てられたとおぼしい墓地だった。どの碑銘も風雨に晒《さら》される歳月のうちに擦《かす》れてぼやけ、無縁仏も同然の寂《さび》れようを呈している。

「——へえ、誂《あつら》え向きの場所を選んだじゃねェか」

背後からかけられた声に、ジェイクは驚いて振り向いた。

照りつける日差しが生んだ陽炎《かげろう》の中、彼女はまるで明晰夢《めいせきむ》の光景を食い破りにかかった現実《リアル》の感触のように、くっきりと黒い影を大地に刻んでそこに立っていた。

「そうだよな。ケリをつけようと思うなら、この場所に如《し》くは無《ね》ェ。お前もようやく名前の通りに、究極に粋《いき》な計らいを見せたってわけだ。なあ？　アルティメイトクールさんよ」

ジェイクは最初、なぜその女がそこに立っているのか事情が理解できなかった。

街中を彷徨《さまよ》い歩いていたジェイクの姿を見かけて、ここまで後を付けてきたのだろう。が、そんな理屈が問題なのではない。なぜＵＣＪという存在が消滅した今になってまで、なおも彼女がジェイクの前に立ちはだかるのか、彼は本気でその因果に理解が及ばなかったのだ。

だが、錯乱しきっていた思考もやがて、当然すぎる答えに帰結する。——レヴィにとってジェイクは、今でもなおまだ昨日までと変わらぬジェイクなのだ。意地と沽券《こけん》を賭《か》けて闘争するべき怨敵《おんてき》。銃弾でしか互いの立場を通せない不倶戴天《ふぐたいてん》の敵なのだ。

そんな、無茶な——そうは思っても、ジェイクは自らの失意の有様をどうレヴィに説明していいか判らない。『あんたと殺し合いをするべき俺は消えてしまったんだ』と話しても、レヴィは理解すらするまい。交渉不能——その意味で相手は鮫《さめ》や猛獣と同義の存在だ。

もはやジェイクには、黒々と地に落ちる彼女の影法師が、まるで黄泉《よみ》の国へと通じる奈落《ならく》のように思えてきた。それほどに、眩《まばゆ》い午前の日差しの中に佇《たたず》むその姿は不吉であった。

「あんた——俺を、殺すのか？」

「さて、どうだかな。テメェがそうやってブルって縮こまったままなら、もちろん確実にそうなるが——」

擦《かす》れた声で問うたジェイクに、レヴィはソード・カトラスを手慰みに指先でスピンさせながら、他人事のように素っ気なく語る。

「——それとも、ひょっとしたら死ぬのはあたしかもしれないぜ。テメェだってその懐《ふところ》に、あのご自慢の銃があるんだろ。あたしだって自分が不死身だと思い込むほど馬鹿じゃねえ。テメェの四五口径が背骨に沿った何処《どこ》かに当たれば、あたしだって御陀仏《おだぶつ》だ。そのときゃ、生きて立ってるのはテメェの方だろうさ」

「……」

指摘された通り、たしかにジェイクの脇の下のホルスターには今も、かつて手塩にかけてカスタマイズした拳銃が収まっている。だがそれを抜いて使うという発想自体が、今のジェイクからは欠落していた。

何故そんな恐ろしいことを？　この銃で人を撃ったところで、もう誰にも自慢できないというのに――

「良し。ちゃんと幕引きの場所を選んだご褒美だ。ちょいと遊んでやろうじゃねえか」

肉食獣を思わせる笑みでそう嘯《うそぶ》いて、レヴィは手にしていた拳銃をジェイクに向けるのではなく、ホルスターへと戻してしまった。が、安全装置《デコッキングレバー》には触れもせず、撃鉄は起こしたままだ。

「――さあ、先に抜けよ。いつでもいいぜ」

その意図するところを理解して、ジェイクは戦慄《せんりつ》に身を凍らせる。

この女――決闘しようというのだ。時代遅れの映画のように。子供の玩具《オモチャ》遊びのように。早撃ちの手際を競うためだけに、互いの命を賭け金にしようというのだ。

「な、何だよ、それ……ワケが解らねェ！　何考えてんだよ!?」

ジェイクにとってその提案は、ある意味では、ただ無抵抗なまま撃ち殺される以上に残忍な仕打ちであった。矜持《プライド》も意気《ガッツ》も全て砕かれてしまった後で、なお戦えと強いられたのだ。それは電気椅子のスイッチを自ら押せという要求だ。己を吊るすための縄を、自分で梁《はり》に結んでこいというのだ。

「何でだよ!? そ、そんなことに何の意味が……なんであんた、死にかけてまで俺を殺すんだよ!?」

「ヘイ、ヘイ。あたしをガッカリさせるなよ。折角の〝ご褒美〟が台無しじゃねえか」

ジェイクの狂乱を涼しい顔で笑い飛ばして、レヴィは双眸《そうぼう》に奈落《ならく》の闇を覗《のぞ》かせる。

「だいたい〝意味〟って何だ? 今ここで銃を抜くことの他に、テメェの人生に〝意味〟なんてあるのか? 飯喰って糞《くそ》して寝て起きて、その憂《う》さ晴《ば》らしに酒飲んでファックして、あとは? そのどっかに意味なんていう結構なもんが挟まってるとでも思うのか? おめでたいぜ、ボケナス。命に意味があるとしたら、それは死にかける間際で拾ったときぐらいなもんだ」

ジェイクは返す言葉もなく、目の前で笑う死神を呆然《ぼうぜん》と眺めた。

「あたしらは拳銃遣《ガンスリンガー》いだろうが。安い命の重みを量《はか》るなら、今このときしか他にねェ。だからよ、テメェのその命に意味をくれてやる。覚醒剤《スピード》をキメるよりハイになれるぜ。死ぬか生きるかの瀬戸際ってヤツは!」

こんな女を――かつて自分は、遊び半分でからかおうとしていたのだ。こいつは山猫なんかじゃない。猛獣なんぞよりなお始末が悪い。どんなケダモノだって戯れで死のうとしたりはしない。

ジェイクは周囲を見渡す。二人の対決を見守る者など一人としていない。どんな勇気も、矜持《きょうじ》も、ここで讃《たた》えられることはない。この決闘は誰に語り継がれることもないだろう。こんな場所で命を落とすのは、まさに無に帰すのと同じ——誰に顧みられることもなく、ただ、消えていくだけだ。

「……嫌だ、俺は……」

周囲に並ぶ碑銘さえ読めぬ墓標たちにおののいて、ジェイクは涙声で呟《つぶや》いた。

「……俺は……こんな場所で……誰にも知られずに死ぬなんて……そんなの、何も残らない！　ただの無じゃないかッ」

「そうだよ。無なんだよ」

レヴィは頷《うなず》いて、虚《うつ》ろな声で嘯《うそぶ》く。まるで周囲の墓石の声を代弁するかのように。

「それが嫌なら吼えてみろ。その銃で、このクソッタレな世界に向けて『今ここにいるぞ』と吼《ほ》えてみろ。ソレが拳銃遣い《ガンスリンガー》の流儀だ。誰かの命を撃ち抜いて、自分の命を拾うのさ。あたしらのこのクソクダラネェ人生も、その瞬間にだけは意味がある」

「——ッ」

今ようやく、ジェイクは肩に吊ったホルスターの存在感を意識した。そこにある鋼《はがね》の塊《かたまり》は、或いは——命などという無形のモノよりも、ずっと確かな重みがあるのではないか。

「ジェイク、テメェは性根こそ腐っちゃいるが銃の腕前は悪くない。一昨日の手品もそうだし、昨日だって助っ人が来るまであたしの弾を凌《しの》いでのけた。テメェの銃は伊達じゃねえ。そいつはこの街で一番価値のあることだ。アルティメイトなんたらとかいう幽霊《ゆうれい》なんかよりよっぽど大事なことなのさ」

レヴィの右手は、ホルスターの銃把《じゅうは》へと跳ぶべき必殺の瞬間を見計らい、まるで鎌首をもたげた蛇《へび》のように宙に浮いている。そして彼女はもう一方の左手で、ジェイクを誘い、差し招く。

「さあ、踊ろうぜベイビィ。本当の人生を教えてやるよ。ようこそロアナプラへ。歓迎するぜ」

千々《ちぢ》に乱れていたジェイクの思考が、このとき、ようやく焦点と距離感を取り戻した。

銃の腕——そう、それだけは誰も及ばないと自負していた。ただそれだけでもスターになれると。なぜ忘れかけていたのだろうか。足がかりにしていたモノは、たったひとつ、それだけだったのに。

そうだ、自分は何を喪《うしな》ったわけでもない。

彼を褒め称えるファンの声援もなく、アクセスカウンターが語る視聴率もない。だが——銃を握る掌《てのひら》が、銃爪《ひきがね》を引く指が、ここにある。この手に極めた射撃の技を、彼は忘れたわけではない。

そうだ。思い知らせよう。証明しよう。誰にでもなく、この空《から》っぽな世界に向けて。この俺こそが最強のガンマンだと、雄叫《おたけ》びを上げて知らしめるのだ。

「レヴィ……」

全身全霊を傾けて、ジェイクは眼前に立ちはだかる敵を凝視《ぎょうし》した。その呼吸を、その視線を、その集中力の隙を見計らう。彼女が反射を誤るタイミング、先手のこちらが確実に勝機を摑《つか》める瞬間を。

叫びを放つのは、ただ独り。沈黙した方は地に伏すのみ。

電気椅子のスイッチが指先にある。首吊り縄の肌触りを感じる。

下肢の重心は銃の反動のためだけに。腕の筋肉は神速の抜き撃ちのためだけに。見開かれた双眸《そうぼう》は必殺の照準のためだけに——総身の全てが、今この対決のために動員されていた。

背筋を駆け巡る戦慄《せんりつ》の感触。心臓が高鳴る。頭の芯が痺《しび》れる。

この命を、自分自身の存在を、かつてこれほど鮮烈に感じ取ったことがあっただろうか？

もはや銃の一部と化した魂《たましい》が、運命のときを告げる。——今だ、と。

迷いもなく、怯《おび》えもなく、ホルスターの銃把に手を伸ばす。その一瞬、その刹那《せつな》に、ジェイクは一生涯ぶんの人生を生きた。今日まで費やしてきたすべての時が、この瞬間のためだけにあったかのように。

熱く蒸した蒼穹《そうきゅう》の下で、銃声が轟《とどろ》き渡る。

激しい衝撃とともにその残響を聞きながら、ジェイクは他愛もない感想を懐《いだ》いた。

やはり9㎜の銃声は、素っ気なくて好きじゃない。

彼の好みは四五口径。重くパワフルなあの轟音《ごうおん》だ……

――アディオス、ピストレーロ。最後はイイ面構《つらがま》えだったじゃねえか――

闇に沈んでいく意識の中で、誰かがそう呼びかけてくるのを聞いた。

ハスキーで、ちょっと煙草《たばこ》と酒に焼けた感じがそそる声。

はたしてあれは誰だったか――もう思い出せない。よくわからない。

ともあれ、声だけでも惚《ほ》れてしまいそうだった。きっとそいつは、さぞやキュートな女だったに違いない。

◇

悪の牙城《がじょう》、熱河電影公司《イツホウデインインゴンシ》ビルの門前に立ち、シャドーファルコンは張維新《チヤンウアイサン》が潜むであろう最上階の窓を見上げていた。

戦いは、ついに終局を迎える。ここから先は寸分の気の緩みも死に繋《つな》がろう。だが闘志を面《おもて》に出すのもまた禁物だ。今の彼は闇に潜む影ではなく、ロクロー・オカジマとして陽光の下に立っている。あの穏和で知的な日本人の物腰を完全に真似て、対面する者すべての目を欺《あざむ》き通さなくてはならない。

意を以て形と為すべし——神秘の真言を口の中で呟《つぶや》きながら、シャドーファルコンはゆっくりとロビーへと踏み込んだ。

素早く視線を巡らせて、中にいる人員とその配置を把握する。目に付く場所に制服姿の警備員が二人。さらに黒スーツ姿の用心棒が来客用ソファに三人。受付嬢二人も首筋の力の入り具合で武器を携行しているものと見て取れた。さらに天井には監視カメラ二台、各々が死角を補う角度で設置されている。

水も漏らさぬ警備態勢。だが今のシャドーファルコンの変装もまた万全である。現にロビーに入ってきた彼の姿を目にした途端、居合わす全員が一斉に表情を和《なご》ませた。明らかに親しい知人に対する反応だ。

まずは第一印象という最初の難関を突破したことで変装の成果を確かめたファルコンは、次なる試練となる受付嬢の攻略にかかった。アポなしの来訪をいかにして納得させるか、巧みな弁術が要求される。

「ドウモ。ロクロー・オカジマデス。ドウモ。ドウモ」

日本人のフォーマルアクション、幾度も腰を深々と折る〝お辞儀〟を繰り返しながら、シャ

ドーファルコンは気さくに受付嬢に声をかけた。すると彼女は途端に晴れやかな笑顔で頷《うなず》いて、

「あー、はいはい。張《チャン》さんなら社長室でお待ちですので。奥のエレベーターから最上階へどうぞ」

そう親愛の情に声を弾ませて、用件すら確認せずに立ち入りを許可してくれた。

「――ドウモアリガトウ」

何食わぬ顔でエレベーターへと向かいながら、シャドーファルコンは予期せぬ展開に内心で驚いていた。ロクロー氏が張と懇意であろうという読みは的を射たわけだが、それどころか彼は受付を顔パスで通過できるほど、家族も同然の扱いを受けているらしい。やはりあの日本人の人徳は並々ならぬものがある。

――実は、知らぬはファルコンばかりであったが、今日この熱河電影公司《イツホウデインインゴンシ》ビルに詰めている人員の全員が、張じきじきに『露骨に怪しすぎる変人が来たら何も訊《き》かずに社長室まで通せ』という指令を受けていた。珍妙な扮装《ふんそう》をした大男がビルの玄関口に近づいてきた時点で、カメラを監視していた詰め所の人間から『何かソレっぽいのが来た』と全員のレシーバーに通達が行き渡っていたのである。

エレベーターに乗り込み、扉が閉まる間際に、ファルコンはロビーにいた人々が一斉に爆笑しはじめるのを聞き咎《とが》め、改めてロクロー氏は人気者なのだなと感服した。こうも皆から慕われている人物を奸計《かんけい》の道具として利用することには心が痛んだが、しかし忍《しのび》の使命は非情なる

ものである。悪の巨魁《きょかい》、張維新《チャンウァイサン》を討ち取るまでは、ファルコンもまた心を鬼にして臨まねばならないのだ。

感慨に耽《ふけ》るシャドーファルコンを乗せたまま、エレベーターは滞りなく高みへと駆け上り、ついに最上階に到着して止まる。最上階のフロアは社長室と重役会議室に二分されており、廊下の代わりにエレベーターホールだけが設《しつら》えられている。無意味に広いその空間は、有事にはバリケードを築いて外敵に応戦するためのものと見受けられた。果たしてホールにはサブマシンガンで武装した五人の用心棒が待機していたが、いずれもファルコンを一目見た途端「や、やあロック。……ぷぷッ」と楽しげに破顔する。

ドウモ。ドウモ。ロクローデスとお辞儀を連発しながら、ファルコンは社長室の扉に向かう。傍らに控えていた黒服の一人がインターホンを鳴らし、「大哥《アニキ》、ええと、ロクローさんがお見えです。……ククク ッ」と笑顔で取り次いでくれた。

『ああ、入ってくれ』

危ぶむことなく応じる声。そしてついに、シャドーファルコンの前で最後の扉が開放される。

家具から照明に至るまで、あらゆる調度に一級品を揃えておきながら、決して品位を落とすことなく完璧な調和が保たれた、そこは見事な空間だった。眼下にロアナプラの景観を一望するソファには、一人の伊達男《だておとこ》が片手にウィスキーグラスを弄《もてあそ》びながら寛《くつろ》いでいる。張維新まさにその人だった。緩みきった姿勢にも拘《かか》わらず、ファルコンはその居住まいに匂い立つかのような威厳と風格を感じ取っていた。まさに一大組織の長たるに相応《ふさわ》しい人物だ。

「ドウモ。ドウモ。ロクローデスー――」

慌てることなくゆっくりと歩を進めながら、慎重に周囲の気配を探る。隠れ潜んでいる護衛は――いない。ここは密室。まさに暗殺に絶好のチャンスである。扉の外に控えている護衛たちに気取られぬよう、一切の音を立てずに一撃で仕留めれば、この任務は完了だ。

近づいてくるファルコンを楽しげに眺めながら、張は手にしたグラスを掲げて歓迎の意を示す。

「やあ、良く来たなロック――いや、甲賀デスシャドーの戦士よ」

「……ッ!?」

驚愕《きょうがく》が全身を駆け抜けた。が、それでもファルコンは身を強張《こわば》らせることなく、その場を飛び退《の》いて距離を置き、ベルトのバックルに仕込んであった十字手裏剣《じゅうじしゅりけん》を手にとって身構える。

とはいえ、脳裏を渦巻く驚きと疑念は鎮《しず》めようがなかった。受付嬢も護衛たちも、一人として見破ることが叶《かな》わなかった変装が、なぜ張には一目で看破されたのか？

決して面《おもて》には表わさなかったはずのその動揺を、だが全て見透かすかのように張は悠然と含み笑いを漏らして、ファルコンの疑念の一つに答えを示す。

「此処《ここ》まで辿《たど》り着いたことは褒めてやる。だが惜しかったな『シャドーファルコン』……いかな忍者の変装も、同じ忍者だけは欺けないい」

「何ッ!?」

張《チャン》が口にした回答は、より一層ファルコンを驚かせるものだった。

「貴様は——いったい何者だ!?　なぜ拙者《せっしゃ》のシャドーネームを知っている!?」

「フフ、それは難しい問いだ。俺には幾つもの顔があるからな」

謎《なぞ》めいた笑みを浮かべつつ、張はグラスを卓に置いて立ち上がる。

「あるときは『熱河電影公司《イツホウディインインゴンシ》』の社長マイク＝チャン。またあるときは三合会《トライアド》・金義潘《カンイファン》の白《パク》紙扇《ツーシン》、張維新《ウァイサン》。而《しか》してその実体は……」

謳《うた》うように嘯《うそぶ》きながら、張が懐《ふところ》から取り出した品——漆黒《しっこく》に光る掌大《てのひらだい》の小箱を目にした途端、今度こそシャドーファルコンの総身を正真正銘の驚愕が打ちのめした。

「マ、『MASTER印籠《いんろう》』!?　で、ではまさか貴方《あなた》は!?」

「そう。甲賀デスシャドー流マスターNINJA、人呼んで『シャドードラゴン』とはこの俺のことだ」

MASTER印籠——ファルコンもO．M．C．のカタログでしか目にしたことがない。

それは全ての段位を極め、なおかつ限定グッズを含む全商品をコンプリートした者にのみ送付されるという激レアアイテム。多くの秘伝アイテムが絶版とされた今、その入手は絶望とされていた幻の品なのだ。

その威光に打ちのめされたシャドーファルコンは、即座に武器を収めてその場に土下座した。

「……まさか、このような形で先達《せんだつ》と巡り合うとは露知らず……数々のご無礼の程、どうか平にご容赦を」

「うむ。これもまた聖祖ケムマ＝キのお導きであろう」

デスシャドー流開祖の名を口にして、張維新――いやシャドードラゴンは厳かな面持ちで合掌《がっしょう》する。その恐れ多さに平伏しつつも、ファルコンはひとつの疑問を問わずにはいられなかった。

「し……しかしマスター、なぜもっと早く正体を教えてくれなかったのです？　拙者《せっしゃ》、御身《おんみ》のことを『悪の巨魁《きょかい》』と聞かされ、このような仕儀《しぎ》に……」

「ああ。お前が我らデスシャドー流の同士討ちを目論《もくろ》む悪の陰謀に利用されているのは判っていた。だが、これもまた忍《しのび》の道の試練であろうと俺は考えたのだ。共に極限の死線に立てば、あるいはお前の修行の成果を見極められるかもしれぬ、とな」

「何というお心遣い……」

その命を危うくしてまで示されたマスターＮＩＮＪＡの想いに、シャドーファルコンは滂沱《ぼうだ》の涙で床を濡らした。その様を見守りつつ、優しく頷《うなず》くシャドードラゴン。

「だが危険を冒しただけの甲斐はあった。お前は見事にこの俺の前にまで辿《たど》り着き、忍の極意《ごくい》を示したのだからな。……さあ立つのだシャドーファルコン。そしてこれを受け取れ」

顔を上げたファルコンは、マスターＮＩＮＪＡが差し出した一巻の巻物に目を奪われた。

「Oh、それはまさか……『免許皆伝《めんきよかいでん》スクロール』!?」

「今日この日の証《あかし》のために、これをお前に授ける。──マスターの名の許《もと》に、お前をデスシャドー流上忍《グレーターNINJA》として認定しよう」

「ははーッ！」

感激に身を震わせながら、シャドーファルコンは巻物を恭《うやうや》しく受け取った。これまたMASTER印籠《いんろう》には及ばずながらも入手至難の超レアグッズである。いつか手にする日を心待ちにして、苛烈《かれつ》なる修行に耐え抜いてきた日々が、今、ついに酬《むく》われたのだ。

「シャドーファルコン。お前に新たなる任務を与える。急ぎ香港《ホンコン》に渡り、我が師父『荘戴龍《ツウンダイロン》』を頼るがいい。そして大師の指示の元、かの地にて新たなる悪を討つのだ」

「御意《ぎょい》ッ！」

決然と頷くファルコンの、想いは既に海を渡っていた。

香港──ああ、香港！

かの伝説の不夜城にて、彼の忍道は新たなる局面を迎えるのだ。九龍《クーロン》城の闇が呼んでいる。ジャンクの帆を煽《あお》り潮風が啼《な》く。そこに潜むのは中華四千年の謎《なぞ》か？　はたまた本土返還を巡る国際的陰謀劇か？

いかな試練が待ち受けようと、心の刃が乱麻《らんま》を断ち、刃の心が真理を観る。何をか恐れん、影に生き影に滅するが天命なれば……

いざ、忍《しのび》の極意《ごくい》を胸に秘め——征《ゆ》け、シャドーファルコン！

戦え、シャドーファルコン！


「——ええ、そういう次第で、そちらに一人、なかなか見所のありそうな男を送らせて戴《いただ》きました。扱いにややコツが必要ですが、凶手としての腕前は保証します」

シャドーファルコンが感無量のうちに社長室を退出していった後、張《チャン》は早速、香港《ホンコン》に居を構える三合会《トライアド》の総主、荘戴龍に電話で一報を入れていた。

「そうですね、強いて弱点を上げるなら……変装しなきゃならないような仕事には不向きです。ともかく騙《だま》されやすいので、そこだけは目を配る必要がありますね。……はい、もうそちらに向かっていますので、あとは龍頭《ロンタアウ》のご裁量で如何様《いかよう》にも使ってもらえればと。……いえいえ、恐縮です。それでは」

電話を切ると、それまで物問いたげな面持ちで待ち構えていた彪如苑《ビウユユン》が、さっそく質問してきた。

「……大哥《アニキ》、本当に大丈夫なんですか？　あの男」

「ん？　いやだってあんな面白いヤツを野に置いとく手はないだろう。まあしばらくはシェンホアも収まりがつかんだろうし、ほとぼりが冷めるまで香港で預かってもらうしかないか」

張《チャン》は人材を登用する上で時々よくわからない茶目っ気を見せるため、副官の彪《ビワ》としてはいつも気が気ではない。とはいえ、その目にくるいがあった例《ため》しもまたないだけに、あまり強気で異を唱えることもできずにいる。

「しかし、何者だったんですか？　ヤツは……」

「まあそうだな、強いて言うならウチの〝お得意さん〟だ」

「はあ……？」

張はデスクの抽斗《ひきだし》に隠してあった小冊子を出して彪に示した。悪質通販ブランドO．M．C．によるインチキ忍術指南書――ただしボロボロになるまで熟読されたシャドーファルコンの秘蔵品とは異なり、つい数時間前に一読されただけのそれは真新しいままである。

「このOMCってのは、三合会《ウチ》のN．Y．《ニューヨーク》支部がやってるケチなシノギの一つでな。普段はミイラの粉とか清朝の媚薬《びやく》とか商ってるんだが、昔ブルース・リーの功夫《クンフー》ブームで大穴を当ててたんで、つい先ごろの忍者ブームでも似たような商品展開をしてたのさ。まあ俺も思い出すのにちょっと時間がかかったんだが」

手渡された小冊子をパラパラと捲《めく》って流し読みした彪は、そのあまりに酷《ひど》い内容に眉《まゆ》を顰《しか》める。

「で、験《ため》しに顧客名簿を洗ってみたら、いきなり本星《ホンボシ》だ。シャドーファルコンってハンドルネームで模造刀を一〇八本も買い込んでた馬鹿がいた。商品の企画と製作はマレーシアの玩具《がんぐ》工場でやっていたから、すぐさま特急便で在庫を色々と送ってもらって、後はさっき見ての通りだ。──フフン、マスターＮＩＮＪＡか〜。これでまた俺の新しい二つ名が巷《ちまた》に知れ渡るかもなあ」

「冗談は止《や》めてください」

心底嫌そうに言ってから、彪は小冊子を張のデスクに放り戻す。

「……まったく、こんな出鱈目《でたらめ》な本を手がかりに暗殺術を極めるなんて。世の武術家が聞いたら何を思うやら」

「まあ修行ってのは内容じゃなくて、それに臨む上での心の有り様次第ってことなんだろうさ。正しい教材ばかりが正解じゃない。たとえ嘘《うそ》や理不尽が相手でも、向き合う姿勢によっては真実が見えてくるのかもしれん」

見れば見るほどに造作の安っぽさが露見してくるプラスチック製の印籠《いんろう》をしんみりと眺めながら、張は嘆息しつつ語る。

「……深遠ですね」

「いやなに、極道稼業も似たようなモンじゃないか。悪も正義も見方によって千変万化だ。その辺の機微《きび》を解せない連中が、俺たちの流儀を〝東洋の神秘〟なんて呼んで不思議がる。笑えるぜ……俺たち華僑《かきょう》が裏の社会を仕切るのも当然てもんだろう」

そして張《チャン》は、一仕事終えた達成感に大きく伸びをして、次なる課題に意識を切り替える。

「さて――今朝レヴィが仕留めたっていう一人も含めると、残るネズミはあと一匹か二匹か」

「ラグーン商会の面目も立ったことですし、そろそろ我々が本腰を入れて狩りに出るべきでは？」

「ふむ……さて、どうだかなあ」

彪《ビウ》の提言に、張は煮え切らない言葉を返し、窓の外に拡がるロアナプラの景観に遠い眼差しを投げた。

「……案外、そうするまでもなく誰かが幕を引くかもしれんぜ」

◇

入り乱れた記憶の迷路を、スタンの意識は彷徨《さまよ》っていた。

手には新品のドラグノフがあった。一度なくした筈《はず》なのに、また誰かが新調してくれたのだ。五階建ての雑居ビルの屋上には日差しを遮《さえぎ》るものなどなく、背中に浴びる直射日光と、腹を炙《あぶ》る床のコンクリートの輻射熱《ふくしゃねつ》で、さながらグリルに突っ込まれた七面鳥の気分だ。

ライフルを手に待ち伏せる。もう何度繰り返したか知れない行為。ただそれだけが人生であったかのようにさえ思える。岩山の影で、摩天楼の看板の裏で、彼は照りつける太陽に焼かれながら時を待った。そんなことが幾度もあった。

この眩《まばゆ》い蒼天《そうてん》はいつの日なのか。あの陽炎《かげろう》に揺らめく街は何処《どこ》なのか。

もはや時間の序列が判らない。いま彼はライフルを構えているのか、それともかつて構えていたライフルを思い出しているのか。記憶は現在を侵食し、認識の中で混同される。ヘロインに骨の髄まで蝕《むしば》まれたスタンの意識の中では、過去が、現在が、妄想が、すべて等価に入り乱れていた。ともすれば幻惑されて二度と戻れなくなりそうな混沌《こんとん》の中――それでも手の中に固く実在する銃把《じゅうは》の感触が、道標を示してくれる。

惑わされるな。気にかけるな。為すべきことにだけ目を向けろ。いつだってやることは同じなのだ。ただ標的だけを注視し、銃爪《ひきがね》を絞るタイミングに集中すればそれでいい。

張維新という男を射殺する。正午に『金詠夜総会《カンウインイエツオンウイ》』へと入店するべく、ターゲットがハミポン通りの交差点に乗りつけた車を降りて店の入り口までを歩いている間に、トリガーチャンスが与えられるのは時間にして一〇秒弱。――必要な事柄は、それが全てだ。

そもそも、張という男は誰だったか。ムジャヒディンの部隊長かもしれないし、パシュトゥン人の族長かもしれない。或いはそんな男は存在すらせず、ただ架空の狙撃ミッションを夢に見ているだけかもしれない。そのいずれであろうとも、もうどうでもいい。肝心なのは、成し遂げること、ただそれだけに尽きるのだ。

達成せよ。その誇りに証《あかし》を立てろ。そして胸を張ってパブロヴナ大尉に報告するのだ。任務の完了を、その成果を。

――我々は実力行使によって君を排除することになる――

記憶の何処《どこ》かから、そんな決然たる声が届く。半面を焼かれた女の言葉。『火傷顔《フライフェイス》』のバラライカ……

否、記憶ではない。妄想だ。そう自らに言い聞かせ、スタンは乾いた笑いを浮かべた。

彼はただ大尉を想い偲《しの》ぶがあまりに、極めつけの悪夢を見ただけだ。〝あの人〟がマフィアに身を堕《お》とすなど、有り得ないと断言できる。何故ならスタンの心には、『バラライカ』と同じぐらい鮮明に、パブロヴナ大尉の栄光が見えているのだから。

彼女がその勇気と献身を讃《たた》えられ、一等スヴォロフ勲章を授与される姿が見える。赤の広場の絢爛《けんらん》たるパレードで、毅然《きぜん》と胸を張り行進する姿が見える。

大尉はかつて散っていった戦友たちへの弔文を、レーニン廟《びょう》の前で読み上げる。そして誰もが彼女の声に傾注し、遠き異国に果てた同胞を想って涙する……

果たしてそれは、かつてスタンが本当にその目で見届けた光景だったのか。真偽の程は、『バライカ』などという女の存在と同じぐらいに疑わしい。どのみち記憶と幻覚を判別することなど、もうスタンには叶《かな》わない。故に真偽を質《ただ》すのがそもそも愚問だ。いずれのヴィジョンを信じ、受け入れるかというだけの事……当然ながらスタンは、英雄の名誉に泥を塗るような幻視など、断じて認めるつもりはない。

腕時計の針は、まもなく正午に至る。惑乱のすべてを忘却に沈め、スタンはドラグノフの照準器を覗《のぞ》き込んだ。八〇〇メートル先のハミポン通りを四倍望遠の視野で据えながら、吹き抜ける風に問いかける。幾度となくそうしてきたように、銃床に凭《もた》せかけた頭蓋《ずがい》の内側に『悪魔の風』を呼び覚ます。

思い出すのは──遠い記憶の果てに置き去りにしてきた故郷。すべてが白銀に凍《い》てついたモノクロームの世界。

初めて構えた猟銃の、重く硬い感触に戸惑う幼いスタンに、厳かな声が耳元から囁《ささや》きかける。

『風の声を聴くんだ。シモノウィチ』

スタンに父名で呼びかけてくるのは、名うての猟師だった叔父だ。もう顔すらはっきりと思い出せない叔父なのに、その声だけは、今なお生々《なまなま》しいほどにはっきりと耳に蘇《よみがえ》る。

『風を視《み》ろ、舞い飛ぶ粉雪を、松の梢《こずえ》の揺れを。そして風を嗅《か》げ。雪と木々と獣の匂いを嗅ぎ分けろ』

生涯の殆《ほとん》どを、シベリアの大地と競《せ》り合いながら生きてきた猟師の叔父。

雪焼けに黒ずんだその顔が、氷雪の世界の死と生命を、その深奥に息づく究極の秘密を教えてくれる。

『お前の爺さんの、そのまた爺さんは、部族で一番の巫師《タディビヤ》だった。その血がお前にも流れている。大地と語らい、草木の意を汲《く》める精霊の言葉が、お前の魂《たましい》に眠っている。さあシモノウィチ、耳を澄ませ。風はいつでもお前に語りかけているんだ』

その通りだ――スタンは叔父の言葉に頷《うなず》く。いつだっていちばん肝心なことを教えてくれるのは〝風〟だった。あらゆる狙撃手が惑わされる弾道の歪《ゆが》み方も、その誤差も、スタンにとっては歴然だった。風の匂いと肌触りは、つねにスタンに見えざる危機と天運の好機を報《しら》せてくれた。

叔父から習った秘儀を身に修めた後、職業軍人となったスタンは、獣でなく敵兵を狩る猟師になった。その特異な直感力と、高精度のライフル、そして鍛え上げられた狙撃技術の結合が、かつて幾多の戦場で、彼を死神の使者たらしめてきた。

故に、『悪魔の風《シエイターネ・バーディ》』と人は呼ぶ。熱く乾いたアフガンの風で、速やかなる死を運んだ必殺の射手を。

そして今また、スタンは風の声を聴く。世界に偏在する姿なき盟友は、このロアナプラの街においても彼の味方だ。蒸した大気を攪拌《かくはん》する流れと渦が、見えざる脅威の存在を、そっとスタンの耳に告げ口する。

──誰かが、居る。スタンに殺意の視線を向けている。

聞こえるはずのない槓桿操作《こうかんそうさ》の機械音。致命的な火薬の匂い。

南西──

初弾が撃ち込まれるより先に、スタンが銃撃が来る方角を察知してのけたのは、もはや気配の察知というだけでは説明のつかない彼独自の直感力の賜物だった。即座に身を捻《ひね》って転がったことで、飛来した弾丸はスタンの脳天を撃ち抜く代わりに、右肩の僧帽筋を切り裂くに留まった。

アドレナリンと意志力で激痛を封じ込め、スタンは跳ね起きながら狙撃手の居場所を見定め、ドラグノフを構える。ビルの上に伏せていた彼を狙えるとすれば、より高い建築の上しか有り得ない。方角もまた鑑《かんが》みれば判別は即座に済んだ。六〇〇メートル先の鉄塔の上。覗《のぞ》き込んだPSO―1照準器のレティクルに、スタンはライフルを構えた人影を捉《とら》える。

続けて第二射──だが敵はスタンの突然の動きに動揺したか、照準を誤った。すぐ足下で砕け散ったコンクリートの破片が腰と腿《もも》に食い込んだものの、その痛みも意に介することなく、スタンはドラグノフの銃身に心を重ね、呼吸と心拍と殺意を同期させる。

南風の囁《ささや》き──狙点を僅《わず》かに左に……

銃爪《ひきがね》と同化した人差し指が、シアをボルトを介して7・62㎜ラシアン弾の雷管を叩き、炸《さく》薬《やく》の轟音《ごうおん》を朗々と響かせる。

途端に右腕が引き千切られたかと思うほどの激痛に打ちのめされ、スタンは悶絶《もんぜつ》してライフルを取り落とした。負傷した肩を慮《おもんばか》ることなく撃ったため、反動によって傷口がさらに拡《ひろ》がったのだ。撃たれたときよりなお大きい血飛沫《ちしぶき》が床に散る。

撃ち放った銃弾の手応《てごた》えを確かめることすら叶《かな》わなかったが、鉄塔の上の狙撃手がさらに三発目を撃ってくる様子はなかった。スタンの銃弾で仕留められたのか、或いは攻撃能力を失うだけの傷を負ったのだろう。だがもし生きていれば仲間にスタンの生存を伝えるはずだ。位置は既に報告済みだろうし、ここに留まれば包囲されて一巻の終わりである。

スタンは非常階段へと駆け込み、痛みに縺《もつ》れる足を鞭打《むちう》って階下を目指した。

「バラライカ……」

怒りと憎しみを込めて、その名を呟《つぶや》く。スタンを排除すると彼女は言った。その宣言の通りに、いよいよスタンの任務を阻みにかかってきたのだ。

荒い呼吸の隙間から、我知らず獰猛《どうもう》な笑い声が漏《も》れて出る。傷の痛みすら忘れるほどの闘志が湧《わ》いてくる。

やれるものなら、やってみろ。

俺は知っている。貴様なんてヤツは存在しない。幻影の分際で俺の邪魔をするというのなら、俺が手ずから消してやる。

そうだ、俺は貴様を否定する。そして最後までパブロヴナ大尉を信じる。

右腕はもう使い物にならない。おそらく最初の弾着は鎖骨にも罅《ひび》を入れていたのだろう。それが銃床からの反動で完全な骨折に至った。もはやライフルの操作は絶望的だ。

屋上に放置してきたドラグノフの代わりに、スタンは左手で太腿《ふともも》のポケットからマカロフ自動拳銃を抜いた。役立たずの右手ではなく歯を使って遊底をスライドさせ、初弾を装填《そうてん》する。どの階で敵と遭遇するか知れたものではないが、足音を忍ばせている余裕もない。ライフルを奪われた以上、あとは拳銃で至近距離から張《チャン》を襲撃するしかなかった。店に入られてしまえば手遅れだ。標的の車が到着するより先に、ハミポン通りに着いていなければ。

諦《あきら》めはしない。それが任務だ。張維新《ウァイサン》を殺す。そしてバラライカを挫《くじ》いて証《あかし》を立てる。スペツナズの意地を見せてやる。

地階まで辿《たど》り着き、ビルから表通りに出る。わずか五階分の階段を下りただけで、まるで数キロの距離を全力疾走したかのように消耗していた。肩の出血のせいだ。傷の位置が位置だけに自力で止血などできない。もう一方の手で傷口を押さえていれば多少は違うかもしれないが、生憎《あいにく》と左手はマカロフで塞《ふさ》がっている。いま銃を手放すわけにはいかない。いつ何処《どこ》からバラライカの手勢が襲いかかってくるか知れないのだ。

よろめく足で、先を急ぐ。失血で朦朧《もうろう》と意識が霞《かす》む。せめて数秒でも座って休息できたらどれほど楽か。だが駄目だ。ハミポン通りはまだ先だ。駆けているつもりなのに歩くのと大差ないスピードしか出ない。僅《わず》かでも気が緩むと躓《つまず》いて転びそうになる。いま倒れたら、きっと終わりだ。もう二度と立ち上がることはないだろう。

肺が、心臓が、悲鳴を上げる。ヘロインの慰撫《いぶ》を求めて泣き叫ぶ。だが屈する訳にはいかない。まだ任務は終わっていない。今度こそ逃げるな。最後まで戦い抜け。かつて彼女がそうしたように。

路地を抜け、ついに目指すハミポン通りまで出た。まだ張の車は来ていない。だが交差点までは一〇〇メートル余り。マカロフでの必中は難しい。

照りつける日差しの中を歩く。だがもう彷徨《さまよ》うことはない。目的地まであと少しだ。勝利を我が手に。名誉を胸に。たとえ命に代えてでも——

交差点の角の向こうから、ゆっくりと黒塗りのベンツが現れ、停まる。

運命の瞬間を、スタンはコマ送りのように引き延ばされた時間の中で意識した。開かれた後部座席のドアから降り立つハイヒールの足。翻《ひるがえ》る将校コートと金色の巻き毛。そして美しく怜悧《れいり》な右顔と焼け爛《ただ》れた左顔。それは懐かしき憧憬《しょうけい》の面影だった。許し得ぬ怨敵《おんてき》の顔だった。

「バラライカァァァッ!!」

必殺の想いを込めて、左手のマカロフを振り上げる。

閃《ひらめ》いた女の右手でスチェッキンの銃口が光る。

銃声の轟《とどろ》きは、ただ一発——呆気《あっけ》ないほどに短く乾ききった響きで、二人のうち片方の命を摘み取っていった。

仰向けに倒れたスタニスラフの傍らに、バラライカは歩み寄る。

苦しみがあるのなら引導《いんどう》の一発が必要になっただろうが、死に瀕《ひん》した男の面持ちは、静かな安らぎに満ちていた。

焦点の失せた双眸《そうぼう》が、ゆっくりとバラライカを見上げ——そこに何を見て取ったのか、淡い歓喜の色を灯《とも》した。

「……大尉《カピターン》？　ああ……ご無事、でしたか……」

「——作戦終了だ。同志伍長。すべての任務は達成された」

厳かに告げる上官の声に、男は満ち足りた吐息を漏らす。

「そうでしたか……ああ、良かった……戻って、祝杯を上げないと」

「そうだな。特別に私からウォッカを廻す。皆に振る舞ってやるがいい」

スタニスラフは笑って頷《うなず》いた。きっとすぐ側《そば》に、かつて異国の砂漠に果てた戦友の面々を感じているのだろう。

無人の通りを吹き抜ける風が、蒼褪《あおざ》めた顔の上で前髪を揺らす、その感触を感じたのか、ふと彼の顔が当惑に曇る。

「……あ、大尉《カピターン》……面目ない。方角を、見失ってしまいました……風は……何処《どこ》から吹いてますか？」

正午の熱気に澱《よど》んだ風。その吹き抜ける彼方《かなた》へ向けて、バラライカは遠い眼差しを投げる。

「北の方角だ」

「ああ、やっぱり……」

スタニスラフは安堵《あんど》に表情を和《なご》ませ、目を閉じた。

「なら、故郷から来た風だ……アカマツの……匂いが、する……」

そう呟《つぶや》いてから、彼は沈黙し、それきり二度と口を開かなかった。

眠るように事切れた戦友の顔を眺めつつ、バラライカは彼に相応《ふさわ》しい鎮魂の言葉を探し――

やがてすぐに、そんなものは必要ないのだと思い至って、無言のまま、もう幾度繰り返したのかも知れぬ敬礼だけを手向《たむ》けに送った。

◇

「Чёрт《畜生》! Какая сука《いかれてやがる》! Невозможно《こんなこと有り得るか》!」

思いつく限りの罵詈雑言《ばりぞうごん》を口にしながら、タチアナはレンタカーのトヨタを駆って、一路市外を目指していた。

ハミポン通りでの顛末《てんまつ》は、密かに金とプリペイド携帯を渡してあった露天商の売り子から逐《ちく》一《いち》報告を受けていた。まさに最悪の結末である。スタンは仕損じた。それも三合会《トライアド》の護衛に撃たれたのならまだ手の打ちようがあったというのに、よりにもよってバラライカ本人の銃弾によって倒れたのだ。

「あの女……戦友を自分で撃ちやがった！　魔女め！　心臓を釜で煮られるがいい！」

帰還兵《アフガンツィ》同士の絆《きずな》と信望は何よりも固いと聞いていたのに、それをまさかああも簡単に殺すとは。やはりバラライカという女は正気ではない。あれは血に飢えた狂犬だ。

これで張《チャン》暗殺計画の濡れ衣をバラライカに着せる目論見《もくろみ》は完全に御破算だった。もはやタチアナに出来ることといえば、あとはもう着の身着のままでの逃走しかない。

既にホテル・モスクワ内における彼女のキャリアは破滅も同然だ。ラプチェフも、他の元官僚組の幹部たちも、当然のようにタチアナとの関係は否定するだろう。が、それでも命あっての物種《ものだね》という言葉がある。今は何よりもまずバラライカの勢力圏を脱することだ。あとは昔の伝《つて》を頼って地下に身を潜め、それから頃合いを見て別の組織で再起を図るしかない。

現場にいたバラライカは事態の収拾に気を取られ、即座にタチアナの不在に気付くことはないはずだ。少なくとも一時間かそこいらの猶予はある。その間に空路からタイを出れば、まずは一安心――

　つとめて楽観的な算段で自らを慰撫《いぶ》しようとしていたタチアナは、やおら横手の路地から飛び出してきたベンツの車体に反応することさえ出来なかった。トヨタの軽い車体はベンツのバンパーによってフェンダーごと前輪を潰され、無様にスピンしてから停止した。

　シートベルトとエアバッグによって事なきを得たタチアナではあったが、状況を把握する暇すら与えられず、サイドガラスを叩き割った手が事故車のドアロックを解除し、強引に彼女を車外へと引きずり出す。屈強な巌《いわお》のような手は、バラライカの副官ボリスのものだった。呆気《あっけ》にとられるタチアナに一言もかけることなく、ボリスは彼女をベンツの後部座席へと押し込み、自らも乗り込んで運転手に発進を促す。鉄屑《てつくず》となったトヨタを路上に残したまま、ベンツは何事もなかったかのように走り出した。

「あ、あなたたち、何の――」

　精一杯の虚勢で抗議しようとしたタチアナの鼻先に、ボリスが携帯電話を突きつけた。液晶画面の表示は、既に通話が繋《つな》がっていることを示している。

　不承不承、電話を耳に当てたタチアナに、スピーカーが届けたのは、『火傷顔《フライフェイス》』の冷酷な声《こわ》音《ね》だった。

『――『金詠夜総会《カンウインイエツオンウイ》』に張は来ない。そもそも会合そのものが嘘《うそ》だ。そんなデマを吹き込まれた奴は一人しかいなかったがな』

「……ッ」

まんまと罠《わな》に嵌《は》められたと知り、タチアナは怒りと絶望に唇を噛《か》む。

つまり昨日の時点で、バラライカはタチアナを陰謀の首謀者と当たりをつけ、ブラフを仕掛けていたのだ。おそらく今朝からずっと彼女の動向はボリスによって監視下に置かれていたのだろう。そしてありもしない会合の場所に張を狙う暗殺者が現れ、揺るがぬ証拠が揃ったところで、彼は満を持してタチアナの身柄を拘束したわけだ。

もはやどんな弁舌も詐術《さじゅつ》も、状況の打開は望めない。完全な詰《チェックメイト》みだった。

「——私を殺せば、貴方《あなた》の身内の裏切り者が——」

せめて一矢報えぬものかと口にしかかった言葉を、バラライカの冷笑が阻む。

『貴様の最大の失策がそれだ。内通者の存在を匂わせて相手を疑心暗鬼に誘うのは保安局時代の常套手段だったのだろうがな。私に対してはまったくの無駄だ』

嘲《あざけ》りの言葉の背後には、鋼《はがね》の如く固い信条の裏打ちがあった。

『我が遊撃隊《ヴィソトニキ》の結束にはいかなる瑕疵《かし》もない。有り得ないのだ。ヴァチカンにスターリン像が建つほどに有り得ない。そういう絆《きずな》で結ばれた者たちがいるなど、貴様の如きスパイ崩れには想像もつかん話だろうがな……』

「絆、だと……?」

その言葉の響きが、タチアナの胸に絶望よりなお激しい怒りを呼び覚ます。

『あのとき、貴様は墓穴を掘った。我々だけが知る情報が貴様に漏れる筈《はず》はない。ならば貴様は最初から全てを知っていた、と推論するしかあるまい』

「どの口でほざくかッ、人喰い魔女《バーバ・ヤガー》が!!」

電話越しには摑《つか》みかかることすら叶《かな》わないのを悔やみながら、タチアナは呪詛《じゅそ》を込めて吐き捨てる。

「その手で戦友を殺しておきながら、絆《きずな》だと？　聞いて呆《あき》れる！　頭のいかれたアフガンツィが！　私が地獄に堕《お》ちたとしても、貴様ほどの罰は受けんだろうさ！」

『フフッ、やれやれ……言っただろう？　貴様に理解など出来ないと』

タチアナの呪いの言葉に対し、だがバラライカは、ただ悠然と聞き流しながら冷たい憫笑《びんしょう》を返すだけだった。

『さて、最後に一つ訊《き》かせてもらおうか。――黒幕は誰だ？　今回の企ては、貴様如きが一人で仕組めるものではあるまい』

「……素直に喋《しゃべ》るとでも思うか？」

『喋るまで責めてやってもいいが……まあいい。見当はついているよ。我々も多忙なのでな。ただ確証を得るためだけに時間を費やすのは惜しい』

こうして〝事の真相〟という、タチアナが持ち合わす最後の価値さえも、バラライカは冷淡に否定した。

『ではお別れだ。貴様が仕組んだ茶番を阻むために、同志ザチャーミンが全治三か月の重症を負った。彼からの伝言を伝えよう。――〝汚辱にまみれて死ね、チェーカー〟』

「貴様は――」

言い返すタチアナの言葉を待ちもせず、通話は切れた。ただ虚《むな》しいビジートーンが鳴るばかりになった携帯を、タチアナは液晶に罅《ひび》が入るまで握りしめる。

「――何処《どこ》に、連れて行く気だ？」

虚しい問いと知りながら、タチアナは隣に座るボリスにそう問わずにはいられなかった。案の定、ボリスは彼女の声など届きすらしないとばかりに無反応を通す。さながら豚に話しかけられた精肉機械の風情であった。

ベンツは滑るように街路を抜け、ロアナプラの入り口にかかる、首吊り縄を垂らした鉄橋を渡って市外へと出た。奇《く》しくも空港に向かっていたタチアナと、まだ向かう先は同じようだ。

諦観《ていかん》に冷えきった心の中に、彼女は僅《わず》かな慰めを見出《みい》だした。――少なくとも、あの掃き溜《だ》めのような忌《い》まわしい街で死ぬ運命だけは免れたらしい。

空港トイレに白人女性死体
空の玄関口での凶行・問われる保安態勢

七日午前八時ごろ、千葉県成田空港の国際線到着ロビーにて、ロシア人女性タチアナ・ヤコブレフさん（三二）が女子トイレの個室で死亡しているのを、清掃中の職員が発見した。遺体は暴行を受けており、また所持品を物色した形跡があったことから、千葉県警は金品目当ての犯行と見て捜査を進めている。

調べによるとタチアナさんは、午前六時到着のタイ・ドンムアン発成田行き国際便に搭乗していたことが確認されており、機内および空港内で二人の白人男性が同伴していたとの目撃情報が寄せられている。警察ではこの二人の男性が事件に何らかの関わりがあるものと見て行方を追っている。


ブーゲンビリア貿易の執務室で、東京からの国際電話のベルが鳴ったのは、夜も随分と更けたころだった。

「はい《アリオー》、どなたかしら？」

相手が何者かは歴然すぎるほどに予想できたため、受話器を取ったバラライカは敢《あ》えて慇懃《いんぎん》な物腰で応じる。

『……ラプチェフだ。夜分に済まん。取り急ぎ、あんたにひとつ確かめたいことがあるんだがな。バラライカ』

「あら珍しい。こんな時間に何のご用かしら？」

日本におけるホテル・モスクワの橋頭堡《きようとうほ》を預かる頭目の声は、押し殺した激情のせいで硬く強張《こわば》りきっていた。

『そっちで会計監査をしていたっていうタチアナ・ヤコブレフの件だ。さっき、スレヴィニン大頭目からの電話で直々に聞かされたんだが……あの女が、ロアナプラで金庫の金を持ち逃げしたって話は本当か？』

内心では捕食獣の笑みを浮かべながら、バラライカは大仰に嘆息して返答する。

「ええ、業腹だけれど、会計監査なんて名目を真に受けた私の失態よ。事が事だけに、恥を忍んでモスクワに報告するしかなかったわ。今朝方、保安態勢について譴責《けんせき》を受けたばかりよ。

……それが、何か？」

『そのタチアナが、今朝、成田空港で死体になって見つかった。身ぐるみ剝《は》がされて、所持金どころか金歯まで引き抜かれていたそうだ』

「あらまあ、何てこと」

あまり白々《しらじら》しくなりすぎない程度に声を抑えて、驚きを示すバラライカ。

「まあ死に方は因果応報だとしても、よりにもよって、うちの金庫から持ち出した金を、どこの馬の骨とも知れない物取りに奪われるなんて。これじゃあ取り戻す目処《めど》なんて立たないじゃない。……それにしても気になるわ。あの女、どうして日本に？」

『知るか！　それはこっちが訊《き》きたいぐらいだッ！』

バラライカの反応にいよいよ苛立《いらだ》ちを露わにして、ラプチェフが声を荒げる。

『おかげで俺は、大頭目から説明を求められてる。一体どうしてあの女は俺の縄張《シマ》りなんぞに逃げ込んできた？』

「まったく興味深いわねヴァシリー。そういえば彼女、第七局ではあなたの部下だったと聞いたけれど」

『……』

電話越しにもラプチェフは、バラライカの声音《こわね》から、追い詰めた獲物の横腹に食らいつくが如き嗜虐《しぎゃく》の気配を聞き取ったのだろう。気圧された隙が沈黙となって表れる。

「そう。ここを逃げ出したタチアナが日本にね……遺憾だわヴァシリー。まったくもって遺憾だけれど、こうなると私としても、あなたの関与を疑うしかないわよね」

『……バラライカ、単刀直入に、貴様に訊かなきゃならんことがある』

もはや腹の探り合いだけでは埒《らち》があかないと判断したか、ラプチェフは押し殺した声で切り出した。

『タチアナは、本当に金を盗んだのか？　ヤツは自分の意志で日本に来たのか？　こう馬鹿げたことが重なると、俺は誰かに嵌《は》められてるんじゃないかと思えてくるぞ』

「あら、それは言いがかりのつもりかしら？」

さも心外だと言わんばかりに驚きつつも、バラライカは声音にたっぷりと皮肉を添えて返した。

「疑わしいと思うなら、第三者による調査を大頭目に進言したら？　きっとボロディノあたりが子飼いの調査員を使って一切合切を調べ上げてくれるでしょう。あの女が、ロアナプラで何をやっていたか、何もかも、ね」

『……』

電話口から返ってくるのは、重い緊張と憤怒《ふんぬ》の息づかいだけだった。

「身の証《あかし》を立てたかったら、一刻も早くタチアナを襲った強盗を捜し出して、金を取り戻して頂戴《ちょうだい》。それができたら私からも感謝状の一つぐらい贈ってあげるわ」

『バラライカ、貴様……』

「聞けばカブキチョウでは中国人の勢いに押されてるそうじゃない。ヴァシリー、妙な企み事にうつつを抜かして本業を疎《おろそ》かにしてると、あなた、本当に見放されるわよ。——では、ごきげんよう《ダスヴィダーニャ》」

最後に、別れの挨拶《あいさつ》に滴《したた》るほどの毒を含ませてから、バラライカは電話を切った。

「——結局、馬脚を露《あら》わすには至りませんでしたか」

傍らで通話を見守っていたボリス軍曹《ぐんそう》が、やや落胆気味に溜息《ためいき》をつく。

「なに、構わん。ヤツはここのところ失策続きだからな。所詮《しょせん》は処世術だけで地位を得た男だ。風聞が地に落ちればそれまでさ。——いずれ現地で中国人に出し抜かれれば、今度こそスレヴィニンも愛想を尽かす」

バラライカが葉巻を手に取ると、ボリスはすかさずマッチを用意し、主《あるじ》が好みの吸い口をギロチンでカットするのを待つ。芳香が醍醐味《だいごみ》の葉巻に対してオイルライターは禁物だ。彼女のために専用の杉マッチを持ち歩くのは、遊撃隊《ヴイソトニキ》の中でも副官であるボリスだけの特権だった。

口内に拡がるまろやかな薫りを満喫しつつ、バラライカは暗い天井に向けて吹き上げた紫煙を眺めて、嫣然《えんぜん》と微笑《ほほえ》んだ。

「もちろん、最期にヤツを陥れる一手が我々に託されるなら……ああ、そのときはさぞや痛快なことだろうな」

エピローグ

デッキの窓から波路を眺めるレヴィの面持ちは、気怠《けだる》さと憂鬱《ゆううつ》さで不機嫌の極みであった。

「なァ～ダッチ……あたしら、ちったァ骨休めに休暇でも取るべきじゃないか？」

「ぼやくなレヴィ。肉体の労苦は精神の労苦を癒《い》やすというぜ。それこそが貧者の幸福なんださ」

「……そりゃ本当に貧乏人の言った台詞《せりふ》なんだろうな？」

「いいや、フランスの名門貴族サマのお言葉だ」

「ケッ、胸糞悪《むなくそわり》ィぜ……」

高波を蹴って疾駆するブラック・ラグーン号は、今日も四人の海賊たちを不穏《ふおん》極まるマラッカ海峡へと運んでいく。ロアナプラを騒がした張 維 新《チャンウァイサン》暗殺計画の結末から、まだ二日と経《た》っていない。

「まあ、外《ほか》でもない張さんの依頼なんだし。断るわけにもいかないじゃないか」

そうロックに窘《たしな》められても、レヴィはふてくされたままラッキーストライクの煙を吹かすばかりだ。

「旦那《だんな》もよ～、人使い荒すぎだろ。ここ数日あたしらがどれだけ大変だったか判ってるだろうにさあ」

「とっとと水に流そう、っていうミスタ・張なりの心遣いさ。むしろ有り難いと思わなくちゃな」

今回、三合会《トライアド》から承った仕事は、モグリの密輸船に対する襲撃だ。

問題の船は、以前から三合会《トライアド》の縄張りを踏み荒らし、再三の警告にも拘《かか》わらず一向に懲《こ》りる気配を見せないため、とうとう制裁もやむなしという結論に至ったらしい。大人しく停船に応じるなら積み荷を全て海中に破棄し、抵抗するようなら気の毒だが喫水線に穴をあけてやることになる。

肝心なのは、三合会《トライアド》が〝否〟とした禁制品の流通を断つことであって、問題の密輸船を襲った海賊が、欲をかいて積み荷を処分せずに持ち去ったりすれば元の黙阿弥《もくあみ》である。その点で襲撃の実行者は充分に信用できる者たちでなければならない。――つまり張は、この依頼をラグーン商会に託すことで、依然と変わらぬ信任を示しているのである。そうとあってはダッチたちも、疲れた身体に鞭打《むちう》ってでも期待に応《こた》えて見せなければならない。

「……しっかしよォ。旦那を狙ったあの馬鹿ども、つくづくワケわかんねー連中だったよな。あんな面子《メンツ》で三合会《トライアド》に喧嘩《けんか》売って、本当にどうにかなるとでも思ったのかね」

「さあな。まあ仮に他の狙いがあったとしても、今となっちゃあ闇の中だ」

結局レヴィが仕留めそこなった者たちのうち、忍者は何でも三合会《トライアド》の軍門に降《くだ》ったという話だが、スタンの行方は知れず、またパンカルピナンでラグーン号に依頼を持ちかけてきた赤毛の『ジェーン』については、その正体すら謎《なぞ》のままだった。ともかく張《チャン》が一件落着を宣言した以上、きっと相応の決着はついたのだろうと察するしかない。

その後イエローフラッグに繰り出した折、レヴィがジェイクを仕留めたのと同じ日に、ハミポン通りで撃ち合いがあったらしいという噂《うわさ》を耳にしたが、詳しいところはよく判らない。ラグーンの面々にとっては、何とも収まりの悪い結末だった。

「何ていうか……変な連中だったよな」

しんみりと思い返して呟《つぶや》くロックに、レヴィが小馬鹿にした風に鼻を鳴らす。

「抜かせよロック。ネクタイ締めて革のローファー履いた海賊なんてのは変じゃねェとでも思うのか?」

「いや、それは……」

ロックにとってはぐうの音も出ない指摘である。それでも時代錯誤のバッカニアや忍者に比べれば数段マシだと思うが……どうなのだろうか。確かに彼の商社マン然とした服装がロアナプラで大いに浮いているのも事実ではある。ひょっとすると傍目《はため》には、先の騒ぎを引き起こした連中と大差ないほど珍奇に見られているのかもしれない。

返答に詰まるロックの様を面白がって、ダッチが笑いながらとりなす。

「いいじゃねえかよ。教会の尼僧がマグナムオートを振り回す街なんだぜ。きっとロアナプラってのは、世界の奇人変人が集まってくる特異点なのさ」

「ああ、そういえばメイド姿の人間兵器《キリングマシーン》なんてのも来たっけね」

「……クソ面白くもねえこと思い出させるんじゃねェよ。タコ」

未だに遺恨を残しているのか、レヴィは憮然《ぶぜん》と眉《まゆ》を顰《しか》めた。

そこへ、通信室でレーダースクリーンと睨《にら》めっこをしていたベニーから声がかかる。

「オーケイ。お目当ての船を見つけたよ。けっこう足が速い。直進せずに、北北東に向かって先回りしたほうがいい」

「了解だベニーボーイ。……さあロック、出番だぜ」

ダッチは魚雷艇のハンドルを繰りながら、ロックにハンドマイクを差し出した。

「……なあダッチ、俺はいつまでその役を引き受ければいいいんだ？」

「マルクス曰《いわ》く、各人はその能力に応じて、各人にはその必要に応じて、だ。レヴィ、RPGの用意は？」

「へヘッ、いつでもいいいぜ」

景気のいい花火をブチ上げられそうな予感に、レヴィはさっそく機嫌を直している。ロックの悲しげな溜息《ためいき》には、誰《だれ》も同情を示そうとしなかった。

「あー、テス、テス、本日は晴天なり……ただいまマイクのテスト中」

ハンドマイクの具合を確認しつつ、二〇〇メートルほど先に漁船を装った密輸船を望みながら、ロックは早々に徒労の予感をひしひしと感じていた。

今回、相手の船もまた堅気《かたぎ》ではなく裏稼業の無法者である。どう考えても説得に応じて降参するわけがない。

「えー、そこのイケナイ荷物を積んでいる漁船の皆さんにお知らせいたします。こちらはー、三合会《トライアド》より業務委託されました代行業者でありま～す。そのー、非常に遺憾なんですが、船を停めていただけませんかー？」

……案の定、密輸船は泡を食ったかのように船速を上げ、逃亡にかかった。どうやら漁船の姿は偽装でしかなく、ラグーン号と張り合う程に強力なエンジンを積んでいるらしい。

「おやおや、こりゃさっそく出番は終わりだなァ、ロック」

痛快な水上爆破ショーを期待して、笑顔でＲＰＧランチャーを担ぎ上げるレヴィ。

移動目標にロケット弾を必中させるには、レヴィの腕前でも一〇〇メートル以内まで距離を詰めたいところだ。心得ていたダッチは最大出力までエンジンのスロットルを開き、猛然と追跡を開始した。

そのとき、レーダーを見張っていたベニーが警告の声を発する。

「ダッチ、新たな船影だ！　九時方向……真っ直《ま す》ぐこっちに向かってくる！」

「何だと？　タイ海軍の哨戒艇《しょうかいてい》か？」

「だったら公用周波数に呼びかけてくるはずだ。でもこの進路とスピード……よくわからんが相手はやる気だよ。まさか敵の増援？」

「馬鹿な！　聞いてねえぞ……」

ダッチたちが泡を食っているうちに、やおら海上に野太い爆裂音が朗々と響き渡る。

砲声――誰もが肝《きも》を冷やしたその直後、ラグーン号に先行していた密輸船の甲板から、盛大な火柱が上がった。

「な、何だあ!?」

ロックが双眼鏡で、左舷《さげん》に現れた新たな船影を確認する。ダッチのスパルタ教育の賜物で、彼でもポピュラーな形式の船舶ならばある程度までは識別できる。

――だからこそ、レンズの彼方《かなた》に目の当たりにした船には慄然《りつぜん》とならざるを得なかった。

「やばい……ヴォスパーの高速魚雷艇《MBT》だ！」

米軍エルコ社製ＰＴボートを原型とするラグーン号にとっては、船格、武装ともに上を行く強敵だ。まさに同格のライバルである。

いかに装甲を増強してあるラグーン号でも、ヴォスパーの主兵装である40㎜ボフォース機関砲で狙われたらひとたまりもない——筈《はず》なのだが、そこでようやくロックは、敵船の異常な風体《ふうてい》に気がついた。

「……え？　何だ、あれ……」

『どうしたロック？　ヴォスパーってのはマジか⁉』

「いや、そうなんだけど、あれは……」

前部甲板、40㎜砲が据えられているはずの場所で、朦々《もうもう》と白煙を吹き上げているのは、なんと博物館でしかお目にかかれないような青銅鋳造のカルバリン前装式大砲だ。その傍らでせっせと次弾の装塡《そうてん》に励んでいるのは、バンダナ黒髭《ひげ》アイパッチとあんまりな格好をしている二人組である。

ロックは呆気《あっけ》に取られつつも、通信アンテナの先端で颯爽《さっそう》と翻《ひるがえ》るドクロの海賊旗に目を奪われた。そしてオープンデッキの上で高笑いしながらフリントロック拳銃を振り回している、テイルコートに三角帽姿の巨乳女を凝視《ぎょうし》する。

「……嘘《うそ》だろ？　おい」

その容姿は、ザルツマン号の船内で死体になっていたはずのキャロライン・モーガンに、あまりにも瓜二《うりふた》つであった。

『ハーッハッハッハッ！　やあああッと見つけたぞブラック・ラグーン号！　ここで会った

が百年目ェッ!!』

甲高《かんだか》い哄笑《こうしょう》が、ヴォスパー高速艇の船外スピーカーから轟《とどろ》いた。

『アタシは〝ミレニアム・トルチュ号〟の新船長キャサリン・モーガンだ！　テメェらの汚い裏切りで命を落としたキャロライン姉ちゃんの仇《あだ》、今ここで討たせてもらう！　あとついでに今テメェらが狙ってたその獲物も横取りしちゃうもんね。きゃははははは!!』

さては双子の姉妹なのか、居丈高《いたけだか》に名乗りを上げた女船長の声は、口調に至るまで亡き姉とそっくりだ。

まさか予想できるはずもなかった闖入者《ちんにゅうしゃ》と、その言いがかりも甚《はなは》だしい口上に、ロックは途方に暮れて嘆息する。

「それはお門違いというか逆恨みというか……そもそも彼女、いったい何がどうして死んだんだっけ？」

「知るかよ。あたしが見つけたときにはもう眉間《みけん》に穴があいてた」

あまりに呆《あき》れた成り行きに、ダッチは操舵《そうだ》ハンドルに突っ伏し、偏頭痛の兆しに禿頭《とくとう》を抑えながら、甲板のレヴィに問う。

「どうするレヴィ、その辺の事情を、お客さんが納得できるよう説明してやるか？」

「ヘッ、構いやしねェさ。血が見たいってンなら上等だ。カリブ生まれの阿呆どもに、こっちの海の流儀を教えてやろうじゃねえか」

レヴィは口元に獰猛《どうもう》な笑みを滾《たぎ》らせながら、首に引っかけてあったヘッドホンを頭に嵌《は》める。俄然《がぜん》乗り気でいるらしい。

「ダッチ、あっちの密輸船は後回しでいいだろ。左のボンクラに真正面から突っ込んでくれ。すれ違いざまにやる」

「騎馬決闘《ジョスト》スタイルか。オーケイ、しくじるんじゃねえぞ」

「任せとけ」

レヴィの腰のガンベルトに吊るしてあるCDプレーヤーには、彼女手ずからの編集による〝殺しのジルバ向け特選曲〟が収まっている。突進してくるヴォスパーに向かってラグーン号が回頭している間に、リモコンで誂《あつら》え向きの曲目をサーチ。今日の気分には——レイジ・アゲインスト・ザ・マシーンの『Sleep now in the fire』がゴキゲンだ。

「良かったなロック。こっから先の弾代は必要経費だ。撃ってハッピー、撃たせてハッピー、お代は死んでのお帰り、ってな！」

「……ああ、そうね」

もうこうなってしまっては野暮な台詞《せりふ》でレヴィの興を削《そ》いでも仕方ない。ロックはすべて観念し、ダッチの操舵《そうだ》をこらえるべく甲板の手摺《てす》りにしがみついた。

舳先《へさき》を突き合わせて相対した二隻の快速艇は、ともにフルスロットルで一気に間合いを詰める。見る見るうちに肉薄する敵船。大砲の導火線に火を点《とも》す相手の砲手の顔までもが、まざま

ざと見て取れる。

担いだRPGランチャーの照準を相手のデッキのど真ん中に据え、レヴィはアドレナリンの喜悦に酔い痴《し》れるままに、ザックのヴォーカルと合唱する。

「ヘイ――ヘイッ！　今すぐ火達磨《ひだるま》にして眠らせてやるぜッ!!」

申し合わせたかのように同時に怒号する、黒色火薬とロケット推進剤。唸《うな》りを上げる砲弾が、荒波の上で交錯する。

赤道直下の猛暑に煮えた、ここは神に見放された紺碧《こんぺき》の海。猛《たけ》る魂《たましい》たちの饗宴は、終わることなく続く――

〈了〉

巻末特別対談　広江礼威×虚淵玄

聞き手　サンデーGX編集部

●鉄と木で出来た銃が好きだ！

――まずは二人の出会いを教えてください。

虚淵　もとは僕が広江さんのHPの掲示板に書き込んだりしてたんですよ、凄い昔ですけど。もう、お姉ちゃんの太ももとか胸とか、それに銃を絡めたイラストがええのぉと思って（笑）。

広江　え？　そうだったんですか（笑）。申しわけないんですけど、その時のイメージはないんですよ。僕は『ファントム―PHANTOM OF INFERNO―』のプレビューディスクをコミックマーケットでもらったのが一番古い記憶ですね。でもなぜか、このあと虚淵さんとは一生会えないんだろうなって思ってました。

虚淵　えええ？　なんでですか（笑）。

広江　タイミングってあるじゃないですか。僕は虚淵さんとは会って話をしたかったんですよ。でもなんか歯車が合わなかったというか……。同じリングに自分が上がっているという気がして……。だから、某アニメスタジオに一席設けてもらって、話せたときは嬉しかったですよ。『ファントム』のムックのインタビューを読んだ時に、「鉄と木で出来た銃が好きだ」って答えていましたよね。僕も同じことをGXで発言してたんですよ。ヤバい！　同じだって(笑)。

虚淵　どうしてもグロック（※パーツのほとんどがポリマー製の銃）を好きになれない人はいますよね。

広江　そう、あんなのオモチャじゃないかって。最近の米軍が使っているアサルトライフルはみんな嫌いだ！　って。みんなAKで通せばいいのに！

虚淵　君ら、そんなに進化して宇宙人と戦う気かね？　ってねえ(笑)。

広江　だから良かった！　意外と魂が通じている！　って、まず思ったんですよ(笑)。

●「映画」を強烈に感じさせる作品

――それでは虚淵さんから、広江さんの作品の印象をお願いします。

虚淵　広江さんの作品は、「映画」を感じるんですよね。漫画に翻訳された映画というか。ぶっちゃけ映画を撮りたかった気持ちって、ありません？

広江　少しはありますね（笑）。

虚淵　やっぱりそうですか。広江さんの漫画って、「映画のリズムや編集方法をコマ割りという形式で翻訳したらこうなるぜ」っていうのを強烈に感じさせるんです。漫画を「キャラありきで描いていく漫画」と「画面のかっこよさで描いていく漫画」に大きく分けるとしたら、広江さんの作品は後者なんじゃないかなって思うんです。そこがたまらなく好きですね。決めシーンありきで、「弾数は気にするな」みたいところとか（笑）。きっと、映像化の相性もよかったんじゃないですか？

広江　結果的にそうだったみたいです。ありがたいことに。

●『ファントム』にライバル心を抱いていた

――それでは広江さんから虚淵さんの印象をお願いします。

広江　『ファントム』をプレイしたとき、ぶっちゃけ、ライバル心みたいなのはありましたね（笑）。自分と共通のリングでやっているな、と感じさせるひとと出会うと、嬉しい反面、どこかそういう気持ちって沸くじゃないですか（笑）。

虚淵　ありますね（笑）。

広江　でもその後に発表された『沙耶の唄』のストーリーではクトゥルー神話の要素を取り入れたりもしていたじゃないですか。「ああ、この人は（「銃撃ち」だけでなく）こういう方向の作品も書けるひとなんだ」と思ったのは新たな発見でしたね。『沙耶の唄』は純粋に物語だけを見ても、いい作品をつくるなあと思いました。

虚淵　ああ、恐縮です。

広江　最近やらせてもらった『続・殺戮のジャンゴ―地獄の賞金首―』に関しても、美少女ゲームだけど完全に冒険小説系の話ですよね。荒くれ系から本道に入って、ちゃんと物語的な盛り上がりを迎えつつ、男泣き展開もある。そこら辺が僕は大好きなんですよ。

虚淵　ありがとうございます。

●こうして「最凶」のコラボは実現した

――今回のノベライズは、そもそも広江さんから虚淵さんへラブコールがあって、それで実現したということですが……。

広江　『ブラック・ラグーン』を小説にするなら、「銃撃ちの呼吸」みたいなものがわかっている人でないとダメだろうな、という前提がまず僕のなかにあったんです。そのうえで、作品のノリみたいなものをどこまで再現してもらえるか、リンクしてもらえるかっていうのが重要だと思っていたんです。僕にとって虚淵さんはそのふたつを兼ね備えていそうな気がしたんです。で、任せられるかどうかの最終確認として、『続・殺戮のジャンゴ』をプレイしてみて、「このひとなら大丈夫だ！」というか、「もう虚淵さんしかいない！」と思って、一か八かでお願いしたわけなんです。

虚淵 （依頼があったことは）ある意味、驚きはなかったんですよね。心の中のどこかで僕も「いずれはラグーンを書かねばなるまい」と思ってたんで（一同爆笑）。

広江 カッコイイ（笑）。

虚淵 まあ書くのは俺かもな！　みたいなのもあって（笑）。

広江 それはよかった！

虚淵 だから実際、話がきたときに「よっしゃー！」と思いましたね。来たぜ来たぜ！と。それまで原作を読んでても他人事じゃない感じがしてましたから。「ほお、今度はこういう展開でくるか」とか（笑）。一読者というよりは、同じ雑誌で連載を持っている漫画家さんの感覚に近いですね。

広江 なるほど。それは『ファントム』で僕が感じたライバル心みたいなもんですかね。

虚淵 なんか秋葉原の同じコーナーで干物を売っている気分というか。

広江 だから、同じようなネタを上手くやられると、「あ、ちくしょー！」って思ったり（笑）。

虚淵 あります、あります（笑）。

●『ブラック・ラグーン』にケンカを売るつもりで書いて欲しい

「虚淵玄さんに執筆を快諾していただきノベライズが実現しましたよ。もう『ブラック・ラグーン』の世界観にケンカを売るつもりでお願いします！　あの虚淵ワールドを展開して、とにかくひどいものを書いてください（笑）。俺は、虚淵さんの中の悪魔が見たいんだよ！」

——広江礼威

「文字ひとつでロアナプラの街へと殴り込むのは、即《すなわ》ち、ソード・カトラスの二つの筒先に身を晒《さら》すのと同義……だがそれでも、男であれば誰しも挑まずにはいられまい。だってそこには、レヴィ姐さんのホットパンツから伸びる引き締まった太股が待っているのだから！」

——虚淵玄

「月刊サンデーGX」二〇〇八年六月号掲載のコメントより。

——実際に虚淵さんは執筆してみていかがでしたか？

虚淵　自分でも驚いたくらいスラスラ書けましたね。実は俺、書くのが遅いんですよ。いつも難産なほうなんですけど……（『ブラック・ラグーン』の世界観は）馴染みますねえ！　すっごく馴染むんですよ。

広江　ありがとうございます！

虚淵　これだけ悩まないで書けるというのは、むしろビックリですよ。

広江　やっぱり近いところにあるからですかね。

虚淵　ロアナプラという映画のセットを貸してもらって、自由に使わしてもらっているというか。その借りたセットの使い勝手がまたいい！「ああ、ここにもちゃんとカメラが置いてある、すぐに撮影ができる！」みたいな感覚が書いていてよくありましたね。

広江　僕的には楽しんで書いていただけるのが一番ありがたいですよ。

虚淵　張《チャン》さんとかもうやり過ぎだろうと自分で書いてて思いましたけど（笑）。いや、でもやっちゃえ！　って。

広江　そもそもこちらも、ラグーンの世界観にケンカを売るつもりで書いてくださいっていうオーダーを出しましたし（笑）。

虚淵　凄いプレッシャーでしたよ（笑）。これは半端なものは書けないぜって思いました。

広江　できれば原作に近い雰囲気で書いてもらうより、「『ブラック・ラグーン』の世界観で、虚淵さんの世界観の何を読めるか」ってことを期待していたんですよね。だから、ロアナプラを虚淵さんが乗っ取っちゃうくらいの気持ちで書いてもらって構わないんです。

虚淵　だから、どちらかというと、書き始める前の自分のライバルはアニメ版でしたね。「ほほう、ロアナプラをこうしたか……」みたい感じで（笑）。

広江　あれは片渕（須直）監督が再構成したロアナプラですからね。

虚淵　だから最初の一章を書く時だけすごく悩みましたね。果たして活字で『ブラック・ラグーン』は成り立つかどうか……その勝算が見えるまでは一文字も書けなかった。ただ、書き出してみたら、「行けるかも！」って思いましたね。

広江　無国籍で、血なまぐさいことならなんでも起こせるというのが、ロアナプラのいい所なので（笑）。

虚淵　いやー、命が安い街ですからね（笑）。ロアナプラで遊びまくってます。ある意味、（自分で書いた）オリジナルより遊べますよ（笑）。オリジナルだと自分の場合、どうしても最初から「最後はどこへ着地しようか？」って悩んでしまうんです。設定よりもまず展開ありきで考えてしまうクセがあるんですね。セットの話で言えば、まずカメラを置いてから背景とかセットを組むこともある。この位置だとテグス（釣り糸）が見えちゃうから何か置かなきゃとか、そういうことを考えているうちにどんどん遊べなくなってくる。だから、最初から「これぞ！」と思えるセットでノベライズを書けるのは（煩《わずら》わしくないから）すごく楽しいですね。

●むすびに

――それでは最後にお互いエールの交換をお願いします。まずは虚淵さんから。

虚淵　大変なエロいもんだと思うんですよ、〝発砲美人〟という奴は！　ぶっ放す射精感といいますか（笑）。その開放感とムチムチの尻と足と胸の組み合わせは本当に伝統芸だと思いますので（笑）。広江さんにはまだまだそれを広めていって欲しいです。そこはお願いしますよ！

広江　そこまで言っていただけるなら、なんとかかんとかそういう路線のものをこれからもやっていきます！

――それでは広江さん、お願いします。

広江　今回、こうやって一緒に仕事ができたのがとても嬉しいです。やっぱりオタ方面の銃撃ちで、きちんと小説を書けるのは虚淵さんしかいないと思うんですよ。どこか芯が通っていると言うか。

虚淵　それはガンマニアとして蔑《さげす》まされたことがあるかないかの違いじゃないですか（笑）。冬の時代をどう過ごしたかどうか……。

広江　ああ、それだ（笑）。銃撃ちというのはなかなか辛《つら》いジャンルじゃないですか、僕が漫画の分野でやってるのを小説のほうでも貫きつつ、ええ女を出して骨太なやつを書いて欲しいですね。あとはホラーものもぜひ書いてほしいですね。

虚淵　ありがとうございます！

——今日はお忙しい中、ありがとうございました。

二〇〇八年五月　小学館にて

※本対談は、「月刊サンデーＧＸ」二〇〇八年七月号に掲載されたものを加筆修正したものです。

※本作はフィクションであり、実在の人物・団体・事件・地名等とは一切関係ありません。

GAGAGA
ガガガ文庫

ブラック・ラグーン
シェイターネ・バーディ
虚淵 玄(ニトロプラス)

発行 2008年7月23日 初版第一刷発行
発行人 辻本吉昭
編集責任 野村敦司
編集 望月 充
発行所 株式会社小学館
〒101-8001 東京都千代田区一ツ橋2-3-1
[編集]03-3230-9166 [販売]03-5281-3556
カバー印刷 株式会社美松堂
印刷・製本 図書印刷株式会社

Printed in Japan ISBN978-4-09-451079-9

REI HIROE
BLAC
問答無用のバイオレンス!
灼熱の「El baile de la muerte」編、
収録!!
ブラック・ラグーンは

第3回小学館ライトノベル大賞 ガガガ文庫部門応募要項!!!!!!

第3回は応募要項も新しくなりました!!

ゲスト審査員に田中ロミオ先生!!!!!!!!!!!!!!!

ガガガ大賞：200万円&応募作品での文庫デビュー
ガガガ賞：100万円&デビュー確約
優秀賞：50万円&デビュー確約
審査員特別賞：30万円&応募作品での文庫デビュー

内容 ビジュアルが付くことを意識した、エンターテインメント小説であること。ファンタジー、ミステリー、恋愛、SFなどジャンルは不問。商業的に未発表作品であること。
（同人誌や営利目的でない個人のWEB上での作品掲載は可。その場合は同人誌名またはサイト名を明記のこと）

選考 ガガガ文庫編集部＋ガガガ文庫部門ゲスト審査員・田中ロミオ

資格 プロ・アマ・年齢不問

原稿枚数 ワープロ原稿の規定書式【1枚に41字×34行、縦書きで印刷のこと】は、70～150枚。手書き原稿の規定書式【400字詰め原稿用紙】の場合は、200～450枚程度。
※ワープロ規定書式と手書き原稿用紙の文字数に誤差がありますこと、ご了承ください。

応募方法 次の3点を番号順に重ね合わせ、右上をひも、クリップ等で綴じて送ってください。
①応募部門、作品タイトル、原稿枚数、郵便番号、住所、氏名（本名、ペンネーム使用の場合はペンネームも併記）、年齢、略歴、電話番号の順に明記した紙
②800字以内であらすじ
③応募作品（必ずページ順に番号をふること）

締め切り 2008年9月末日（当日消印有効）

発表 2009年4月発売のガガガ文庫、及びガガガ文庫公式WEBサイトGAGAGAWIREにて。

応募先 〒101-8001 東京都千代田区一ツ橋2-3-1
小学館コミック編集局 ライトノベル大賞【ガガガ文庫】係

注意 ○応募作品は返却致しません。○選考に関するお問い合わせには応じられません。○二重投稿作品はいっさい受け付けません。○受賞作品の出版権及び映像化、コミック化、ゲーム化などの二次使用権はすべて小学館に帰属します。別途、規定の印税をお支払いいたします。○応募された方の個人情報は、本大賞以外の目的に利用することはありません。○応募された方には、原則として受領はがきを送付させていただきます。なお、何らかの事情で受領はがきが不要な場合は応募原稿に添付した一枚目の紙に朱書で『返信不要』とご明記いただけますようお願いいたします。○作品を複数応募する場合は、一作品ごとに別々の封筒に入れてご応募ください。